잠자는 숲 속의 공주를 찾아서

Cet ouvrage, publié dans le cadre du Programme d'aide à la Publication Sejong, a bénéficié du soutien de l'Institut Français de République de Corée.

이 책은 주한프랑스문화원의 세종 출판 번역 지원프로그램의
도움으로 출간되었습니다.

크리스틴 페레-플뢰리 지음
김미정 옮김

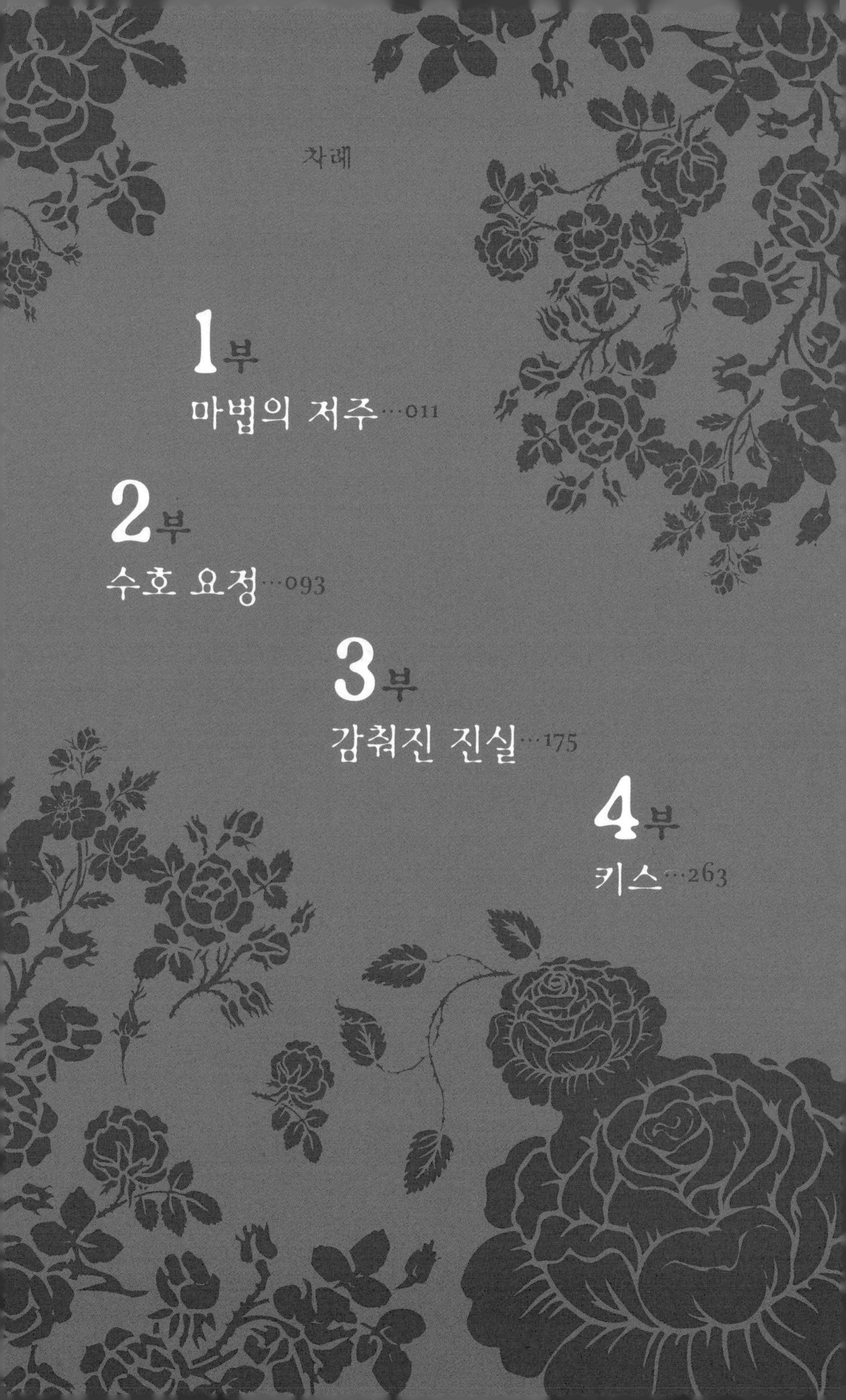

차례

"나야, 아리안."

속삭임에 가까운 감미로운 목소리. 그러면서도 또렷한 그 목소리는 방 안 곳곳에서 들려오는 것 같았다. 작은 탁자 위 거울, 커튼, 시트가 팽팽하게 덮인 침대에서. 어둠 속에서 희미하게 빛나는 새하얀 시트. 새하얀…….

"널 기다리고 있었어. 아리안, 이제 쉴 수 있을 거야, 영원히."

아리안은 그 자리에 얼어붙었다. 숨이 가빠졌다. 그리고 꿈을 꾸는 듯, 아니 어떤 예감에 사로잡힌 듯 계단을 하나씩 올라갔다. 그녀는 도와 달라는 외침을 정말 들은 걸까? 그래서 모든 걸 내팽개치고 달려온 걸까? 머릿속에 그런 의문이 스치고 지나갔다. 그러다 고개를 흔들었다. 잠시 후면 이런 건 아무 의미도 없을 것이다.

몇 달 동안 아리안을 쫓아다니던 두려움이 마침내 그녀를 떠났다. 그 후에 밀려드는 감정은 안도감에 가까웠다. 도망 다니던 삶도 이제 끝이다. 어두운 그림자가 속삭인 것처럼, 이제 영원한 휴식에 들게 될 것이다. 아무도 그녀를 괴롭히지 못할 것이다. 완전한 휴식. 영원한 휴식.

부스럭거리는 작은 소리가 들렸다. 욕실 전등에 불이 들어왔다.

문틈으로 빛이 새어나왔다. 클래식한 몰딩으로 장식된 나무문 뒤편에서 누군가 숨을 쉬고 있었다. 그녀를 기다리고 있었다. 그녀가 태어난 그날부터 그는 기다려왔다. 가까이에서 또는 멀리에서 그녀가 성장하는 걸 지켜보고 있었다. 그에게로 오기를 기다리며.

그는 먹잇감을 포획하는 사냥꾼처럼 거기 와 있었다.

르 루에le Rouet. '물레'라는 의미-역주. 아리안은 그에 대해 빠짐없이 알고 있다고 믿었다. 언론에서 떠들어댄 얘기와 그가 저지른 연쇄살인에 대해 모두. 그는 자신의 광기 때문에 희생된 소녀들이 죽음에 이르는 과정을 완벽하게 설정했고, 사소한 부분까지 치밀하게 연출했다. 소녀들의 가족에게 보낸 편지지는 늘 크림색이었고, 굳어버린 시신의 손가락 사이에는 활짝 핀 장미꽃을 끼워두었으며, 시신의 왼손 집게손가락에는 찔린 자국이 선명했고, 주위는 잘린 가시덤불로 둘러싸여 있었다. 그리고 시신이 발견된 방에서는 오래도록 어떤 향기가 맴돌았다.

보이지 않는 살인마. 들고 나는 모습이 한 번도 목격된 적이 없었다. 그는 어디선가 나타나 살인이라는 작품을 완성하고 감쪽같이 사라졌다.

유령처럼.

수많은 용의자들이 수사선상에 올랐다. 범죄병리학을 전공한 정신의학자 세 명이 이 연쇄살인사건에 달라붙었다. 세 사람의 결론은 늘 충돌했다. 르 루에는 잡히지 않았고 행적도 알 수 없었다.

수십 개의 가면을 쓴 천재적인 거짓말쟁이이자 카멜레온이었다.

그의 얼굴을 본 사람은 없었다. 희생된 소녀들을 제외하고는.

숨을 가쁘게 몰아쉬던 아리안은 호흡이 정상으로 돌아왔다. 거의 평온을 되찾았다. 아리안은 무언가에 홀린 듯 문손잡이를 쳐다보았다.

손잡이가 돌아갔다.

들릴락 말락 하게 찰칵, 소리가 났다. 문의 잠금장치가 풀린 것이다. 빛줄기가 쏟아져 나왔다. 문이 천천히, 아주 천천히 열렸다.

아리안은 새어나오는 신음소리를 삼키려고 입술을 깨물었다. 결말이 어떻게 나든 소리를 지르게 될 테니까.

이제 나와.

어서.

"아리안, 예쁘게 자랐구나, 내 아가."

여전히 나직하고 부드러운 목소리가 이번에는 한 곳에서, 긴 망토를 두른 실루엣에서 들려왔다. 밝은 후광 때문에 상대적으로 실루엣이 칠흑처럼 새까맣게 보였다. 아리안은 눈살을 찌푸린 채, 두건 달린 망토의 그림자 속에 숨어 있는 표정을 짐작해보려 했다.

바깥에서 들리던 도시의 소음은 어느덧 잠잠해졌다. 하지만 얼어붙은 강 위를 떠다니던 얼음덩어리들이 서로 부딪치며 깨지는 소리는 여전히 들렸다. 강을 둘러싼 숲에 봄이 온 것이다. 그러나 이 봄을 그녀는 볼 수 없을 것이다.

르 루에가 몸을 기울였다. 그는 작은 원탁 위에 있는 램프를 켰다. 그러고 나서 몸을 일으켰다. 그가 두건을 벗었다.

아리안의 표정이 일순 멍해졌다. 영문을 알 수 없다는 표정이 눈가에 어렸다가 사라졌다.

그녀는 한 발짝 다가갔다.

양손을 벌리고 앞으로 내민 채.

아리안은 웃고 있었다.

1부
마법의 저주

거실 창밖으로 스쿨버스가 지나가는 게 보였다. 아리안은 버스에서 눈을 떼지 못했다. 핸드폰을 잘 챙겼는지 가방을 벌써 세 번째 확인한 참이었다.

리즈 프뤼당이 딸에게 주의를 주었다.

"별것 아닌 일이라도 생기면 바로 전화하는 거 알고 있지?"

"평소처럼 하면 되잖아요. 응급 상황 60개는 눈감고도 외울 정도예요. 아니지, 깜빡했다! 392개였지. 어쨌든 전부 외우고 있다고요. 다른 사람들이 들으면 배꼽 잡고 웃을 일이지만." 아리안이 중얼거렸다.

"또 과장하기는!"

리즈 프뤼당은 무의식적으로 현관 채광창의 늘어진 커튼 자락을 만지작거렸다. 이 집의 문과 창문은 전부 커튼으로 가려져 있었다. 정원이나 거리에서 보면 집 안에서 무슨 일이 벌어지는지 전혀 알 수 없었다. 가끔씩 커튼 위로 실루엣이 비칠 뿐이다. 밤중에 아리안이 창문 쪽으로 다가가기만 해도 엄마와 아빠는 딸을 나무랐다. 두 사람은 위험한 상황들을 줄줄이 나열하며 딸아이를 단속했다. 차를 가진 불량배 무리가 시내 곳곳을 누비고 다녀. 신문을 봐, 폭력배들의 싸움이 연일 나오잖아. 공원 잔디밭은 어떻고.

버려진 총들이 널려 있지. 아무 상관없는 행인들이 지나가다 총에 맞아 죽기도 해. 그런 자들의 타깃이 되면 어쩌려고 그래?

"엄마! 우리가 사는 브라이들 패스는 토론토의 고급주택가예요! 여긴 뉴욕의 브롱크스 같은 빈민가가 아니란 말이에요. 엄마가 말하는 불량배들은 엄마의 상상 속에나 존재하는 거라고요."

아리안이 격분해서 소리치면 리즈도 굽히지 않았다.

"다 이유가 있어서 이러는 거야. 내 말을 들어야 해, 아리안. 시간이 지나면 너도 알게 될 거야."

"시간이 지나면 너도 알게 될 거야."

늘 똑같은 그 소리를 들을 때면 짜증스럽고 참을 수 없는 기분이 들었다. 아리안은 그 말을 얼마나 많이 들었던가! 더 어렸을 땐 '시간이 지나면'이라는 말이 머지않은 미래를 뜻한다고 생각했다. 마지막 젖니가 빠지면, 중학교에 들어가면, 수학시험에서 평균점수를 받으면, 구조대원 자격증 시험에 합격하면 그때가 올 줄 알았다.

하지만 시간이 흘러도 변한 것은 없었다. 아리안을 숨막히게 하는 감시는 그대로였다. 버스를 타고 다닐 자유조차 없었다. 아빠가 매일 아침 학교에 데려다주고, 수업이 끝나면 엄마가 매일 오후 교문 앞에서 기다리고 있었다. 엄마, 아빠가 동행하지 않으면 수학여행도 갈 수 없었다. 부모님은 조용히 주위를 경계하며 아리안을 끈질기게 따라다녔다. 부엌의 유리문과 연결된 테라스나 정원에서 선탠을 하는 것조차 허락되지 않았다.

여덟 살 때 아리안은 '우리 공주님'이라는 말을 듣는 게 좋았다. 아리안과 엄마, 아빠, 세 사람만 사는 조용하고 안락한 마법 왕국의 주인공이 된 것 같았다. 부모님은 하루 종일 그녀를 위해 헌신했다. 엄마인 리즈는 딸이 태어나고 몇 달 후 교사직을 그만두었고, 아빠인 파트릭은 재택근무로 일러스트와 디자인 일을 했다. 그는 차고로 쓰던 공간을 개조해 작업실을 마련했다.

이 집을 시작으로 그 뒤 숱하게 많은 집들을 거쳤다. 가장 가까운 마을이 5킬로미터나 떨어져 있는 외딴 오두막. 아리안은 그곳에서 첫 걸음마를 뗐다고 했다. 하지만 아리안은 그 집에 대해 기억나는 게 하나도 없었다. 앨범을 보니 울창한 숲 위로 우뚝 솟은 갈고리 모양의 산봉우리만 눈에 익었다. 오타와 변두리에 있는 예쁘장하게 꾸며진 작은 빌라, 노바스코샤 주의 낡은 농가, 캘거리의 복층아파트, 에드먼턴의 또 다른 복층아파트……. 아리안은 다 기억도 못할 정도로 여러 집을 전전하며 살았다. 해마다, 또는 한 해 걸러 전학을 다녔다. 그러다 보니 친구들과의 관계도 수업시간이나 체육시간에 친하게 지내는 것 이상으로 발전하지 못했다.

집의 장식품이나 옷도 마찬가지였다. 엄마, 아빠는 이사를 할 때 가구나 식기, 책과 기념품을 모두 버려두고 갔다. 어린 아리안은 급하게 떠나게 될 때의 신호를 알 수 있었다. 부모님의 주고받는 시선, 고개를 끄덕거리는 것, 입가에 이는 경련, 전화로 주고받는 몇 마디. 그러면 다음 날이나 늦어도 그다음 날에는 세 식구가 미니밴에 몸을 싣고 떠났다. 중요한 서류와 종이박스 몇 개, 각자의 손가방만 챙기면 됐다. 아리안은 좋아하는 발레 슈즈와 장난감을 생각하며 눈물을 흘렸다. 그러다 보니 자기 물건이 생기면 금방 정이 들까봐 일부러 트집을 잡기도 했다. 매번 새로운 집에서 살아야 하는 상황이 끔찍했다. 그러나 새로운 곳에 도착하면 헛간의 짚더미에 버려진 강아지처럼 그곳에 마음을 주곤 했다.

"준비됐지?"

형식적인 질문이었다. 아빠는 더플코트 주머니에서 미리 자동차 키를 꺼내 손에 쥐고 거실에서 아리안을 기다리고 있었다. 아리안이 고개를 끄덕이면 엄마는 현관문을 열어줄 것이다. 그리고 아리안과 아빠가 나가면 다시 문을 닫고 거실 창가에 서서 그들이 출발하는 모습을 지켜볼 것이다. 손을 흔들고 입가에 미소를 지으며. 하지만 그 미소는 해가 갈수록 피로감과 근심에 젖어 어두워졌다.

"엄마는 앞으로 나를 못 볼까봐 두려워하는 것 같아요."

아리안이 이런 농담을 건네자 리즈는 웃음기 없는 얼굴로 대답했다.

"엄마들은 원래 두려워하는 게 많아. 늘 그래."

그러나 다른 엄마들은 그런 식으로 행동하지 않았다. 다른 엄마들은 늘 숨을 헉헉거리며 교문에 늦게 도착했다. 목줄을 채운 개를 끌고 오거나 양손에 장바구니를 들고서. 아니면 '마조리네 집에 가서 기다리고 있어. 모임이 늦게 끝났어.'라고 문자를 보냈다. 늦는다는 걸 미리 알려주지 않는 엄마들도 많았다. 다른 엄마들은 7월의 찌는 듯한 날이면 친구들과 어울리라며 아이 혼자 수영장에 보냈다. 다른 엄마들은 길을 걷다가 계속 뒤를 돌아보지도 않았고, 동네를 산책하다가 다른 사람과 마주치면 엄청 반가워하며 큰 소리로 웃고 서로 인사를 나눴다.

반면 리즈는 늘 서둘렀다. 그녀는 아리안의 손을 잡아끌며 벽에 바싹 붙어 걸었다. 빨리, 어서 서둘러. 아빠가 기다리셔. 어두워졌으니 길을 돌아다니면 위험해. 빵집이 문을 닫을 거야. 리즈는 밖에 있는 걸 좋아하지 않았다. 최근에 아리안은 엄마가 광장공포증에 걸려 훤히 드러난 공공장소에서는 불안을 느끼는 게 아닐까 생각했다. 엄마는 사방이 벽으로 막힌 공간, 그러니까 아무도 들어올 수 없는 아늑한 집에 있을 때에만 안전하다고 생각했다. 사랑하는 사람들이 다 시야에 들어와야 안심했다.

집과 학교 사이의 거리는 가까웠지만 도심으로 향하는 차들의 행렬이 교차로마다 혼잡을 빚었다. 파트릭은 성실하게 제한속도를 지켰고 교통법규에 따라 우선 통행권이 있는 차량에게 길을 양

보했다. 난폭 운전자가 큰소리로 윽박질러도 신경질을 내는 법이 없었고, 백미러를 수시로 살피며 조심스럽게 운전했다.

아리안이 웃음을 터뜨리며 말했다.

"이제 괜찮아요. 우리가 앞질러왔어요."

그런데 파트릭은 배달 트럭을 피해 좁은 일방통행 골목으로 들어섰다. 쓸데없이 돌아가야 하는 길이었다.

"누군데요?" 퉁명스러운 말투로 아리안이 물었다.

아리안은 아빠가 긴장한 채 두 손으로 핸들을 꽉 잡고 있는 걸 보았다.

"FBI 같은 사람들이야. 오래전부터 네 뒤를 쫓고 있어."

"아, 네. 내가 또 깜빡했네요."

파트릭은 딸에게 미소를 지어 보였다. 자기 몸이 순간적으로 경직되는 걸, 불시에 턱에 경련이 이는 걸 딸이 본다면 아빠에 대해 다른 이미지를 갖게 되지 않을까 걱정하면서. 늘 주위를 경계하며 위험에 맞설 준비가 된 그런 낯선 사람의 이미지 말이다.

짙은 녹색 칠이 된 교문 앞에 차가 멈췄다. 학교로 우르르 몰려오는 학생들을 맞이하기 위해 교문은 활짝 열려 있었다. 그때 격렬한 폭우가 앞 유리창을 때렸다.

아리안이 곤란하다는 듯 얼굴을 찡그리며 말했다.

"물에 빠진 생쥐 꼴이 되겠어요."

"우산을 챙겼어야지."

아빠의 말에 아리안은 폭소를 터뜨렸다.

"아빠! 펭귄 그려진 그 우산, 여섯 살 때 아빠가 사준 그 펭귄 우산이요? 전 곧 열여섯 살이 된다고요. 아세요?"

다시 한 번 파트릭 프뤼당은 손가락에 힘을 주어 핸들을 꽉 잡았다. 그리고 나직하게 대답했다.

"알고 있다, 아리안. 그럼, 알다마다."

* * *

페어뱅크 메모리얼 공원 바로 옆에 위치한 토론토 프랑스 고등학교는 규모가 큰 벽돌 건물로, 창틀이 하얀 커다란 유리창에 부딪치는 햇빛을 받아 환히 빛나고 있었다. 과학실 창문에서 바라보면 아리안은 학기 초부터 창가 자리를 맡으려고 신경 썼다 나무들이 늘어선 공원에는 드넓은 잔디밭이 펼쳐져 있었고, 잔디밭 주위로 모래 깔린 산책로가 조성되어 있었다. 화창한 날이면 남녀가 조깅을 하고, 겨울에는 눈 덮인 공원에서 스키를 좋아하는 도시인들이 스키를 타곤 했다. 수업 시간에 시험관을 다루는 틈틈이 아리안은 유리창 아래의 온갖 군상을 내려다보았다. 친구들은 수다를 떨며 산책하고, 연인들은 포옹을 하고, 무리를 이룬 사람들은 함께 논쟁을 벌이거나 때로는 시위를 벌이기도 했다. 아이들은 술래잡기를 하거나 모래더미에 앉아 모래성을 쌓은 다음 삽으로 순식간에 무너뜨리며 놀고 있었다.

아리안은 그들을 보며 자기 혼자 고립된 듯한 소외감을 느꼈다. 큰 강물이 밀려와 희망과 분노, 소박한 기쁨, 고통을 쓸어가버린 느낌이었다. 벤치에 쭈그리고 있는 노숙자의 비참함이나 인형이 진창에 박혀 발을 동동 구르는 소녀의 눈물처럼 겉으로 표현하지 않거나 소리쳐 울부짖는 고통까지 전부 다……. 아리안은 누구나 들어갈 수 있는 저런 공원에서 놀아본 적이 단 한 번도 없었다. 아리안의 부모는 딸의 모든 여가활동을 집에서 하도록 계획을 짰다. 아리안은 집 안에서 실내게임이나 영화 보기, 바이올린과 미술 수업, 쿠키 굽기, 변장놀이, 크리스마스 장식하기, 부활절 달걀 꾸미기 등등을 해야 했다. 잇따른 이사 끝에 프뤼당 부부가 선택한 집은 어느 곳이나 책과 CD, 운동기구가 가득 찬 서재와 커다란 대형 홈시어터, 도기를 만들 때 필요한 돌림판, 그리고 마음에 꼭 드는 값비싼 장난감들이 잔뜩 있었다. 그야말로 외부세계와 완벽하게 격리된 낙원으로, 어떤 핑계를 대도 벗어날 수 없는 곳이었다.

하지만 지금 아리안은 질식할 것 같은 폐쇄된 낙원에서 탈출을 꿈꾸고 있다.

과학 과목을 맡은 데셰네 선생님이 말했다.

"실험 노트 58페이지를 펴세요. 첫 섹션의 3, 4번 실험을 해볼 거예요. 모두 분류표를 갖고 있지요? 질문 있어요? 실험방법은 간단하지만 정해진 용량을 지키도록 주의하세요."

웅성거리는 소리가 넓은 과학실 안을 가득 메웠다. 아리안은 창문 쪽으로 다가갔다. 산책로가 안쪽으로 거의 U자형으로 휘어진 지점에 한 남자가 고개를 든 채 움직이지 않고 서 있었다. 아마추어 조류학자가 또 나오셨군, 아리안은 생각했다. 그러나 그는 손에 아무것도 들고 있지 않았다. 공원을 거니는 조류 애호가들은 끊임없이 공중에 쌍안경이나 엄청난 줌 기능이 내장된 카메라를 들이댔다. 아리안은 그들이 호수 가장자리에 삼각대를 설치하고 그 위에 니콘이나 펜탁스 최신형 카메라를 올려둔 걸 본 적이 있었다. 그녀는 그들이 부러웠다. 그런 카메라만 있다면 원하는 건 무엇이든 촬영할 수 있을 텐데.

아리안이 사진에 열정을 갖게 된 건 여섯 살 생일 때였다. 아빠가 조작이 쉬운 소형 디지털카메라를 선물로 사준 것이다. 그날 아리안은 쉬지 않고 사진을 찍어댔다. 그날 받은 선물들과 양초 심지에 붙은 불꽃이 춤추는 모습도 찍었는데, 불꽃은 환상적인 형태로 길게 늘어났다. 부모님과 베이비시터의 사진도 찍었다. 드문 경우였지만 그해에 부모님이 부득이하게 집을 비울 때 아리안을 돌봐주던 베이비시터였다. 이름이 뭐였더라? 마리아? 리지? 사진에는 그녀의 얼굴 일부, 뒤에서 본 비스듬한 옆얼굴, 위로 올린 한 손과 등만 보였다. 등 위로 반짝거리는 갈색의 숱 많은 땋은 머리가 춤추듯 찰랑거리며 늘어져 있었다. 아리안은 그녀의 향수 냄새와 늘 불러주던 노래를 기억하고 있었다. 가사를 알 수 없는 자장가였는데 스페인어나 포르투갈어였을 것이다. 마리아혹은 리지가 자장가를 흥얼거리면 가사의 단어들이 춤을 추며 빛깔을 바꿨고, 석양빛을 받아 무지갯빛으로 방울방울 터지며 반짝거렸다.

아리안은 처음 찍은 사진들이 엉망이었지만 낙담하지 않았다. 그녀는 늘 지나칠 정도로 인내심을 갖고 자신의 요구를 들어주던 엄마, 아빠에게 포즈를 취하게 했고, 엄마가 아주 가끔 몇 마디를 주고받는 가게 주인들이나 종종 동네를 순찰하는 경찰관들, 자신에게 바이올린을 가르친 대학생들에게 포즈를 취해달라고 부탁했다. 아리안은 몇 안 되는 그 주변 인물들이 지쳐서 피곤해진 다음에야 다른 주제로 넘어갔다.

그렇게 사진 찍는 일에 빠져 있었을 때 아리안은 자기 방 창문 너머로 그 아이를 보게 되었다. 비쩍 마른 여자아이였는데 촘촘히 땋은 머리가 정수리로부터 거의 직각으로 갈라져 있었다. 아이는 거리 모퉁이에 서서 소형 화물트럭 뒤에 반쯤 몸을 숨긴 채 녹아내리는 아이스크림을 혀로 핥고 있었다. 나중에는 아이스크림 콘의 비스킷 속으로 혀가 쑥 들어갔다. 아이스크림을 먹는 기쁨에 집중한 듯 두 눈을 스르르 감은 아이는 지금 자기가 어디에 있는지조차 잊고 있었다. 그 모습에 반해서 아리안은 한참 동안 그 아이를 바라보고 있었다. 그러다가 불현듯 생각이 나서 소중한 카메라를 가지러 갔다.

아리안은 그 아이를 찍은 흑백사진을 보관해두었다. 초점이 안 맞아 살짝 흐릿하지만 생생한 느낌이 살아있는 사진이었다. 사진 속의 어린 소녀는 더는 나이를 먹지 않을 것이다. 달콤한 맛에 푹 빠져 있는 그 완벽한 순간에 영원히 멈춰 있을 테니. 가끔 그 사진을 볼 때면 눈물이 차올라 눈이 따가웠다. 인생은 그런 것이라고 아리안은 생각했다. 즐겁고 걱정 없고 편협하지 않고 다소 희미하지만 조용한 그런 것.

인생은 그런 것이다……. 사진과의 인상적인 첫 만남 이후 아리안은 어딜 가든 카메라를 들고 사람들을 몰래 따라다녔다. 나쁜 짓에 몰두하는 사람처럼 아리안은 군중 속에서 서로를 찾아 헤매다가 마침내 마주치자 서로의 몸을 어루만지는 연인들의 손을 찍었고, 공원에서 빈 벤치를 발견하고 안도의 숨을 내쉬는 노부인들을 찍었으며, 욕설을 주고받는 택시기사들을 찍었다. 트랙터에 기대어 담배를 피우다가 무의식적으로 차체를 손으로 쓰다듬는 농부를 찍었다. 트랙터는 고된 일에 지친 말처럼 자신을 어루만지는 농부의 손길에 반응을 보일 것 같았다. 그녀는 잘 나온 사진들을 현상해서 앨범에 정리해두고 가끔씩 넘겨보았다. 지난번 이사할 때 아리안이 가져가겠다고 고집을 부리던 바로 그 앨범이었다.

남자는 아직 그 자리에 있었다. 온 정신을 집중한 채 그는 무엇을 보고 있는 걸까? 아리안은 남자의 시선이 향한 방향을 보려고 고개를 돌렸다. 건물 지붕에 앉아 있는 새인가? 아니다. 그의 시선은 좌우, 위아래로 움직이고 있었다. 마치 창문을 하나씩 세고 있는 것처럼 보였다.

'너무 엉뚱한 생각이야.' 아리안은 생각했다.

그녀는 실험 가운 주머니 속으로 미끄러지듯 손을 집어넣었다. 최근에 인터넷으로 굉장히 얇은 콤팩트 카메라를 샀다. 초소형이지만 성능은 완벽했다. 그걸로 찍은 사진들은 대형 라이카 카메라로 찍은 것만큼 잘 나왔다. 아리안은 그 카메라를 어디든 갖고 다녔다. 수업시간에도 지니고 있었다.

건물 전면에 세워놓은 깃대 때문에 산책하던 남자의 얼굴이 둘로 갈라져 보였다. 해가 비치는 쪽에는 구릿빛 머리카락과 푸른색 눈이 빛을 받아 반짝였다. 응달이 진 곳에 있는 남자의 피부는 회색빛이었고 눈은 각막백반이 낀 듯 흐릿하게 보였다.

소녀가 중얼거렸다.

"천사와 악마. 승리와 절망."

이번에도 완벽한 순간이었다. 그 둘은 하나였다.

아리안은 카메라 셔터를 눌렀다.

"아리안! 저녁 준비 다 됐다!"

"지금 가요!"

아리안은 레이저프린터를 끈 뒤 만족한 표정으로 사진들을 책상으로 쓰는 디자이너용 대형 탁자 위에 펼쳐놓았다. 운이 좋았던지 오늘 아침 과학실 창가에서 찍은 사진들은 전부 잘 나왔다. 세 장이었다. 아리안은 더 찍을 시간이 없었다. 데셰네 선생님이 아리안 쪽을 쳐다보았고, 카메라를 빼앗길 위험을 무릅쓰고 싶지 않았던 것이다.

첫 번째 사진은 산책하던 남자를 찍은 것이었다. 남자는 고개를 들고 있었고, 빛이 드는 바닥에 그림자가 비치고 있었다. 가장자리에 풀 한 포기 없는 좁은 산책로까지 성공적으로 찍었다고 아리안은 생각했다. 남자의 그림자가 뒤쪽 자갈밭까지 길게 드리워져 있어 마치 자갈이 그의 그림자를 빨아들이고 있는 것처럼 보였다. 반면 깃대의 그림자는 그의 턱을 침범하여 이마까지 굴절된 선을 그렸다. 두 번째 사진은 구름을 뚫고 나온 태양빛 덕분에 눈길을 끄는 사진이 되었다. 남자의 한쪽 눈은 빛을 받아 반짝였고, 고양이 같은 미소를 띤 얇은 입술의 양끝이 위로 올라가 있었다. 정체를 알 수 없는 그 남자는 잘생기지는 않았지만, 푹 파인 뺨과 오뚝

한 콧날, 커다란 콧구멍 때문에 강렬한 인상을 남겼다.

세 번째는 클로즈업으로 찍은 사진인데 얼굴이 두 부분으로 나뉘어 찍혀서 마치 상반된 감정을 표현한 무대용 가면 같았다. 아리안은 그 이미지에 사로잡혀 사진을 계속 들여다보며 시간을 보냈다. 이상하게도 낯익은 인상이었다. 전에 그를 본 적이 한 번도 없는 게 분명한데도. 꿈속에서 본 사람일까? 꿈속에 나오는 인간들도 눈, 코, 입이 달려 있고 웃거나 울기도 했다. 그러나 그들은 꼭두각시 인형이거나 어떤 메시지를 전달하기 위해 등장한 환영에 지나지 않았다. 기억 속 안면보관소에 저장되어 있다가 우연히 이목구비가 재조합되어 불쑥 떠오를 수 있을까? 아마 예전에 마주친 적이 있는 사람이거나, 식료품점이나 경기장 가는 길 또는 주유소나 텔레비전에서 얼굴이 비슷한 누군가를 보았을 것이다. 아리안은 자신도 모르는 사이에 그를 캡처해서 기억 속에 영구 보관했던 것이다.

아리안은 사진을 다시 한 번 쳐다보았다. 처음 두 장의 사진에서는 남자의 시선이 꼭대기 층의 창문으로 향해 있었다. 아리안이 사진을 찍고 있던 과학실의 위층이었다. 하지만 마지막 사진에서 남자는 시선을 내려 고개를 돌렸고 아주 살짝 왼편을 바라보고 있었다.

그는 아리안을 쳐다보고 있었다. 짙은 색 눈은 슬픔에 잠겨 있었지만 다른 쪽 눈에는 빈정거리는 듯한 일종의 도발이 깃들어 있었다.

"할 수 있다면 날 잡아보시지." 아리안은 이렇게 중얼거렸다.

"지금 혼잣말한 거니?"

아빠가 막 방으로 들어오며 물었다. 그는 딸의 어깨에 손을 얹었다.

"네 엄마가 난리구나. 그라탕이 식는다고. 네가 제일 좋아하는 당근 호박 콩테야. 새로 찍은 사진이니?"

"네, 보세요. 잘 나온 것 같아 기분 좋아요."

파트릭 프뤼당은 탁자 위로 몸을 숙여 사진을 보았지만 만지지는 않았다.

"네 말이 맞구나. 잘 찍었다. 명암이 대조되는 구성도 멋지고. 어디서 찍은 거니?"

아리안은 입술에 손가락을 대며 말했다.

"과학실 창가에서요. 수업 시작하기 바로 전에 찍었어요. 엄마한테는 비밀이에요. 엄마가 알면 난리 날 거예요."

"창가에서라고……."

파트릭은 손을 내밀어 마지막 사진을 두 손가락으로 집어 올려 눈앞에 바짝 대고 보았다.

"이 사람은 누구지?"

그의 태도가 돌변했다. 아리안은 아빠가 들고 있는 사진이 먼

곳에서 일어난 지진의 여파처럼 떨리는 것을 보고 의자에서 몸을 움츠렸다.

아리안이 재빨리 대답했다.

"몰라요. 공원을 산책하던 남자예요. 나를 쳐다보지도 않았어요."

"그는 널 보고 있어."

아빠의 그 말은 비난처럼 들렸다.

"아니라니까요! 그는 시선을 이리저리 움직였어요. 내 생각에 그는 우리 학교 건물의 창문들을 세고 있었던 것 같아요. 우습지 않아요?"

"그 사람이 거기 오래 있었니?"

아리안은 미동도 하지 않고 서 있던 그 남자의 모습을 머릿속에서 떨쳐냈다. 첫 번째 조가 실험을 마칠 때까지 아리안의 시야에서 떠나지 않고 자리를 지키던 그를.

아리안은 거짓말을 했다.

"겨우 10분 정도요."

"10분……."

그의 목소리에서 생기가 사라졌다. 아리안은 익숙한 불안감이 밀려오는 걸 느꼈다. 안 돼. 이번에는 안 돼. 또 그 일이 시작되고 말 거야…….

"아빠, 제발 부탁이에요."

아리안이 애원했지만 그는 듣지 않았다. 그는 사진을 들고 방에서 나갔다.

* * *

새벽 두 시. 아리안은 침대에서 옆으로 돌아누워 알람라디오의 액정 화면에 뜬 푸른색으로 빛나는 숫자를 뚫어지게 쳐다보았다. 거실에서 웅성거리는 소리가 계속 들리는가 싶더니 잦아들었다. 아리안은 깃털이불을 머리 위까지 끌어올린 다음, 베개에 얼굴을 파묻었다. 강박적으로 따라붙는 그 소음을 부정하고 싶었다. 안 들리는 것으로 치고 다 잊고 싶었다.

자야 해. 잠을 자야 한다. 내일은 모든 게 평소와 다름없을 것이다. 엄마는 아침으로 크레페와 스크램블드에그, 신선한 오렌지주스를 만들어줄 것이다. 아빠는 그녀를 학교까지 태워다줄 것이다. 프랑스어 선생님이 지난주에 제출한 작문 과제를 나눠줄 것이다. 아리안은 '도저히 용납할 수 없는 의견이란 어떤 것일까'라는 주제가 꽤 마음에 들었다. 라베르주 선생님은 그녀에게 몇 점을 주었을까…….

아니다. 그녀는 어떤 소동이 벌어질지 잘 알고 있다. 우선 주위의 의심을 사지 않기 위한 거짓말을 듣게 될 것이다. 내일 엄마는 한숨도 못 잔 얼굴로 학교 행정실에 전화를 걸어 아리안이 결석할 거라고 알릴 것이다. 아빠는 현관 옆 벽장 속에 들어 있던 박스를 꺼내 스카치테이프를 붙인 다음 서류를 담을 것이다. 가족 전원이 각자 옷과 필수품을 가방에 넣을 것이다. 그러고 나서 그들은 말없이 거실에 앉아 전화벨이 울리길 기다릴 것이다. 전화벨은 두 번 울리고 멈춘다. 전화벨이 다시 두 번 울리면 아빠가 전화기를 들 것이다. 그는 짧게 몇 마디 할 것이다. 아빠는 재빨리 서재로 가서 메일을 확인할 것이다. 그리고 컴퓨터 전원을 끄고 커버를 씌울 것이다.

"가자."

아리안은 이 말을 도대체 몇 번이나 들었을까? 부모님이 아무 설명도 없이 입을 꾹 다문 채 현관문을 잠그고 창고에 가방들을 내려두고 차를 바꿔 타는 걸 본 건 또 몇 번이나 될까? 자동차 뒷좌석에 앉아 아리안 자신에 대해 논쟁을 벌이는 걸 들은 건? 차의 시동 걸리는 소리가 들리고 이웃집 여자의 고음의 목소리, 재즈 선율이나 노랫소리, 나무를 자르는 전지용 가위 소리 등 동네의 소음들을 지나쳐, 어느새 세 사람은 그것들로부터 멀리 떨어진 곳에 도달한다. 그들이 탄 차는 달리고 또 달렸다. 때로는 몇 시간 떨어진 곳으로, 때로는 20분도 채 걸리지 않는 곳으로. 그러고 나면 그들은 또 다른 차고로 들어갔다. 때로는 폐쇄되어 지금은 쓰이지 않는 널찍한 헛간 같은 데로 들어가기도 했다. 그곳에서는 또 다른 미니밴이 그들을 기다리고 있었다. 차 안 계기판 위에 자동차 키가 놓여 있었다. 흠집 하나 없는 내부는 새 차 같은 느낌이 났다.

"공주님, 새 마차야." 아빠가 말했다.

아리안의 부모는 이런 모험을 반복적으로 감행했다. 어색한 미소를 지으며. 차를 바꾸고 집을 바꾸고. 재미있다고 생각할 수도 있을 것이다. 아리안도 어릴 때는 그렇게 생각했다. 어느 정도는.

그러나 이제는 아니다.

마지막으로 그렇게 허겁지겁 이사한 게 언제였을까? 3년 전? 4년 전? 잘 기억나지 않는다. 아리안은 조금만 있으면 자기도 또래 친구들처럼 살게 될 거라고 믿고 있었다. 게다가 다음 주에 같은 반 친구의 생일파티에 초대를 받았다. 이번에는 가겠다고 약속했다. 얼버무리며 대답을 회피하고 싶지 않았다. 만일 부모님이 외출을 허락하지 않으면 이번에야말로 왜 그래야 하는지 이유를 알려달라고 할 참이었다. 한 번도 자기에게 들려준 적 없는 그 이유를. 그녀를 위한다며 동화 속 이야기처럼 은폐한 이야기의 진상이 무엇인지.

아직 나이가 너무 어리다거나 이해할 수 없는 상황이라는 식의 어설픈 변명을 하며 넘어갈지도 모른다. 어떤 상황이요? 왜 그렇게 도망가듯 이사해야 하는데요? 왜 매 순간 감시당해야 하고, 유리감옥에서 사는 것처럼 지내야 하는데요? 아리안은 수십 개의 그럴듯한 시나리오를 상상해보았다. 아빠 엄마가 비밀요원이라 도주중인 범죄자에게 쫓기고 있을지도 모른다. 그렇다면 배우자와 아이는 체포 과정의 육박전에서 죽을 위험이 있으니까. 아니면, 아리안 자신이 범죄자의 딸인데 경찰이 데려온 것일 수도 있다. 자신이 입양된 게 아니라는 증거도 없으니 그럴 가능성도 있다. 아니면, 자신이 스위스나 이탈리아 혹은 러시아 대재벌 기업의 상속자여서 마피아의 위협을 받고 있는 것일 수도 있다. 사실은 충직한 유모인 엄마와 그녀의 남편은 아리안이 성년이 되기를 기다리며 매일같이 그녀를 보호하기 위해 목숨을 내놓고 지내는 것일 수도 있다…….

아래층에서 물건 하나가 바닥에 떨어져 산산조각이 났다. 엄마가 좋아하는 부르고뉴산 돌로 만든 타일이 깔린 바닥이었다. 정말 희귀한 타일이라며 엄마는 얼마나 감탄을 했던가. 아빠는 겨울에 발이 시리다며 양탄자를 까는 걸 선호했지만. 집은 무척 넓고 고풍스러웠다. 곳곳에 재미난 숨을 곳들과 방 사이를 연결하는 계단이 많았다. 속이 깊은 벽장도 있었다. 고미다락방, 굴뚝, 최근에 대대적으로 보수한 커다란 욕실 두 개와 자쿠지공기방울을 내뿜어 마사지 효과가 나도록 만든 욕조-역주도 있었다. 이 모든 것을 그대로 두고 떠나야 했다. 어디로 가게 될까? 핼리팩스? 리자이나? 도시, 얼굴들, 풍경들을 전부 다시 익히고 전부 잊어야겠지. 직접적인 질문에는 답을 하지 않고 이전 추억만큼이나 깨지기 쉬운 또 다른 추억들을 쌓아가야겠지. 그렇게 계속, 언제까지…….

언제까지?

아리안은 깃털이불을 박차고 벌떡 일어났다. 이번에는 겁먹은 소녀처럼 침대에 꼼짝 않고 누워 다른 이들이 대신 결정해주길 기다리지 않을 것이다. 그녀는 그렇게 오랫동안 말하고 싶어도 꾹 참았던 그 질문들을 부모님에게 던질 것이다.

이번에야말로 알고 싶었다.

아리안은 층계참으로 나가서 귀를 기울였다. 부모님은 거실 문을 닫고 있었다. 문틈으로 한줄기 빛이 새어나오는 게 보였다. 현관문 쪽으로 가는 복도는 막혀 있었다. 마치 국경처럼. 금지구역처럼. 아니, 그것 이상이었다.

그러나 아리안을 막을 수는 없었다.

아래층 문이 열렸을 때 그녀는 이미 계단을 두 단이나 내려가 있었다. 리즈 프뤼당은 손에 저녁식사 때 쓴 냅킨과 수건을 들고 주방 쪽으로 갔다.

"이 시간에 세탁기를 돌려도 소용없소. 어차피 가져갈 수도 없어."

거실에서 파트릭의 목소리가 들렸다. 근심 걱정에 지친 목소리였다.

리즈가 대답했다.

"어쨌든 이 집을 깨끗이 치우고 가려고 그래요. 그러니까…… 뭘 위한 건지는 모르겠지만. 나중에 여기 들어올 사람들이 기분

좋도록."

아리안은 그 자리에서 꼼짝하지 않고 있었다. 엄마가 고개를 들면 자기를 볼 수 있었다. 하지만 리즈는 하던 일을 계속했다. 드럼 세탁기 문이 딸깍 소리를 내며 닫힌 뒤 윙윙거리며 작동하는 소리가 들렸다.

파트릭이 말했다.

"좀 와서 앉아요. 조금이라도 쉬어둬야지. 오늘밤은 길 텐데."

"알아요."

리즈는 어깨를 굽힌 채 다시 복도를 지나갔다. 그녀는 계단 쪽은 쳐다보지 않았고, 거실 안으로 들어갔지만 문을 꽉 닫지는 않았다.

거실에서 새어나오는 빛줄기는 노란색 리본처럼 빛나고 있었다. 오래되어 색깔이 진해진 타일바닥이 장밋빛으로 물들었다. 아리안은 최면에 걸린 듯 그 밝은 공간에 그대로 서 있었다. 부모님의 목소리가 어렴풋이 들렸지만 무슨 말을 하는지 충분히 알아들을 수 있었다.

리즈가 물었다.

"그 사진, 스캔했어요?"

"바로 해서 저녁식사 전에 보냈소."

"우리가 그의 얼굴을 확인하는 건 이번이 처음이네요."

"만일 진짜 그가 맞다면 그렇지. 그들을 믿어요. 다 확인해줄 테니까."

"늘 그랬어요. 그리고 늘 그랬듯이 그는 손가락 사이에 그걸 끼워놓겠지요."

리즈의 목소리가 갈라졌다. 그녀는 울고 있었다.

"진정해요. 내일이면 우리는 안전해질 테니."

"얼마 동안요?"

"5개월. 3월 20일이 올 때까지는 5개월을 견뎌야 해요. 아리안이 열여섯 살이 되고 나면 아무 위험도 없을 테니까. 르 루에는 미치광이야. 열여섯 살 생일에서 단 하루라도 지난 아이들에게는 흥미를 잃는다는군. 세르부르크라는 여자애를 생각해봐요."

"진짜 운이 좋은 경우였어요. 그렇게 운이 좋은 경우가 있을 거라곤 생각도 못했는데."

"나도 그렇소. 열여섯 살 생일에 가출이라니……. 전혀 예상하지 못한 일이요. 살인자도 그랬을 거요. 그 애는 남자친구와 호숫가에 있는 오두막에서 일주일을 지냈다는군. 부모는 걱정이 되어 애가 탔겠지만 결국 목숨을 구했잖소."

잠시 침묵을 지키다가 그가 덧붙였다.

"그리고 부모의 목숨도 구한 거지."

리즈는 힘껏 코를 풀고 물었다.

"가족증명서는 챙겼죠? 아리안의 학교 서류들이랑?"

"그럼. 걱정하지 마요. 이제 가서 몸 좀 누이고……."

"아뇨. 난 여기에서 당신과 함께 있는 게 더 좋아요. 우리가 하얗게 밤을 새는 것도 오늘이 마지막이라고 생각하면서요. 문을 닫아요, 파트릭. 아리안을 깨우고 싶진 않아요."

발소리가 들렸다. 리본처럼 새어나오던 빛이 사라지며 문이 천천히 닫히는 소리가 들렸다. 어둠이 아리안을 덮어버렸다.

새벽 다섯 시, 지붕과 맞닿은 하늘이 어슴푸레하게 밝아오자 아리안은 창문을 열고 밧줄로 묶은 커다란 여행가방을 벽을 따라 아래로 내렸다. 복도 붙박이장에서 겨우 찾아낸 밧줄의 반대쪽 끝은 문손잡이에 단단히 묶어놓았다. 푸른색 바탕에 검은 점무늬가 있는 그 밧줄은 아리안이 엄마와 함께 초보자들을 위한 등반교실에 갔을 때 딱 한 번 쓴 적이 있었다. 리즈 프뤼당은 어릴 때 유럽과 미국을 누비고 다니며 점점 더 난이도 높은 코스에 도전했었다. 그리고 마침내 프랑스의 베르동 협곡과 쇠즈 절벽, 요세미티 국립공원의 엘카피탄 암벽을 올랐다. 그렇게 등반을 나간 지 오랜 세월이 지났지만 리즈는 자기가 좋아하는 스포츠를 딸에게도 가르쳐주고 싶었다.

아리안에게 엄마와 함께 한 이 즐거운 스포츠는 짜릿한 모험이나 다름없었다. 비록 짧게 끝났지만. 아리안은 그 작은 공간에서 마음껏 뛰놀았다. 등반교실의 젊은 코치는 리즈에게 자신이 시도하려 하는 코스가 어떤 곳인지 쭉 설명하며 기술적인 조언을 구하기도 했다. 그러다가 그는 어린 아리안에게 관심을 보이며 이름과 나이를 물었다. 아리안은 엄마의 얼굴이 굳어지며 순식간에 어두워지는 걸 보았다. 지난여름에 횡단한 드넓은 마니토바 평원에서 갑자기 거대한 구름이 몰려와 햇빛에 반짝이던 풀들의 생기를 지우고 빛의 바다와 같던 초원을 황량하고 불길한 곳으로 바꿔버렸을 때와 같은 느낌이었다. 리즈는 딸의 손을 잡고 아이가 발버둥쳐도 아랑곳하지 않고 출구로 끌고 나왔다.

이제 아리안은 엄마가 왜 그렇게 행동했는지 깨달았다.

가방이 둔탁한 소리를 내며 바닥에 떨어졌다. 아리안은 카메라 케이스가 허리춤에 잘 고정되어 있는지 확인했다. 그 안에는 줌렌즈가 달린 새 카메라를 구입하려고 모아둔 3백 달러와 새로 만든 여권이 들어 있었다. 3백 달러는 그녀가 갖고 있는 현금 총액이었다. 아리안은 점퍼 지퍼를 올리고 깃을 세웠다. 새벽 어스름에 몸을 숨기면 호기심 어린 시선들도 피할 수 있을 것이다. 옆집에 사는 보샹 씨는 아침 일찍 일어나 뜰에서 태극권을 연습했다. 아리안은 집 뒤쪽으로 나가서 빙 돌아 버스터미널 쪽으로 가면 될 것이다.

마지막으로 아리안은 고개를 돌려 자기 방을 둘러보았다. 침대를 정리하고, 책상을 치우고, 컴퓨터는 켜두었다. 아리안은 지난밤에 검색했던 사이트의 방문 기록을 모두 지우고 키보드 위에 잘 보이게 종이 한 장을 올려두었다. 거기에는 단 두 문장이 적혀 있었다.

사랑해요.

열여섯 살이 되면 돌아올 테니 제 걱정은 마세요.

부모님은 이해해줄 것이다.

밧줄을 쥔 손바닥이 화끈거렸다. 아리안은 부모님한테 들킬까 봐 집의 정면 쪽으로는 내려갈 엄두도 못 냈다. 거실 창문은 다른 방향으로 난 테라스 쪽 것들만 열려 있었다. 하지만 페인트가 칠해진 지붕널은 살짝 건드리기만 해도 집 전체가 울릴 것이다. 아리안은 뱀처럼 뻗어 있는 나일론 밧줄을 두 손으로 꽉 잡고 발목을 교차시킨 채 내려가기 시작했다. 바닥이 두꺼운 운동화를 신어서 다행이었다. 옷은 청바지에 맨투맨 티셔츠, 짙은 색 점퍼로 편안한 캐주얼 차림이었고 일부러 눈에 띄지 않는 무채색을 골랐다. 가방에 갈아입을 속옷과 청바지 하나, 셔츠 두 개, 티셔츠 네 개, 두꺼운 풀오버를 넣어두었다. 그 옷들을 바로 입을 일은 없을 것 같았다. 이번 가을은 이상하리만치 포근했으니까. 인디언 섬머미국과 캐나다 등 북미 지역에서 10월 말이나 11월에 계절에 맞지 않게 건조하고 따뜻한 날씨가 나타나는 기간을 이르는 말-역주가 계속된다고 이틀 전 가사도우미 아주머니가 부엌 창문을 닦으며 말했다. 그날, 거리의 단풍나무들은 푸르고 높은 하늘에 박힌 보석처럼 빛나고 있었다. 새빨간 단풍잎을 볼 때마다 아리안은 타오르는 횃불이 연상되었다.

하지만 이제부터는 흘러내린 피를 떠올리게 될 것 같았다.

르 루에의 희생자들이 흘린 피를.

피해자는 벌써 다섯 명에 이르렀다. 다섯 소녀는 하나같이 열여섯 살이 되는 생일날 저녁에 살해되었다. 그녀들은 모두 침대에 누워 있었고 가족들에게 둘러싸여 있었다. 소녀와 가족들 모두 죽은 채 발견되었다. 가족은 부모나 삼촌, 고모였는데 목이 졸려 안구가 돌출되고 입술은 시퍼렇게 변했으며 목 위에 깊은 자국이 선명하게 나 있었다. 하지만 소녀들은 달랐다. 그녀들의 얼굴은 전혀 손상되지 않은, 살아 있을 때 모습 그대로였다. 침대 시트 위에 핏방울이 점점이 떨어져 있고, 왼손 검지 끝에서 뭔가에 찔린 자국이 있었다. 그렇게 소녀들은 죽어 있었다. 만치닐열대산의 독 있는 나무-역주에서 추출된 독은 몇 시간 안에, 때로는 단 몇 분 만에 소녀들의 생명을 앗아갔다. 아리안은 살해된 소녀들의 이름과 살던 도시를 전부 외우고 있었다. 살인자에게 헌정된 블로그그런 블로그는 십여 개에 이르렀다에서 알게 된 것인데 그녀들의 죽음은 모두 사전에 예고되었다. 상자 안에 들어 있는 한 장의 편지를 통해. 값비싼 크림색 편지지에 정성스러운 글씨로 쓰여 있어 청첩장이나 생일축하카드처럼 보이는 편지였다.

나는 그녀를 바라본다.

당신들은 나를 보지 못하겠지만, 나는 여기 있다.

열여섯 살까지 그녀는 아름답게 자라겠지.

건강하고 똑똑하게.

나는 모든 악으로부터 그녀를 지킬 것이다.

그리고 그녀의 열여섯 살 생일날,

태양이 지평선으로 떨어지기 전에

내가 찾아갈 것이다.

당신들을 암흑 속으로 밀어넣고,

그녀를 내 것으로 만들 것이다.

아리안의 발밑 산책로에 깔린 자갈이 조용히 사각거렸다. 그녀는 가방을 들고 대문이 아닌 정원의 작은 문 쪽으로 갔다. 인적이 드문 작은 길로 통하는 문이었다. 문은 잠겨 있었지만 아리안은 부모님이 열쇠를 어디에 두는지 알고 있었다. 묘목과 원예용 연장들, 부식토 등을 보관하는 오두막을 덮고 있는 개머루덩굴로 가려진 기와 더미 아래였다. 리즈 프뤼당은 정원 가꾸는 일을 좋아했다. 아름다움을 창조하고 생명을 만들어가는 그 일이 엄마의 불안을 조금이나마 잠재워준다는 걸 아리안은 이제야 깨달았다.

아리안은 덩굴 아래를 더듬어보았다. 차가운 열쇠가 손가락에 닿자 꼭 움켜쥐었다. 그 순간 눈물이 또르르 흘러내렸다. 오두막 창문 손잡이에 밀짚모자와 엄마의 앞치마가 걸려 있는 친숙한 풍경에 가슴이 아린 것이다.

'그가 엄마를 죽이면 안 되니까 난 사라질 거예요. 나를 찾지 못하도록. 설사 그가 나를 발견한다 해도 엄마는 안전할 테니까.'

아리안은 손등으로 눈물 젖은 뺨을 닦은 다음, 여전히 솟아오르는 눈물을 참으려고 머리를 흔들었다. 그리고 문 쪽으로 걸어갔다.

* * *

아리안의 메모

10월 20일, 새벽 5시 47분, 버스터미널

나는 마지막 순간에 가방의 바깥쪽 주머니에 넷북을 집어넣었다. 지금 그것은 내 무릎 위에 놓인 채 켜져 있다. 키보드를 두드리고 있어 나는 바쁘고 중요한 일이 있는 것처럼 보인다. 이러고 있으면 누군가 나에게 다가와 이렇게 이른 시간에 뭘 하냐고 묻는 걸 피할 수 있을 것이다. 주위에 사람은 많지 않다. 벤치에 누워 자는 노숙자 하나, 거리에서 받은 티슈를 서로 보여주며 낮은 목소리로 이야기를 나누는 여자 둘, 그리고 나. 앉을 자리를 정할 때에도 나는 일부러 대기실 밖으로 나가 조명도 어둡고 버스시간표 표지판과 아직 문을 열지 않은 카페테리아에서도 멀리 떨어진 곳을 선택했다. 하지만 잠시 후 나는 그만 고개를 들어 주위를 둘러보고 말았다. 그러면 안 된다는 걸 알고 있었지만. 그런 행동은 사람들의 시선을 끌기 때문이다. 거리에서도 나는 뒤따라오는 사람이 없는지 확인하기 위해 연신 뒤를 돌아보며 걸어왔다. 작은 몸짓도 계산해보고 내 태도와 시선 역시 조심해야 할 필요가 있었다.

익숙해져야 했다. 죽음이라는 위협에 처한 상황에 익숙해져야 했다. 하지만 어떻게 익숙해질 수 있을까! 매일 죽음과 더불어 사는 것에.

신기하게도 지금 나는 마취된 듯 초연한 느낌이다. 언제 두려움에 떨게 될지 모르겠다. 그럼 나는 소리치거나 울게 될까? 가까운 경찰서로 뛰어들어가 나를 어딘가에 숨겨달라고, 보호해달라고 간청하게 될까?

아무 소용도 없을 것이다. 부모님은 내가 태어나서 지금까지 한결같이 나를 보호해왔다. 그러느라고 그들은 잠도 제대로 못 자고 집에서도 밤에 보초를 서야 했다. 그동안 살았던 어느 집에서나 마찬가지였다. 어릴 때 자다 깨면 내 심장박동만큼이나 규칙적으로 왔다 갔다 하는 부모님의 발소리가 들렸다. 그럴 때면 나는 이야기를 지어냈다. 과거라는 검은 물속에서 튀어나온 유령, 손에 칼을 든 채 성을 지키는 근위병들 앞을 활보하는 거인, 발끝으로 마룻바닥을 톡톡 건드리는 노파…….

노파. 마녀. 물레를 돌리는 마녀!

가슴이 욱신거렸다. 숨을 들이마셔, 아리안. 토하기라도 하면 시선을 끌게 돼. 그는 어느 곳에나 있을 수 있어.

사진에 찍힌 그 남자. 정말 그가 르 루에일까? 그렇다면 나는 그의 얼굴을 아는 거다. 그의 특징이 전부 내 머릿속에 새겨져 있다. 나는 그를 알아볼 수 있을 것이다.

어디로 가야 할까? 그가 소녀들을 죽인 도시들의 위치를 지도 위에 초록색 점으로 표시하고 그것들을 선으로 이어보았다. 이 그림이 어떤 의미가 있는 걸까?

그는 캐나다에서만 살인을 저질렀다. 그러니 국경을 넘어가야 한다. 예를 들면 뉴욕 같은 곳으로 가야 한다.

그곳은 어마어마한 대도시다. 거기에서 나는 사라질 수 있다. 정말 그럴 수 있다.

'출발'전광판에서 버스 노선 하나가 깜빡이고 있다. 나는 저 버스를 탈 것이다. 버스가 어디로 가는지는 중요하지 않다. 나중에 다른 버스로 갈아타면 된다.

나는 살아남을 것이다.

라라는 생일파티를 좋아하지 않았다. 해마다 똑같았다. 남동생들이 식당에 화환을 걸어둔다. 크리스마스 때 쓰던 눈에 거슬리는 빨간 리스와 찢어진 종이 호박을 접착제로 대충 이어붙인 핼러윈 화환이다. 엄마는 식탁 한가운데에 할머니에게 물려받은 비단 팬지 꽃다발을 올려둔다. 비단 팬지는 먼지가 쌓이고 햇빛에 바래서 꽃잎 부분이 나방 날개처럼 잿빛으로 변해버렸다. 음식이 다 차려지면 각자 요란스러운 소리를 내며 의자를 당겨 자리에 앉는다. 음식이 가득 담긴 접시들에서 김이 모락모락 나지만 아무도 손을 대지 않는다.

기다리는 것이다.

그가 오기를.

그는 늘 늦게 귀가했다. 운이 좋은 경우엔 조금만 취해서 돌아왔다. 라라는 열쇠가 돌아가는 소리가 들리면 위가 조이는 느낌이 들었다. 그가 라라의 생일을 잊어버린 건 이번만이 아니었다. 작년에 그는 울면서 약속했다. 앞으로는 라라의 생일에 술집에서 시간을 보내는 일은 결코 없을 거라고.

"단언컨대, 네 할머니 머리를 걸고 약속하마!"

그는 떨리는 목소리로 여러 번 반복해서 말했고, 수첩을 펼쳐

검정색 펜으로 눈에 띄게 밑줄을 그어놓은 날짜를 라라에게 보여줬다. 그는 비장하게 수첩을 흔들어댔다. 이번이 마지막이야, 그래, 마지막이라고. 그는 과장된 태도로 약속했다.

"알겠지? 아빠를 믿어줘."

믿어달라니. 거짓말쟁이들이 쓰는 구역질나는 말이다. 어른들은 왜 되는 대로 거짓말을 하는 걸까?

그동안 해마다 이런 식이었다. 생일파티는 늘 똑같았다. 일곱 살이 되자 라라는 철이 들었다. 그리고 나이가 두 자리 숫자를 넘어 열 살이 되었다. 열두 살에는 중학교에 들어갔다. 그리고 곧 그녀는 열여섯 살 생일을 축하할 것이다.

하지만 이 집에서는 아니다. 그들과 함께는 아니다. 식어버린 소스에 버무린 닭요리나 눅눅해진 감자튀김, 노란 크림이 초 주위에서 천천히 굳어버린, 내려앉은 케이크와 함께도 아니다. 라라의 엄마는 사부아 비스퀴버터가 들어가지 않은 가벼운 식감의 케이크로 스펀지케이크와 비슷함-역주에 초를 똑바로 꽂은 적이 단 한 번도 없었다. 미지근한 발포성 포도주와 눈물을 참아야 하는 상황도 싫었다. 엄마의 한숨소리와 남동생들이 소심하게 물어보는 이 말도 듣고 싶지 않았다.

"엄마, 먹어도 돼요? 배고픈데."

라라는 자신을 안으려고 다가오는 아빠가 풍기는 술냄새도 맡고 싶지 않고, 연신 깜빡거리는 아빠의 충혈된 눈도 보고 싶지 않았다. 뚱뚱한 배 위로 찢어질 듯 팽팽히 당겨지고 겨드랑이 부분이 땀에 젖은 셔츠도 보고 싶지 않았다.

이제 더는 보고 싶지 않았다.

생일 전날인 그날, 엄마는 라라에게 타르트를 만들 때 쓸 월귤나무 열매를 씻어달라고 했다. 두 사람은 각자 부엌 싱크대에서 과일을 씻어 중간에 놓인 우묵한 샐러드접시를 채우고 있었다. 엄마가 라라를 쳐다보지 않고 말했다.

"아빠를 원망해선 안 돼."

"아, 그래요?"

가을이었지만 공기는 초여름처럼 포근했고, 파리 한 마리가 라라의 머리 주위를 윙윙거리며 날아다니고 있었다. 라라는 파리를 쫓으려고 계속해서 머리를 흔들었다. 그녀는 샐러드접시에 손을 넣고는 블루바이올렛 색깔의 조그맣고 동그란 재료들이 손가락 사이로 흘러내리는 걸 쳐다보았다. 싱싱하고 반들반들했다. 정갈해 보였다. 그게 바로 라라가 원하는 것이다. 정갈한 삶. 지나치게 열정적일 필요는 없다. 아빠, 엄마, 남동생들, 집, 그녀는 전부 갖고 있다. 많은 이들이 그 정도면 충분하다고 생각할 만큼 갖고 있다. 그런데 도대체 뭐가 불만인 거냐? 할머니는 라라에게 늘 똑같은 잔소리를 늘어놓았다. 어려서 경기침체와 심각한 경제난을 겪은 사람들은 먹을 것이 없어 허덕이기도 했다고.

"넌 상상도 못할 거다, 라라. 넌 얼마나 풍족하게 살고 있니! 우린 완두콩만 먹고 지낸 적도 있어. 그것마저 매일 먹을 수도 없었단다. 통조림 고기도 일주일에 한 번 간신히 먹는 음식이었어."

하지만 라라가 아는 여자애들은 아빠와 테니스를 치거나 가족 캠핑 여행을 다녔다. 술에 절어 비틀거리며 계단을 올라오는 발소리, 문 쪽으로 넘어져서 나는 둔탁한 소리를 신경 쓰지 않고 크리스마스나 생일을 보냈다. 그녀로서는 다시 떠올리고 싶지 않은 암흑 같은 날들이었다.

"그건 아빠 잘못이 아니란다."

"아, 그래요?" 라라가 똑같은 대답을 반복했다.

라라는 샐러드접시를 밀어냈다. 이 빠진 접시여서 흔들거렸다. 이 집에는 상태가 좋은 거라곤 없었다. 물건도 가구도 사람도 마찬가지였다. 라라의 마음속에서 치밀어오른 분노는 짙은 잿빛 그림자에 가까웠다. 그것은 색채도 입체감도 지워버렸다. 라라는 혀에서 어떤 맛이 느껴졌다.

"그럼 내 잘못이겠네요. 아니면 엄마 잘못이거나. 그렇게 생각하는 거죠? 안 그래요? 엄마가 아빠에게 충분히 잘해주지 않아서라고. 엄마는 노예처럼 일만 하면서……."

"말이 지나치구나. 아빠가 일하고 받은 월급으로 널 키운 거야." 엄마가 조용히 반박했다.

"아빠는 그 돈으로 술을 마시잖아요. 날마다 맥주를. 내가 아무것도 모르는 줄 아세요? 엄마는 밤마다 몰래 이웃사람들 옷을 다리잖아요. 냉장고에 먹을 걸 채우기 위해서. 도우미 일도 하잖아요? 엄마가 그 노파들 똥을 닦아주고…….”

“그런 말 하지 말랬지, 라라. 이웃을 위해 봉사하는 건 무척 중요한 일이야. 그래야…….”

“엄마하곤 말이 안 통해요.”

라라는 자리에서 일어났다. 이 부엌, 이 집과 이 동네 말고 다른 곳으로 탈출할 시간이 온 것이다. 어디라도 상관없어! 그녀의 머릿속에서 격분해서 외치는 소리가 들리는 것 같았다. 어디라도 상관없다고, 여기만 아니면.

엄마는 고개도 들지 않고 손가락만 분주히 움직여 과일을 계속 손질하며 말을 이었다.

“그러니까 오래된 사정이 있단다. 우린 편지를 받았어. 너에 대한 거야.”

“무슨 편지요?”

“아주 오래전이었다. 네가 두세 살쯤이었나…… 기억이 잘 안 나는구나. 네 아빠는 아직도 그 생각을 하고 있는 거야. 나는 그냥 고약한 농담일 거라고 백 번도 넘게 말했지만. 그게 아니면 무슨 이유가 있겠니?”

“그게 뭔데요? 엄만 한 번도 그 얘기를 해준 적이 없어요.”

“아무것도 아니야. 그냥 미친 사람 이야기지. 우린 우표도 안 붙은 편지봉투 하나가 우편함 속에 흠뻑 젖어 있는 걸 발견했어. 일주일 내내 비가 내렸었거든. 우편함이 새니까 새 걸 사야겠다고 생각했지만 그동안 까맣게 잊고 있었지. 편지는 빗물에 잉크가 번져서 글의 절반이 지워져 있었어. 편지 내용은…… 네가 그 사람 것이며, 네 생일날 그가 너를 데리러 올 거라는 내용이었어. 그게 알아볼 수 있는 내용의 전부였어."

"'그'가 도대체 누구예요?"

"편지를 보낸 작자. 미친 사람이라고 했잖니. 하지만 네 아빠는 그 편지를 읽고 깜짝 놀라 얼굴이 창백해졌어. 아빠의 그런 모습은 한 번도 본 적이 없어. 당장 경찰을 찾아갈 기세였어. 소중한 딸아이를 누군가 노리고 있다는 걸 알게 되었으니……. 그 뒤 아빠는 네 생일날을 견딜 수 없게 되었어. 가여운 사람."

샐러드접시가 바닥으로 떨어졌다. 라라는 미처 그걸 잡을 겨를이 없었다. 과일이 타일바닥 위로 흩어졌다. 그걸 보고 엄마가 투덜거렸다.

"도대체 무슨 짓을 한 거니? 넌 뭐든 망쳐버리는구나."

"전부 망쳐버린 게 나라고요?"

라라는 속에서 분노가 치밀어올랐다. 쓰라림. 모래알처럼 까끌까끌한 느낌. 두 손을 옆구리에 올린 채 라라는 분노의 감정이 자기 안에 차오르는 걸 느끼며 놀랐다. 이러다가는 한순간에 호흡이 멎을 것만 같았다.

"가여운 아빠. 엄마 말이 맞아요. 가여운 사람이죠. 소중한 딸을 누가 데려가려고 노리고 있는데 아빠라는 사람은 그 일이 일어날지도 모르는 날 그 자리를 피해버리는군요. 엄마에게 떠넘겨버리고. 엄마가 그걸 처리하도록. 늘 그랬듯이."

라라는 목이 메었지만 이야기를 이어갔다.

"엄마 인생을 좀 더 편하게 해줄게요. 엄마의 남편은 내일 몇 시에 들어오면 될지 고민하지 않아도 돼요. 내가 떠날 테니까. 안녕히 계세요."

서류가 놓인 의자 위에 청재킷과 가방이 같이 있었다. 라라는 옷가지와 가방을 얼른 집어들고 복도로 달려나갔다. 그래도 엄마가 자기를 불러주기를, 간절한 목소리로 자기 이름을 소리쳐 불러주기를 바라는 마음이 반쯤은 있었다. 하지만 그런 일은 일어나지 않았다.

문이 쾅 닫히자 오래전부터 금이 가 있던 유리창이 바닥으로 떨어져 산산조각이 났다. 마치 바위에 부딪쳐 깨져버린 파도의 물거품 같았다.

* * *

라라는 빨리 걸었다. 아직 정오도 되지 않았다. 다음 버스가 몇 시에 오더라? 어릴 때부터, 집을 나가야겠다는 생각을 처음 한 그 순간부터 라라는 버스 노선과 시간표를 외웠다. 06:12, 07:32,

10:24 그리고 12:03. 그녀는 12시 3분 버스를 탈 것이다. 선택의 여지가 없다. 그게 마지막 버스였다.

버스. 이 감옥 같은 촌구석에서 벗어날 수 있는 유일한 수단. 모두 똑같이 생긴 집들을, 잘 가꿔진 화단이 있는 작은 정원들을, 일당이 형편없는 K마트나 스타벅스 계산대 점원이 꿈꿀 수 있는 유일한 일자리인 이곳을, 마을에 하나밖에 없는 영화관에서 여자아이들의 엉덩이를 거쳐 더 위로 위로 올라가는 남자아이들의 축축한 손과 짐승 같은 웃음을, '얘야, 넌 누구보다 더 귀한 보석이란다. 내 말이 무슨 말인지 알지?'라는 입에 발린 말을 늘어놓는 교구 아주머니들을, 꽃무늬 원피스를 입고 황홀경에 빠진 미소를 지으며 '음악을 통해 우리는 하나님에게 가까이 가는 거야. 그렇게 생각하지 않니, 라라?'라고 말하는 교회 파이프오르간 연주자이면서도 음치인 사서를, 이 모든 것을 뒤로 하고 떠날 것이다.

분노에 맛이 있다면 구질구질함에는 어떤 냄새가 배어 있어. 발걸음을 서두르며 라라는 생각했다. 희망이 결핍된 상태도 마찬가지였다. 어디에 있어도 알아차릴 수 있었다. 무겁고 끈적끈적했다. 어느 날, 그 냄새가 당신을 감싸버리면 다시는 놓아주지 않을 것이다. 그럼 모든 게 끝난다. 이런 더러운 냄새는 피부의 모공 하나하나에서 나오며, 입고 있는 옷에도 배어들고, 영원히 당신에게 낙인처럼 찍혀 있을 것이다. 라라는 팔을 들어 웃옷 소매를 코로 가져갔다. 옷의 접힌 부분에 냄새가 배어 있었다. 그 옷도 여기 버리고 가야 했다. 혹시나 그 냄새가 자신을 오염시킬까 두려웠다.

청재킷을 둥글게 말아서 기찻길 너머 수풀로 던져버렸다. 라라는 웃음이 터져나왔다. 아니야, 춥지 않을 거야. 신중함, 조심성 같은 건 살아가는 걸 포기한 이미 죽은 사람들에게나 유익한 거야. 뜨거운 피가 라라의 혈관 속을 힘차게 흐르고 있었다. 도시를 빠져나왔음을 알려주는 표지판을 지나니 피가 더 빨리 돌고 있어. 라라는 생각했다.

버스정류장은 주유소 뒤쪽으로 좀 더 떨어진 곳에 있었다. 2분 거리였다. 라라는 달리기 시작했다. 햇빛이 푸른색과 흰색이 섞인 차체 위를 비추고 있었다. 도로에서 희미하게 안개가 피어올랐다. 몬트리올, 보스턴, 뉴욕……. 라라는 돈이 충분하지 않았다. 버스로 쉽게 갈 수 있는 도시 이름을 재빨리 훑어본 다음, 무턱대고 먼 거리의 도시를 하나 선택했다. 그 뒤에는? 아, 그 뒤엔 어떻게든 해결해나갈 것이다. 그녀는 계획을 중단한 적이 한 번도 없었다. 좋은 선택을 했다는 확신이 있었다. 이렇게 행복한 감정을 느낀 건 처음이라 마치 마약에 취한 것 같은 기분이었다.

앞으로 나아가자. 과거 따위는 짓밟아버리고. 왜 그동안 그토록 꾸물거렸을까?

버스 안은 에어컨 때문인지 꽤나 서늘했다. 라라는 손바닥으로 양 팔을 비비며 좌석들을 한번 훑어보았다. 거의 모든 자리가 차 있었다. 라라와 또래로 보이는 여자아이 옆에 빈자리가 하나 남아 있었다. 라라가 그녀에게 다가가 물었다.

"앉아도 되니?"

라라를 쳐다보지도 않고 소녀는 고개를 끄덕였다. 라라는 의자에 미끄러지듯 앉은 뒤 숨을 죽이고 있었다. 차가 출발할 때까지 누군가 자신을 알아볼 위험이 있었다. 시내 상점 주인이나 엄마 친구, 학교 선생님 등 누구라도 버스에 오를 수 있었다. 라라를 발견하면 그들은 놀라서 물어볼 것이다. 그녀는 이야기를 지어낼 것이다. 사촌이 아프다든지 이웃도시에 사는 친구를 잠시 보러 간다든지 하는 식으로 이유를 댈 것이다. 가는 곳이나 자기의 종적을 숨기는 일은 어렵지 않지만 라라는 아무에게도 말을 걸지 않는 편을 택하기로 했다.

사람들의 눈에 띄지만 않으면 된다. 그리고 사라지는 거다. 마치 길가에 늘어선 작은 나무들이 짙은 안개 속에서 사라지는 것처럼.

옆에 앉은 소녀는 고집스럽게 얼굴을 창 쪽으로 돌리고 있었다. 그녀의 얼굴 일부가 창에 비춰 보였다.

'이상한 일이야. 나랑 닮았잖아.'

라라는 속으로 생각했다. 가르마를 타 넘긴 회백색에 가까운 금발머리를 어깨 길이로 자른 것도, 곧은 코와 짙은 눈썹도 닮았다. 키도 거의 같아 보였다. 그녀는 어디를 가는 걸까? 커다란 가방이 머리 위 짐칸에 놓여 있었다. 부모님 집에 가는 걸까? 기숙사로 돌아가는 걸까? 남자친구를 만나러 가나? 아니면 나처럼 집을 나온 걸까? 그렇진 않을 것이다. 복잡한 사정이 있어 보이지는 않았다. 브랜드 청바지를 입고 고급스러운 금팔찌를 차고 있었다. 해마다 생일을 망치고, 격렬한 말싸움을 하고, 아빠의 월급이 다 떨어지는 월말이면 식사 때마다 멀건 수프와 감자가 식탁에 올라오는 힘겨운 삶 같은 건 절대 모를 것이다.

그 아이는 라라를 무시하기로 마음먹은 것처럼 보였다.

'상관없어.'

라라도 그렇게 생각하고 좌석 깊숙이 몸을 파묻었다. 버스 시동 거는 소리가 들렸다. 요란한 소리에 귀가 먹먹해졌다. 가벼운 진동이 진회색 매트가 깔린 버스 바닥 위로 퍼져나갔다. 라라는 다리를 들어 앞좌석 등받이에 발을 올렸다. 옆자리 소녀가 비난하듯 흘깃 쳐다보았다.

'상관없어.'

라라는 이번에도 그렇게 생각하며 입가에 슬며시 미소를 지었다. 버스 문이 닫혔다. 타이어의 소음, 뭔가 빨아들이는 것 같은 소음이 들렸다.

천천히, 버스가 승강장을 둘러싼 작은 담장을 벗어나더니 도로로 진입했다. 엔진의 소음이 점점 커졌다. 라라는 눈을 감았다. 천까지 숫자를 세기로 했다. 다시 눈을 뜨면 자유로운 세계가 그녀를 기다리고 있을 것이다.

새로운 인생이.

아리안은 더러운 유리창 너머 풍경에 시선을 고정시켰지만 실제로 그걸 보고 있지는 않았다. 먼지 덮인 도로, 자작나무 숲, 깨끗한 마을, 대형 광고판 등이 스치듯 지나갔다. 햇빛에 아리안의 뺨이 후끈 달아올랐다. 땀이 흘렀다. 아리안은 점퍼를 벗으려고 몸을 틀다가 옆자리 소녀의 어깨에 팔꿈치를 부딪치고 말았다. 아리안이 속삭이듯 중얼거렸다.

"미안해."

"괜찮아."

침묵이 흘렀다. 그 소녀가 아리안의 얼굴을 뚫어지게 쳐다보았다. 아리안은 생각했다.

'아, 안 돼. 나와 얘기하고 싶어하잖아. 틀림없어. 종점까지 같이 수다를 떨며 가자고 하지는 마. 설마 그렇진 않겠지. 짐도 없는 걸 보면 중간에 내리는 게 분명해.'

아리안은 머리카락을 뒤로 넘겼다. 옆자리 소녀가 자기 머리칼을 한 움큼 잡더니 아리안의 관자놀이 가까이에 댔다.

"똑같은 색이야."

그녀의 눈이 반짝이고 있었다. 무슨 말을 하는 거지? 마치 좋은 소식을 듣기라고 한 듯 그녀는 행복해 보였다.

그녀가 꼭 집어 말했다.

"우리 머리색 말이야. 진짜 드문 일인데. 금발이 아니잖아. 다행이지, 난 금발은 진짜 싫어하거든. 난 라라야. 넌 이름이 뭐야?"

"아리안."

"멀리 가니?"

아리안은 눈살을 찌푸렸다. 도대체 무슨 상관이람? 그녀는 생각나는 대로 지어냈다.

"트루아리비에르 근처로 가. 거기가 우리 집이야. 넌?"

라라는 손을 내밀어 지평선을 가리켰다.

"가능한 한 멀리 가."

"아!"

버스는 호숫가를 달리고 있었다. 단풍나무들 사이로 호수 표면이 흐릿한 은색으로 잔잔히 빛나고 있었다. 부교에 앉아 발장구를 치던 꼬마가 두 소녀를 향해 팔을 크게 흔들어주었다.

"저 아이도 분명 그런 꿈을 꾸고 있을 거야."

라라의 말에 아리안은 궁금증을 못 참고 물어보았다.

"무슨 말이야?"

"가능한 한 멀리 떠나는 것. 모두가 그런 꿈을 꾸지. 하지만 난 이미 그 꿈을 실행에 옮기고 있어."

라라는 묘한 표정을 지으며 기지개를 켰다. 그리고 앞좌석 등받이의 망을 잡아당겼다. 늘어났던 고무줄이 팽 소리를 내며 제자리로 돌아갔다.

“빨리 그곳으로 가고 싶어.”

“그곳이라니…… 가능한 한 멀리 떨어진 곳?”

아리안이 묻자 라라는 달콤한 사탕을 빠는 것 같은 표정으로 대답했다.

“그곳은…… 누군가 나를 기다리고 있는 곳이야.”

‘누군가 나를 기다리고 있는 곳.’ 이 말을 듣자 아리안은 전율에 휩싸였다. 아리안 자신이 그걸 입 밖에 내었다간 완전히 다른 의미가 되었을 것이다. 갑자기 소름 끼치는 확신이 그녀를 사로잡았다. 질식할 것만 같았다. 그가 여기 와 있다. 그가 따라와서 몰래 엿보고 있다. 버스를 타는 아리안을 따라 버스에 오른 것이다. 흰 개북미 지역 최대의 시외버스회사인 그레이하운드 라인즈의 상징인 그레이하운드-원주가 아무리 달리고 또 달려도, 그는 아리안이 집에 두고 온 줄 알았던 희생자와 살인자가 대치하는 위험 상황을 고스란히 가져온 것이다.

천천히, 아리안은 뒤를 돌아보았다. 속으로 이렇게 생각하면서.

‘아무 일 없는 것 같은 표정을 유지해야 해. 넌 그냥 지겨운 거야. 버스 타고 가는 시간이 너무 길다 보니 풍경도 볼 만큼 봤고. 이제 좌석 위 선반에 실린 가방이 몇 개나 되는지 세어보거나 그 비슷한 일을 하면서 기분전환을 하는 거야. 아니, 그건 바보 같은 생각이야. 아무도 그런 일을 하진 않아.’

아리안은 천장을 훑어보다가 칸이 분리된 짐칸에 잘 정리된 가방들과 푸른색 벨벳으로 덮인 좌석들을 둘러보았다. 승객들은 졸거나 책을 읽거나 스마트폰 화면을 들여다보며 뭔가를 입력하고 있었다. 남미에서 온 듯한 여자가 손가방에서 커다란 장밋빛 편물을 꺼냈다. 그녀는 고개를 들다가 아리안과 눈이 마주치자 미소를 지으며 편물의 코를 세기 시작했다. 그녀의 입술이 달싹거렸다. 아리안은 잠시 그녀를 바라보았다. 그녀의 뜨개질하는 모습에 빨려들 듯 몰입했다. 지극히 평화로웠다. 그녀 앞에는 작업복 차림의 삼림감시인이 입을 벌린 채 코를 골고 있었는데 모자의 챙이 눈가까지 내려와 있었다.

'저 사람은 아니야. 그가 자고 있을 리가 없어. 그 사람은 어둠 속에서 고양이처럼 지켜보고 있을 거야.'

그녀는 자신이 너무나도 어리석다고 자책했다. 르 루에가 지금까지 경찰의 수사망을 피할 수 있었던 건 덫을 피할 만큼 지능이 뛰어나다는 뜻이다. 그는 사람들이 자기를 기다리고 있는 곳으로는 결코 들어가지 않을 것이다. 쉽게 잡히지 않을 것이다. 아리안은 지난밤 인터넷에서 검색해서 읽은 기사들을 다시 떠올려보았다. 그의 타깃이 된 가족들의 주위 사람들, 경찰의 질문에 답한 수백 명의 남녀 참고인, 피해자의 남자친구들과 학교 선생님들을 모두 조사해보았지만 아무것도 알아내지 못했다. 살인을 저지를 때 행한 의식만이 유일하게 각 범행들을 연결시켜줄 뿐이었다. 살인

현장은 끔찍하게도 동화를 패러디해 설정한 것이었다.

〈잠자는 숲속의 미녀〉. 아리안은 유치원에서 들은 이 동화를 좋아하지 않았다. 집에서는 그녀에게 이 동화를 들려준 사람이 없었다. 지금은 그 이유를 안다. 공주는 바보였다. 사람들이 그녀에게 무슨 일이 일어날지 예고하지 않았던가. 자기 운명을 예언대로 이루어지게 하려는 의도가 아니라면 공주는 왜 열여섯 살이 되던 생일날 저녁에 성 안을 돌아다녔을까? 해가 지기 전에 공주가 자신을 찾아올 거라고 확신하며 쉬지 않고 물레로 실을 잣는 마녀가 있는 탑에 왜 올라갔을까? 결국 그녀는 창문도 없는 방에 갇힌 채, 목숨을 걸고 그녀를 지켜주기로 결심한 기사들에게 둘러싸여 잠들지 않았던가.

창문도 없는 방. 아리안이 열여섯 해 동안 살아온 곳이 그러했다.

그리고 그녀는 자기 의지로 방금 그곳을 빠져나왔다.

버스에는 열한 명의 승객이 타고 있었다. 멀리서 보든 가까이서 보든 그중 아리안이 사진에 담은 공원에 있던 남자와 닮은 사람은 없었다. 열네 살이 채 안 된 것 같은 청소년 세 명과 남성적인 뚜렷한 이목구비를 가진 여자 둘은 셈에 넣지 않았다. 한 여자는 금발 머리가 부자연스럽게 빛나는 걸로 보아 완벽하게 손질된 가발을 쓴 것 같았다.

'그가 저런 뻔히 보이는 실수를 할 리 없어.'

또 한 여자는 초록빛이 도는 비옷 안에 패스트푸드 체인의 유니폼을 입고 있었다. 그녀는 아리안을 쏘아보았다. 분명 자신이 관찰당하는 걸 불쾌해하는 얼굴이었다.

라라가 작은 목소리로 말했다.

"그러지 마."

"뭘?"

"지금 네 행동. 그렇게 쳐다보는 거 말이야. 아니면 여행 내내 카메라를 꺼내두든지. 그게 훨씬 간단하겠다. 적어도 네가 왜 그러는지 사람들이 이해할 테니까."

아리안은 의심스럽다는 듯 창문을 등지고 몸을 돌렸다.

"내가 사진 찍는 거 어떻게 알았어?"

라라는 의기양양한 미소를 살짝 지었다. 좀 오버하는 타입 같다고 아리안은 생각했다. 아리안이 다시 한 번 물었다.

"그러니까 어떻게 알았냐고?"

"네 눈을 보고."

"뭐? 내 눈? 내 눈이 색깔이 바뀌기라도 한단 말이야?"

"그런 멍청한 말은 하지 마. 네가 사람들을 바라보는 방식 말이야. 너는 주위를 집어삼킬 듯이 쳐다보잖아. 사람들의 영혼을 빼내기라도 하듯이. 어떤 인디언 부족은 사진을 찍는 행위가 사람의 영혼을 훔치는 거라고 생각한대."

"인디언이 아니라 아프리카인이겠지."

아리안은 무의식적으로 라라의 말에서 오류를 바로잡았다. 아리안은 그 주제에 대한 글을 읽은 적이 있었다. 여행기에서, 사진 찍을 때 조심하라고 한 것 같은데…… 아프리카? 아니면 중국에서 분리된 어떤 지역 이야기였던가?

아리안이 느닷없이 말했다.

"그들 말이 맞아. 사진가는 영혼을 빨아들이는 사람들이야. 사진 안에 '붙잡아둔다'는 말도 있지?"

"'조준한다'고도 하고. 침묵 속에 행해지는 독특한 살인이야."

"유괴라고 할 수 있지."

"너는 일종의 범죄를 저지르는 거네."

"맞아."

"감옥에 들어가게 될 거야."

두 소녀가 동시에 까르르 웃었다. 둘 사이의 얼음벽이 무너졌다. 그제야 아리안은 안도감을 느꼈다. 표를 사며 터미널 직원과 얘기한 걸 제외하면 몇 시간째 아무와도 말을 하지 않았다. 그런데 말을 하는 이 행동이 '정상적'이라는 안도감을 주었다. 그 나이대의 소녀에게는 더더욱 그랬다. 가느다랗지만 현실적인 끈이 다시 한 번 평범한 인간 세계와 아리안을 연결해주었다. 전날 밤 그녀는 뼈저리게 소외감을 느꼈다. 층계참에 앉아, 부모님이 아리안에게 닥칠 위험에 대해 이야기하는 걸 듣던 그 순간에.

"우린 진짜 닮았어. 진짜 굉장해. 이런 일은 생각지도 못했는데."

라라는 이렇게 말하며 가방을 뒤지더니 도서관 회원증을 꺼냈다.

"이것 봐! 진짜 너라고 해도 믿을 거야! 네 것도 보여줄래?"

라라의 갑작스러운 요구에 아리안이 방어적으로 말했다.

"난 도서관 회원증이 없어."

"에이, 줘봐."

아리안은 생각했다.

'이 애가 내 이름을 안다 해도 무슨 소용이 있을까? 몇 시간 뒤에 얘는 버스에서 내릴 거고, 우리는 두 번 다시 만나지 못할 거야. 내가 어디 가는지 알지도 못하잖아. 나에 대해 아는 게 없다고.'

아리안은 가방 앞쪽에 달린 주머니를 열고 여권을 꺼냈다. 라라는 그걸 낚아채더니 자기 도서관 회원증 옆에 나란히 놓고 하나씩 확인했다.

"눈은 내가 좀 더 크구나. 코도 그렇고. 뭐 큰 차이는 없지만. 하지만 목은 내가 더 가늘어. 아주 조금. 자매라고 해도 믿겠다. 너랑 나 말이야."

라라는 손가락 끝으로 진지하고 굳은 표정의 두 얼굴 사진을 짚으며 덧붙였다.

"난 진짜 언니나 여동생이 있으면 좋겠다고 생각했었는데."

아리안이 몸을 앞으로 숙이며 말했다

"생일을 보면 그건 불가능해. 너는 나보다 겨우 6개월 먼저 태어났으니까."

"그런 건 중요하지 않아. 넌 엄청난 조산아로 태어난 거지. 네 엄마, 아니 우리 엄마가 아이를 낳자마자 바로 그렇게 빨리 임신이 될 거라고 상상도 못한 거야. 그래서 내가 젖을 떼자마자 승마를 했겠지……."

"말을 타고 레로셰즈 지방을 장시간 산책을 했다든지?"

"맞아. 그리고 네가 태어난 거지……."

"……안장 위에서 죽음의 골짜기를 지났구나."

둘은 또 한바탕 웃음을 터뜨렸다. 라라는 즐거워하며 손발을 쭉쭉 뻗었다.

라라가 말했다.

"내일이 내 생일이야. 난 선물을 이미 받았어. 아주 특별한 걸로."

"진짜?"

"그래. 내가 나 자신에게 준 선물이야. 이제 다른 사람의 선물을 기다리고만 있지 않기로 했거든. 이제부터 스스로 자신을 돌보고 소중히 대해주려고. 내가 원하는 것은 무엇이든 나한테 줄 거야."

아리안은 눈물이 차올라 눈이 따가웠다. 라라는 이제 열여섯 살이 될 예정이며, 그날이 다가오는 걸 두려워하지 않았다. 자기와 정반대였다. 그녀는 기대에 부풀어 있었다. 내일, 모든 게 시작될 거라고. 아마도 내일이면 '그곳'에 도착해 있을 거라고…….

"네가 진짜 내 언니가 맞다면 나 좀 돌봐줄래?"

아리안이 이렇게 중얼거리자 라라는 놀란 눈빛으로 바라보았다.

"그럼. 물론이지!"

그런 이야기를 나누며 둘은 똑같은 몸짓으로 좌석 등받이에 몸을 기댔다. 냉방장치에서 소음이 새어나왔다. 커다란 파리 하나가 창문에 계속 부딪치며 윙윙거렸다. 아리안의 눈꺼풀이 무겁게 내려앉았다. 그녀는 폭신하고 가벼운 존재, 어렴풋이 꿈꾸던 '도화지에 그린 옆얼굴 초상화처럼 두께감이 느껴지지 않는' 그런 존재가 된 느낌이었다. 잠들기 전, 아리안은 라라가 자기 이마에 키스를 해주며 놀리듯 속삭이는 소리를 들었다.

"잘 자라, 동생아. 내가 지켜줄게."

아리안은 혼란스러운 꿈속에서 발버둥치고 있었다. 두껍게 쌓인 젖은 시트가 그녀를 내리누르고 있었다. 질식하지 않으려고 시트를 밀어내려 했지만 손에 힘이 하나도 없었고, 흥건히 젖은 시트의 접힌 부분이 그녀의 얼굴에 달라붙어 있었다. 소리를 지르려고 입을 열자 입속으로 짠맛이 한가득 밀려왔다. 온몸이 미친 듯이 위, 아래, 위, 아래로 회전을 했다. 무슨 상황인지 알 수 없었다. 몸이 점점 더 빨리 돌고 있었다. 결국 눈을 찌르는 환한 빛 덕분에 아리안은 자신이 드럼세탁기 안에 갇혀 있고, 주위에 거품 섞인 물이 흘러넘치며 머리와 옷을 적시고 있다는 걸 알게 되었다. 금방이라도 익사할 것만 같았다. 앞이 보이지 않는 상황에서 아리안은 세탁기의 둥근 유리창을 찾아 더듬거리기 시작했다. 죽지 않고 탈출하려면 유리를 깨고 신선한 공기를 들이마셔야 했다.

그녀의 손가락에 부드러우면서도 미지근하고 단단한 무언가가 잡혔다. 어린 나무의 줄기 같기도 한 그것에 아리안은 필사적으로 매달렸다. 그때 비명소리가 들렸다. 아리안은 잠에서 깼다.

사방이 온통 시커멨다. 축축하고도 짙은 어둠뿐이었다. 아리안은 눈을 깜빡거렸지만 아무것도 보이지 않았다. 희미한 빛조차 없어 아무것도 분간되지 않았다. 젖은 시트가 여전히 아리안을 감싸고 있었다. 아니, 그것은 시트가 아니라 더 빳빳하고 두꺼우며 정체를 알 수 없는 냄새가 배어 있는 천이었다. 땀냄새도 아니었다. 다른 것이었다. 금속이 타는 듯한 그 냄새는 아이들이 넘어져서 울음을 터뜨리면 조심스럽게 갖다 대는 과산화수소수로 적신 탈지면 냄새를 연상시켰다…….

아리안의 주위에서 사람들이 소리를 질러대고 있었다. 귀청이 찢어질 듯 커다란 비명이 탄식과 함께 흘러나왔고, 목이 쉬어버린 신음소리도 간헐적으로 들려왔다. 아리안은 자기 역시 쉬지 않고 날카로운 비명을 지르고 있다는 걸 깨달았다. 그 순간, 자신의 의지로 비명을 멈출 수 있을지 의문이 들었다.

잠시 후 목소리들이 잦아들었다. 대신 한숨과 헐떡거림, 두려움이 사방을 가득 메우고 있었다.

그 애는 어디 있지? 아리안은 깜빡 잊고 있었다. 찌르는 듯한 고통이 어깨와 오른팔 전체로 퍼져나갔다. 꽉 쥐고 있던 손의 힘을 풀자 소름이 돋고 짧은 털이 곤두선 미지근한 피부가 느껴졌다.

다리. 아리안은 손으로 누군가의 다리를 잡고 있었다.

녹슨 돌쩌귀에서 철문을 떼어내는 것처럼 삐거덕삐거덕 덜컹거렸다. 그때마다 신음소리가 새어나왔다. 굉음과 함께 유리가 깨진 뒤 둔탁한 충격이 잇따랐다.

그 애는 어디 있지?

아리안은 손으로 얼굴 바로 앞을 더듬거리다가 미끄러운 천을 만지게 되었다. 자기 점퍼라는 걸 깨닫자 잡아당겼다. 순간적으로 숨이 막혔다. 아리안의 앞에 푸른색 벽이 버티고 있었다. 좌석 등받이구나. 그제야 아리안은 깨달았다. 기억이 났다. 버스 안이었고 그녀는 잠이 들었다. 시간이 얼마나 흐른 거지?

피로가 몰려왔다. 무척이나 피곤했다. 아리안은 잠시 눈을 감고 쉬려고 했다.

하지만 자기 앞쪽, 아니 자기 위쪽 의자에서 눈을 뗄 수가 없었다. 부드러운 벨벳 등받이는 이제 푸른색이 아니었다. 장밋빛 얼룩이 생기더니 급속히 번지고 있었다. 아름다웠다. 아리안은 집중해서 보려고 했다. 색깔이 변하는 게 보였다. 등받이에서 떨어져 나온 그물망이 머리받침 주위에 꾸불거리며 펼쳐져 있었다. 또 한 방울이 떨어지자 완벽한 둥근 반점을 만들며 번졌다. 아리안은 코바로 옆을 어딘가에 부딪친 걸 깨달았다. 입가로 뭔가 흐르고 있었다. 무의식적으로 아리안은 입술을 핥았다.

피. 피였다!

속이 뒤틀려서 고개를 옆으로 돌려 구토를 했다. 소량의 담즙이 뺨을 타고 뜨겁게 흘렀다. 오랫동안 굶어서 위 속이 텅 비었다. 언제부터 굶었을까? 위경련이 잦아들기를 기다렸다. 환하게 빛나는 점이 눈앞에서, 유리 파편이 널린 매트 위에서 춤을 추고 있었다.

얼른 일어나서 그곳을 벗어나야 했다. 조심스럽게 다리를 움직였지만, 아마도 가방인 듯한 무거운 뭔가가 누르고 있었다. 간신히 발목을 움직이고 무릎을 굽힐 수 있었다. 아리안은 좌석 두 개 사이에 처박혀 누군가의 몸과 뒤엉켜 있었다. 그러나 그 사람은 움직이지 않았고 아무 반응도 없었다.

"라라?"

아리안이 기어들어가는 목소리로 불렀지만 대답이 없었다.

"라라?"

그때 사이렌이 울렸다. 사람들이 외치는 소리도 들렸다. 다른 곳, 더 멀리 위쪽에서 들려오는 소리였다. 점점 아리안에게 가까워지고 있었다. 나뭇가지가 부러지고 뼛조각 같은 자갈이 굴러 떨어졌다. 눈을 감아도 그것들이 궤적을 그리며 튀어오르고 작은 돌멩이로 부서져 여기저기 쌓이는 게 보였다. 아리안은 다시 눈을 감았다. 그저 무감각한 마비 상태에 몸을 맡기고 싶었다.

삐걱거리는 소리들이 더 크게 들려왔다. 아리안은 몸이 좌우로 흔들리는 걸 느꼈다. 요람의 흔들림처럼 안정적이었다. 조금 잘 수도 있을 것 같았다…….

"아가씨? 아가씨? 내 말 들립니까?"

누군가의 손이 아리안의 손목을 잡았다. 따뜻했다. 두 개의 손가락이 그녀의 손목 안쪽에서 맥박을 재고 있었다.

"네."

아리안은 말라버린 입술을 달싹이며 대답했다. 목이 말랐다. 지금까지 이렇게 목이 말라본 적이 한 번도 없었다. 피. 찝찔함. 갈

증. 지금 간절히 물을 마시고 싶었다.

"물 좀……."

"네, 잠시만요."

주위는 몹시 소란스러웠다. 뭔가를 떼어내는 것 같은 둔탁한 소음이 들렸다. 아리안의 팔에 고정 기구를 채우는 것 같았다.

아리안이 신음소리를 내자 조금 헐렁하게 풀어주었다.

"현재 상태가 나쁘지 않아요. 자, 갑니다. 조심조심."

"아이가 손을 놓지 않아요."

"아가씨! 잡고 있는 친구를 놓아줘요. 그녀를 놓아줘요. 우리가 돌볼 거예요. 그러니까 두려워하지 마세요."

두려워하지 마세요. 그 말이 이상하게 들렸다.

'너무 두려워서 난 어떤 상황에서든 과감히 맞서 싸울 수 있는 거라고요. 그걸 모르겠어요? 하지만 지금 난 움직일 수가 없어요. 그럴 수가 없다니까요. 내가 잡고 있는 걸 놓지 않을 거예요. 이건 중요한 거예요. 왜 그런지 모르겠지만 중요한 거예요.

그렇게 하게 해주세요.'

아리안은 얼굴에 떨어지는 빗방울을 느끼며 의식을 되찾았다. 그녀는 고개를 왼쪽으로 돌리며 눈을 떴다. 짙은 안개 속에서 그림자들이 오가며 몸을 굽혔다가 다시 일어나고 짐을 옮기기도 했다. 깜빡이는 푸른 불빛이 바퀴 두 개가 하늘을 향한 채 전복된 버스 차체를 비추고 있었다.

응급구조원 복장을 한 남자 하나가 그녀 옆으로 와서 고개를 숙였다. 햇볕에 그을린 구릿빛 큰 얼굴에 눈빛은 신중해 보였다.

'그 사람이 아니야. 분명 아니야.

하지만 누구라도 그가 될 수 있어.'

남자가 말했다.

"깨어났군요. 다행이에요. 어디에서 왔는지 기억이 나나요?"

아리안은 고개를 저어 아니라고 답했는데 통증 때문에 얼굴을 찡그렸다. 목이 세 배는 굵어졌고 통증도 있었다.

"움직이지 마세요. 타박상이 좀 있을 테지만 심각하진 않아요. 목뼈를 고정시키도록 깁스를 했어요. 혹시 몰라서 엑스선 촬영도 할 거고. 사고지점에서 가장 가까운 병원으로 이송할 거예요."

그는 아리안의 티셔츠 안에 청진기를 갖다 대더니 잠시 몸 여기저기로 차가운 원반을 이동시키며 진찰을 했다.

"오케이. 4킬로만 가면 생트안드벨뷔에 도착할 거예요. 학생이 탄 버스가 사고가 났어요. 도로에서 이탈한 거지요. 원인은 아직 몰라요. 뭐 기억나는 게 있나요?"

아리안이 중얼거렸다.

"아뇨. 난 자고 있었어요……. 그런 것 같아요."

그녀의 목소리는 거친 숨소리로 변했다.

"이름이 뭐예요?"

'아무것도 말하지 마. 그 사람일 수도 있어.'

눈물을 흘리는 건 어렵지 않았다. 지난밤부터 고통스러울 정도로 꾹꾹 참고 있던 눈물이 앞을 가렸다. 아리안은 입을 열었다가 다시 다물었다. 미지근한 눈물이 실개천처럼 관자놀이 위를 흐르고 있었다.

"쇼크를 받으면 부분적인 기억상실은 흔하게 나타나는 증상입니다. 조금씩 기억이 돌아올 거예요."

그가 안심시키는 어조로 말하자 아리안은 생각에 잠겼다.

'기억? 내가 뭔가 기억해야 하는 게 있다는 말인가? 누군가에 대해? 이건 중요한 일이야. 내가 계속 붙잡고 있으려 했는데, 그 사람들이 놓아주라며 억지로 그렇게 하게 했어. 내가 붙잡고 있던 건…….'

그가 물건 하나를 아리안의 오른편으로 옮겨놓았다.

"이건 학생의 가방이에요. 짐칸에서 떨어져 있더군요. 도서관 회원증은 바닥에 떨어져 있었고요. 가방 앞쪽 주머니에 그걸 넣어두었어요."

'난 도서관 회원증이 없는데. 대신 여권이 있고. 여권은 내 가방 속 깊숙한 곳에 넣어두었었지. 그 애에게 보여준 다음에…….'

"라라?"

'그들이 강제로 그녀를 놓아주라고 했어. 라라는 어디 있지?'

그가 용기를 북돋워주었다.

"그것 봐요. 다시 기억이 돌아오기 시작했어요. 나이가 몇 살인가요? 자, 조금만 노력해보세요."

"열여섯이요. 아직 생일이 지나지 않았지만."

"아, 내가 도서관 회원증에서 확인한 바로는 곧 생일이더군요. 바로 내일이지요. 생일 축하해요! 가장 멋진 선물은 학생이 지금 살아있다는 거예요. 정말 운이 좋았어요."

그는 아리안을 유심히 살펴보았다. 이야기를 계속하려다가 주저하는 것 같았다.

"옆자리에 앉았던 승객은…… 잘 아는 사이인가요? 친구?"

그 말에 아리안은 긴장해서 몸이 굳었다.

'왜 나한테 저런 질문을 하는 거지?'

아리안은 신중하게 대답했다.

"아뇨. 그 애는 나보다 나중에 버스에 탔어요……. 한 번도 본 적 없는 아이예요."

그가 한숨을 내쉬었다. 안도의 한숨인가?

"왜요?"

"그 소녀는 학생보다 운이 없었어요. 머리가 창문에 부딪쳐 즉사하고 말았어요. 고통은 없었을 거예요."

그는 이렇게 말한 뒤 다급하게 덧붙였다.

"그런데 그 소녀의 신분증이 없어서요. 혹시 학생한테 이름을 알려주지 않았나요? 신분을 증명할 만한 뭔가를 얘기하지 않았나요?"

아리안은 다시 눈을 감았다. 라라. 라라가 죽었어. 아니야. 그럴 리가 없어. 라라는 행복했어. 그렇게 기쁨과 활력이 넘치고 계획도 많았는데.

'빨리 그곳으로 가고 싶어. 그곳은…… 누군가 나를 기다리고 있는 곳이야.'

뭔가가 아리안을 억눌렀다. 감당할 수 없는, 피하고 싶은 중압감. 그것이 아리안을 짓뭉개버릴 것이다. 확실하다. 그렇게 아리안은 의식하지 못하는 사이에 이전의 암흑 속으로 되돌아가버릴 것이다.

하지만 곁에 있는 남자가 아리안이 되돌아가게 내버려두지 않았다. 그는 그녀의 어깨를 잡고 억지로 다시 정신을 차리게 한 다음 말을 하게 했다. 차가운 눈물이 목을 타고 흘렀다. 아리안은 기침을 했다.

"좋아요. 천천히 숨을 쉬어요. 좋아질 거예요. 곧 좋아질 거예요. 감당하기 힘든 사고였다는 걸 이해해요. 특히나 학생 또래의 소녀에겐."

며칠 전, 일요일 오후에 아리안은 아빠와 함께 영화를 봤다. 거대 기업의 뒷거래로 인해 식수가 오염되었다는 이야기였다. 피해자들은 레로셰즈의 작은 마을에 살고 있었는데 헬리콥터로 구조되었다. 간호사복을 입은 한 여자가 바람을 일으키는 헬리콥터의 프로펠러 날개 아래에서 아이들의 손을 잡았다. 그녀는 지치지 않고 반복해서 말했다. "괜찮을 거야, 괜찮을 거야." 그녀는 머리카락 한 올도 흐트러지지 않았다. 그걸 보고 파트릭 프뤼당이 말했다. "난 참을 수가 없구나. 저 머저리 같은 여자가 뭘 안다는 거지? 시나리오 작가들의 머리가 어떻게 된 게 아니야? 안 그래?" 아리안은 웃으며 동의했다. "아빠, 간호사 머리 봤어요? 헤어젤로 떡칠을 해서 풀처럼 딱 붙어 있나 봐요……."

"자, 라라. 눈을 떠 봐요."

'이 사람은 나를 라라라고 생각하고 있어.'

"아니, 나는……."

입 다물어!

아리안의 머릿속에 그 말이 퍼뜩 떠올랐다. 그녀 내부의 어떤 부분이 상황을 통제하고 있는 것 같았다.

그녀는 눈을 뜨고 자신을 구해준 사람을 쳐다보았다. 그는 아리안에 대해 인내심을 잃기 시작했다. 그럴 수밖에 없을 것이다. 여기에서 하루 종일 아리안의 손을 잡고 있을 수는 없을 테니까. 그가 보살펴야 할 중상을 입은 환자들이 많이 있었다.

아리안은 간신히 웃음을 지어 보였다.

"곧 좋아질 거예요."

이번에는 아리안이 그렇게 말했다.

심각한 외상이 없는 승객 둘과 함께 아리안은 앰뷸런스에 자리를 배정받았다. 앰뷸런스는 생트안드벨뷔 병원으로 부상자들을 이송할 기나긴 차량 대열에 끼어 있었다. 번쩍이는 회전 경보등 불빛 때문에 아리안은 머리가 지끈거렸다. 하지만 눈을 감아버리고 싶다는 유혹에 넘어가지 않을 것이다. 아리안은 정신을 똑바로 차린 채 깨어 있고 싶었다. 생각을 해야 했다. 정오가 조금 지난 시간에 아리안은 갈아탈 버스를 기다렸다. 버스는 가드레일을 들이받은 뒤 몇 바퀴 구르며 나무들을 마구 부러뜨리고 백 미터 정도를 더 진행하다가 멈춰 섰다. 그러다 보니 사고 버스에서 살아남은 승객들을 대피시키는 일은 무척 더디고 힘겹게 진행되었다. 아리안은 가방 앞쪽 주머니에서 도서관 회원증을 꺼냈다. 라라가 들고 있을 때 재빨리 훑어본 바로는 이름과 생년월일, 주소 정도의 정보만 적혀 있었다.

라라 로셰트, 1998년 10월 21일생.

그녀는 하루 뒤면 열여섯 살이 될 예정이었다. 아까 구조원 남자가 말한 대로였다. 내일 라라는 숙명의 나이에 이를 예정이었다.

그런데 아리안이 대신 그녀의 신분을 갖게 되었다.

아리안은 푸른 커버에 싸인 라라의 몸의 형태만 보았을 뿐이다. 버스에서 신체의 일부가 하나씩 꺼내어져, 차가 꼼짝 않고 서 있던 옅은 안개 덮인 황무지 위에 나란히 놓여 있었다. 아리안은 라라에게 가까이 가보고 싶었지만, 구조원 중 한 사람이 팔을 잡고 만류했다. 여드름으로 얽은 피부에 멋진 회색 눈을 가진 젊은이였다.

"안 돼요. 그러지 마요."

"왜요? 그 애에게 작별인사를 하고 싶어요. 그러면 안 되나요?"

젊은 구조원은 머리를 가볍게 흔들었다. 그는 말 한 마디 한 마디를 신중하게 생각해서 하는 것 같았다.

"물론 안 되는 건 아니에요. 하지만 그녀는…… 그녀는…… 이전 얼굴을 기억하는 편이 나을 거예요. 누구에게나 그럴 거예요."

아리안은 마른 풀들이 덕지덕지 붙어 있는 산더미 같은 유리조각들을 쳐다보았다. 붉은 얼룩이 번진 유리조각도 있었다. 아무 대꾸도 하지 않고 아리안은 되돌아갔다. 무슨 말인지 이해한 것이다.

'라라, 너도 내가 그렇게…… 처참하게 일그러진 네 모습을 보는 걸 원하지 않을 거야. 라라! 라라! 내가 어떻게 해야 하니? 그들에게 네 이름을 알려줄까? 그들은 네 부모님을 찾아낼 거야. 그들은 어쩔 수 없이 이곳에 와서 너를 확인하게 되겠지.'

그 순간, 아리안을 강하게 쏘아보는 라라의 시선이 느껴졌다. 그 이미지는 머릿속의 공상이 아니었다. 아리안은 라라를 보았다. 또렷하게. 그녀는 비탈에 앉아 모래로 가득 찬 운동화를 한 짝씩

털고 있었다. 라라는 아리안에게 경멸 어린 시선을 보냈다.

"헛소리하지 말고 그들을 평온하게 지내게 내버려두라고. 그들은 계속 살아가려면 환상을 붙잡을 수밖에 없어. 너는 너 자신만 생각해. 네 앞에 있는 기회를 잡아. 기회는 두 번 오지 않아, 알겠니? 내 꼴을 봐. 진짜 엉망진창이다, 세상에!"

라라는 눈살을 찌푸리며 청스커트의 구겨진 주름을 펴려고 잡아당겼다.

"내 더러운 꼴을 봐. 저세상으로 가기 전에 샤워도 못하는데."

아리안은 그 말에 웃음을 터뜨렸다. 하이톤의 웃음이 터져나오며 온몸이 요동쳤다. 웃음을 참을 수가 없었다. 입을 크게 벌리고 눈가에는 눈물까지 맺혔다. 또 한 번. 그리고 또 한 번. 눈앞이 뿌예졌다.

아리안 곁에서 누군가의 목소리가 들렸다.

"정상적인 반응이야. 불쌍한 것. 이 학생에게 생수 한 병만 가져다줘."

아리안은 서서히 호흡을 가다듬었다. 저 위 도로에서 앰뷸런스 경보등이 계속 돌아가며 춤을 췄다. 사람들이 버스 곳곳에 밧줄을 드리우고 있었다. 그녀는 하마터면 이렇게 물을 뻔했다.

'왜요? 그 안에는 이제 아무도 없는데. 그냥 그곳에서 녹슬다가 숲속으로 미끄러지게 내버려두세요. 그럼 숲이 집어삼킬 거예요. 숲은 모든 걸 집어삼키니까.'

사람들이 아리안을 일으켜 경사면을 오르도록 도와주었다. 갓길에서 아리안은 마지막으로 뒤를 돌아보았다. 야광 띠가 붙어 있는 줄무늬 조끼를 입고 모자를 쓴 남녀 구조대원들이 흉측하게 변해버린 금속더미 주위를 바삐 움직이고 있었다. 시신들을 감싸고 있는 커버 위에는 방수포가 덮여 있었다.

아리안은 입술을 달싹거리며 말했다.

"안녕, 라라."

그녀가 앰뷸런스에 오를 준비가 되자 그녀에게 처음으로 질문했던 그 구조대원이 손에 수첩을 들고 다가왔다.

그가 기계적으로 반복해서 말했다.

"곧 좋아질 거예요."

"네."

그는 잠시 망설이더니 말을 이었다.

"저 소녀…… 학생 옆에 앉았던…… 저 소녀 이름을 진짜 몰라요?"

아리안이 대답했다.

"아뇨. 이제 기억났어요. 그 애 이름은 실비예요."

* * *

누군가 커다란 방수포 가장자리를 천천히 들어올렸다. 금속으로 된 끈 꿰는 구멍 근처를 손가락이 스치고 지나갔다. 양손에 외과수술용 장갑을 이중으로 끼고 있었다. 다른 한 손은 가장자리를 따라 시체들이 놓여 있는 한가운데까지 더듬어갔다.

거기, 그 소녀가 있었다. 푸른색 커버로 싸인 날씬한 몸이었다.

잘못 보았을 리가 없었다. 라라 로셰트의 키와 신체사이즈에 대해서는 소수점까지 알고 있었다. 학교 성적, 좋아하는 음식, 첫 남자친구 이름, 소아병을 앓은 날짜까지. 모든 기록들이 푸른색 표지의 스프링노트 안에 적혀 있었다. 첫 페이지에는 어린 소녀의 이름이 정성껏 쓴 필체로 적혀 있었다. 컴퓨터 파일은 언제든 해킹되거나 망가질 위험이 있는 반면, 노트는 확실한 장소에 습기를 피해 보관하기만 하면 평생 간직할 수 있다. 참고삼아 펼쳐서 다시 읽어볼 수도 있다. 페이지를 넘길 때마다 작은 기쁨의 전율이 느껴진다. 세월이 흘러도 줄어들지 않는 기쁨이었다. 다소 떨리며 쓴 한 줄의 필체에는 숨겨진 감정이나 폭발할 것 같은 분노를 억누르며 자제한 흔적이 엿보인다. 분노, 욕망, 실패에 대한 두려움까지 모두 속으로 삭였다. '네가 내 손에서 벗어났어. 그리고 예정보다 일찍 떠났단 말이지.' 그런 참기 힘든 좌절마저도 조만간 극복될 터였다.

푸른색 커버의 지퍼는 금방 열렸다. 분명 그 아이가 맞았다. 알아볼 수 없을 정도로 훼손된 상태이긴 했지만. 코는 뭉개지고 광대뼈는 으스러졌다. 흐르는 피가 말라붙어 생긴 두 줄기의 핏자국이 무참히 망가진 얼굴 위에 어릿광대의 불쾌한 미소를 그리고 있었다.

그가 중얼거렸다.

"널 좀 더 잘 다뤘어야 했는데. 아름다운 네 모습이 그대로 보존되도록. 백 년이다, 라라. 완벽한 상태로 한 세기를 보낼 수 있어. 조금만 참아, 내 아가. 내가 옮겨줄 테니. 그들이 널 데려가도록 내버려두지 않을 거다."

"어이, 당신! 거기! 뭐하고 있는 거야?"

앰뷸런스 기사가 다가왔다. 사십 대 여자였다. 자신만만하고 당당해 보이는 여자가 취조하는 듯한 시선으로 쏘아보았다. 혼기를 지난 그 나이의 여자는 혐오감만 불러일으킬 뿐이다.

"아는 사람인 줄 알았는데 아니에요! 내가 실수했군요."

'그래, 한 번 실수했다.'

"알았어. 그만 거기에서 나와. 지금 더 급하게 할 일이 있을 텐데?"

'그래, 네 말이 맞아.'

또 다른 사냥감을 태운 앰뷸런스가 막 커브를 돌아 사라졌다. 별일 아니었다. 그 뒤를 쫓는 건 어렵지 않을 것이다. 어린 로셰트를 뒤쫓아 버스에 타기로 한 건 좋은 생각이었다. 분노에 떨던 라라가 아리안을 발견했다. 아리안은 최근 너무 밀착된 감시를 받은 탓에 멀리 도망가고 싶은 유혹에 시달리고 있었다…….

'르 루에에게서 벗어날 수 있는 사람은 없어, 아리안. 우리는 만나게 될 거다.'

'만나게 될 거다'라는 말을 떠올리는 순간 그의 얼굴에서 미소가 번졌다. 자주색 유니폼을 입은 여자는 눈살을 찌푸리더니 고개를 흔들며 멀어져 갔다.

방수포 끄트머리는 다시 내려져 있었다.

응급실 복도는 무척이나 길었다. 네온 형광등이 환하게 불을 밝히고 있었는데 그중 몇 개는 깜빡거리다가 몇 초 동안 꺼지기도 했다. 아리안은 사고로 부상을 당한 사람들을 따라가서 회색 플라스틱 의자에 자리를 잡았다. 의사와 간호사들이 이리저리 급하게 뛰어다녔고, 중상을 입은 환자들이 계속해서 실려오는 터라 대기 시간이 길어질 것 같았다. 입원 수속을 담당한 갈색 머리의 여직원은 무척이나 바빠 보였다. 그녀의 이마가 땀으로 번들거렸다. 그녀는 연신 귀 뒤로 머리카락을 넘겼다. 머리에 빗처럼 꽂는 돌고래 모양의 장식핀을 하고 있었는데 거기에서 머리칼이 계속 흘러내리는 모양이었다.

"버스에서 부모님과 같이 있었니?"

여직원이 묻자 아리안은 잠시 망설이다가 중얼거렸다.

"아뇨."

"그럼 부모님에게 알려드려야 하는데……. 전화번호를 말해줄래?"

여직원이 볼펜을 들고 기다렸다.

아리안은 짐짓 혼란스럽다는 표정을 지으며 대답했다.

"전…… 기억이 하나도 안 나요. 다 잊어버렸어요. 마치…… 마치 검은 구멍이 난 것처럼, 이해되세요? 커다란 공백처럼."

"걱정 안 해도 된단다. 그런 일이 종종 일어나는데, 대개 일시적인 현상이거든. 어디 다른 곳에 메모해두지 않았니? 노트나 핸드폰 메모장 같은 데?"

여직원은 이렇게 말하며 여행가방 쪽으로 손을 뻗었다. 아리안은 얼른 발로 살짝 차서 가방을 의자 아래로 밀어넣었다.

"아뇨. 이미 찾아봤어요."

"다른 건 기억나지 않니? 성이나 주소는?"

"아…… 네, 기억났어요."

아리안은 그 순간 우연히 떠오른 라마르슈라는 도시와 트랑블레라는 성을 골랐다. 라마르슈에는 성이 트랑블레인 사람이 오십 명도 넘게 살고 있다고 들었다. 이렇게 말해놓으면 시간을 좀 벌 수 있을 것이다.

여직원은 기쁘다는 듯 활짝 미소를 지었다. 굉장한 정보를 알아냈다는 표정이었다.

"잘했어. 내가 알아보고 올 테니 여기서 얌전히 기다리고 있어."

'마치 내가 여섯 살 꼬마인 것처럼 말하잖아.'

아리안은 그렇게 생각하면서도 고분고분 말을 잘 듣는 아이처럼 고개를 끄덕였다. 그 순간 라라가 아리안의 왼쪽 빈 의자에 다시 나타났다. 거의 들리지 않을 정도로 삐거덕 소리가 나며 아주 살짝 의자가 내려앉았지만 아무도 알아차리지 못했을 것이다. 라라는 소리를 내지 않고 지시를 내렸다.

'움직이지 마. 졸고 있는 척해. 천천히 50까지 세고. 더 천천히. 그런 다음, 의자에서 살짝 몸을 비틀고 한숨을 쉬며 도저히 못 참겠다는 듯 자리에서 일어나.'

"화장실에 가야 해요."

아리안이 말하자 간호보조사가 복도 끝을 가리켰다.

"저쪽으로 가면 돼. 쭉 가다가 세 번째 문이야."

깁스를 한 오른손을 붕대로 묶어 가슴 앞에 고정시킨 여자가 물었다.

"네 가방 맡아줄까?"

아리안은 그러지 않아도 된다는 몸짓을 해보였다.

"좀 필요한 게 있어서요……. 뭔지 아시죠?"

"아, 그럼. 타이밍도 안 좋구나! 나야 이미 그런 걸 신경 쓸 나이가 지났지만, 사실 나도 그렇게 이른 건 아니야. 네 생각은 어떤지 몰라도. 그건 정말 불편한 일이야. 너 같은 어린애라면 말할 것도 없고! 넌 앞으로도 한참을 더 해야 하겠지만."

아리안은 살짝 미소를 지었다. 여자들끼리의 공모. 크고 작은 악행을 남자들에게 숨기고 여자들끼리만 공유한다. 그런 게 분명 있었다. 아리안은 앞으로 저 여자와 같은 부류의 사람들에게 친절을 기대해도 되는지 잠시 생각해보았다. 그때 라라가 그녀의 귀에 대고 속삭였다.

"조심해. 사회복지사라는 자들한테 얽히면 안 돼. 거의 다 경계해야 해."

화장실은 무척 넓었다. 응급실 복도를 지나 화장실로 갈 수 있지만 병원 로비 쪽으로도 여닫이문으로 연결되어 있었다. 아리안은 손을 씻은 뒤, 가방에서 스카프를 꺼내 목의 깁스 위에 둘렀다. 덥긴 했지만 감기에 걸린 환자인 것처럼 위장하고 병원 로비로 나갈 수 있었다. 그녀는 할퀸 상처로 뒤덮인 손을 점퍼 주머니에 찔러 넣고, 방문객들이 조용히 지나다니는 유리문으로 조용히 발걸음을 옮겼다. 등 뒤에서 아무 소리도 들리지 않았다. 아무도 그녀를 알아보지 못했다. 이렇게 간단하다니. 아리안은 속으로 놀랐다. 앞으로 쭉 직진하기만 하면 돼. '마치 목적지가 어디인지 완벽히 알고 있는 것처럼. 마치 돌아갈 집이 있고, 내 물건을 둘 방이 있고, 엄마 품에 안겨 위로받기 위해 서둘러 돌아가는 것처럼.'

그때 갑자기 라라의 말이 들렸다.

"잠깐. 그 따위 생각은 하지도 마."

"오케이. 네 말이 맞아."

아리안은 모두 비슷한 정원이 딸린 예쁘장한 작은 집들이 모여 있는 주택가를 따라 걸었다. 그러다가 다른 길로 방향을 바꿨다. 말끔하고 한적한 이 교외에서는 자신이 타깃이 되기 쉬울 거라는 생각이 문득 든 것이다. 그녀는 흰 시트 위에 앉은 커다란 파리처럼 자신이 눈에 잘 띄는 곳에 완전히 노출되어 있다고 느꼈다.

어서 빨리 군중 속으로 스며들어야 했다. 밤에도 사람들로 붐비는 거리로 가야 했다.

작은 슈퍼마켓 주차장에서 한 여자가 물건이 가득 들어 찢어질 것 같은 갈색 종이봉투를 자동차 트렁크에 싣고 있었다. 여자는 자기 웃옷에 매달려 울고 있는 아기를 달래려 애쓰고 있었다. 차에는 퀘벡 번호판이 달려 있었고 '아이 러브 몬트리올!' 자석이 붙어 있었다. 아리안은 운을 시험해보기로 마음먹었다.

"좀 도와드릴까요?"

병원 화장실에서 아리안은 머리를 매만진 뒤 모자를 써서 머리카락이 목 위에 찰랑거리게 했다. 자신의 외모가 유리하게 작용하리라는 걸 알고 있었다. 그녀는 젊은 엄마에게 미소를 지어 보였다.

"저도 이렇게 어린 남동생이 있어요. 아직 혼자 서지 못해요!"

아리안이 거짓말로 이렇게 말하자 여자는 긴장을 풀었다.

"고맙기도 해라! 그럼 내가 이걸 정리할 때까지 잠시만 아기를 데리고 있어주면……."

"걱정 마세요. 아기 이름이 뭐죠?"

"파트릭."

"우리 아빠 이름과 같아요. 안녕, 파트릭. 누나한테 좀 올래?"

아리안은 따뜻하고 포동포동한 아기의 작은 몸을 품에 안았다.

살짝 아련한 기분이 밀려와서 아기를 꽉 끌어안았다. 아리안은 애정결핍을 느낀 적은 없었지만, 보호자인 어른에게 딱 달라붙어 있기만 해도 온갖 슬픔이 사라지는 그런 나이가 지났다는 게 유감스러웠다. 아리안은 다른 형제나 자매가 있었으면 하고 간절히 바랐다. 왜 부모님은 아이를 더 낳지 않았을까? 그들의 아이를 바로 그날의 끔찍한 운명으로부터 보호하기 위해……. 몸서리쳐질 정도로 구체적인 장면이 아리안의 머릿속에 그려졌다. 파트릭처럼 볼이 통통한 금발의 아기가 침대 발치에 누워 있다. 입술은 푸른색으로 변하고 안구가 돌출된 채로. 고사리 같은 손은 죽음에 저항하기라도 한 듯 이미 뒤틀려 있다.

파트릭이 다리를 떨기 시작하더니 이마를 찌푸렸다.

아기 엄마가 말했다.

"너무 꽉 끌어안은 것 같구나."

"어머, 죄송해요. 아기가 정말 귀여워서요!"

"남동생이 보고 싶지?"

"조금요."

바로 지금이다.

"저는 미용학교에 다닐 예정이에요……. 몬트리올에서요. 그런데 버스를 놓치고 말았어요. 집을 떠나는 것도 이번이 처음이고……."

아리안은 그 말을 하며 속으로 생각했다.

'적어도 그건 사실이다.'

"괜찮다면 내가 데려다줄게. 지금 아들을 남편에게 데려가는 길이거든. 남편은 코트데네주 근처에 살아. 어딘지 알겠니? 대학가에서 멀지 않다고 하던데."

"네."

거짓말이 아니었다. 아리안은 알고 있었다. 아리안은 숱한 낮과 밤을, 그리고 밤늦은 시간까지 아빠가 책장의 가장 좁은 칸에 모아놓은 지도들을 펼쳐놓고 도시들에 대해 공부했다. 아리안 가족이 잠시라도 살았던 도시뿐 아니라 밴쿠버, 파리, 런던, 베를린, 마드리드, 로마, 몬테비데오, 런던, 퀘벡, 몬트리올 같은 다른 도시들까지도. 특히 자주 갖고 다니며 보느라 구겨지고 볼펜 자국이 군데군데 있는 몬트리올 지도를 보며 아리안은 그게 무슨 표시인지 몰랐다. 그것에 대해 질문하거나 금기시된 말을 입 밖에 내지는 않았지만, 그렇다고 해서 아무것도 받아들이지 않거나 알아보지 않은 것은 아니었다.

아리안은 이따금씩 지도를 펴고 손가락으로 몬트리올 거리들을 따라가다가 마운트로열 공원을 나타내는 녹색 원을 돌아서 강 쪽으로 미끄러져갔다. 아리안은 강과 섬이 좋았다. 도시의 구속에서 벗어나 고래의 노래를 들을 수 있다는 타두삭캐나다 퀘벡 주의 도시-역주으로, 저 멀리 바다로 떠나고 싶었다. 아리안은 그런 식으로 거리 이름을 암기했다. 전부는 아니지만 대부분의 거리를 외웠다. 매일 아침, 부모님이 자기를 학교로 데려다주는 차 안에서 외웠다. 속으로 노래를 부르듯이 중얼거리며 외우는 그 행위가 묘한 안도감을 주었다.

"정확히 어디로 가는데?"

아기 엄마가 묻자 아리안은 주저하지 않고 대답했다.

"칼턴이요. 빅토리아로 모퉁이에 있어요. 엄마가 친구분 댁에 방을 하나 얻어주셨어요. 복층 아파트래요. 하숙을 하는 것보다는 훨씬 좋을 것 같아요. 그렇죠?"

뒷좌석의 아이용 카시트 옆에 앉아 아리안은 파트릭에게 헝겊으로 만든 토끼 인형을 흔들어주며 놀아주었다. 타인의 신뢰를 얻는 일은 생각보다 너무 쉬웠다. 방어적인 태도를 버리기만 하면 됐다. 르 루에 역시 희생자들에게 접근할 때 그 점을 생각했을까? 그는 소아과 의사나 선생님, 정원사처럼 신뢰할만한 신분 뒤에 자신의 정체를 숨기고 있었을까? 그렇다면 경찰이라고 왜 안 되겠는가? 자기가 저지른 범죄를 수사하는 척할 수도 있는데?

'에드먼턴에 살 때 우리 정원사 아저씨는 진짜 좋은 분이었어. 나이가 꽤 많으셨지만. 그분이 나이 들어 보였던 건 회색 콧수염 때문이었어. 그렇다면 변장한 것일 수도 있구나. 그가 르 루에일 수도 있다는 말이야.'

졸음이 참을 수 없이 쏟아졌다. 토끼 인형을 계속 흔들어댔지만 인형의 긴 귀는 천천히 흔들리기 시작했고 결국 아리안의 눈꺼풀이 감겼다. 그녀는 곧 나무들이 연이어 지나가고, 호수 표면에 햇빛이 반사되는 장면을 보았다. 남자아이 하나가 손을 흔들며 인사하더니 조심하라는 신호를 보냈다.

'조심해. 죽음의 신이 어슬렁거리고 있어……. 도로의 다음 모퉁이를 돌면 그가 숨어 있을 거야…….'

부드럽게 흥얼거리는 목소리가 들렸다. 아기 파트릭을 위한 자장가인가? 아니면 아리안을 위한 노래? 익숙한 멜로디…… 그녀가 알고 있는 노래였다.

'뭔가를 잊어버렸어. 중요한 건데. 그게 뭔지 알려줘, 라라. 내게 알려줘…….'

그녀는 잠 속으로 빠져들었다.

2부
수호 요정

아리안은 빅토리아로 모퉁이로 내려가서 잠시 움직이지 않고 서 있었다. 멀어지는 차를 향해 손을 흔들며. 갑자기 한기가 들었다. 난방이 잘된 차에서 영어 억양이 강한 프랑스어를 쓰는 제인과 소소한 얘기를 나누고 파트릭의 옹알거림을 듣는 내내 아리안은 가족과 함께 있는 것처럼 안전함을 느꼈다.

'제인에게 방을 구하고 있다고 말했어야 했어. 아마 베이비시터 같은 일을 알아봐주었을 텐데.'

아리안은 속으로 후회했지만 너무 늦었다. 제인의 차는 브레이크등이 꺼지더니 다른 차들 속으로 사라져버렸다. 땅거미가 내려앉아 거리 양편에 줄지어 늘어선 벽돌 건물들의 정면이 푸르스름해졌다. 건물 일층에는 자메이카, 태국, 스리랑카 식료품점들이 들어서 있고 과일과 향신료 진열대가 보도에 세워져 있었다. 뜨거운 요리가 담긴 쇼핑백을 조심스럽게 들고 남자들과 여자들이 가게에서 나오고 있었다. 카레와 향료로 쓰이는 고수 냄새가 공기 중에 떠돌아다녔다. 아리안은 위가 꾸르륵거리는 걸 느꼈다. 꽤 긴 시간 동안 아무것도 먹지 않았던 것이다. 그러니까 정확히 언제부터였지? 버스가 처음 휴게소에 들렀을 때 화장실에 갔다 오는 길에 구운 야채와 치즈를 곁들인 베이글을 샀다. 그걸 먹은 게 오전이었는데, 지금은 저녁 8시쯤 된 것 같다.

전전날엔 같은 시각에 부모님과 저녁을 먹었다. 엄마는 생치즈를 곁들인 바스크식 닭요리를 준비했고 아빠가 과일 샐러드를 만들었다. 그러고 나서 그들은 DVD로 영화를 봤다. 장 콕토의 〈미녀와 야수〉라는 옛날 흑백영화였다. 야수는 공단 재킷을 입고 있었고, 성량이 풍부하고 부드러운 남자 목소리를 냈으며, 마음이 착했다. 그가 왕자로 변신하는 걸 지켜보던 부모님은 또 다른 괴물, 인간의 얼굴을 한 야수가 그들 집 주위를 배회하고 있다는 생각을 했을까? 그들은 그런 기색을 전혀 얼굴에 드러내지 않았다. 평화로운 저녁시간이었다. 누가 묻는다면 아리안은 지루하기까지 했다고 대답했을 것이다. 지진이 일어나 돌처럼 굳어버린 판에 박힌 일상생활을 다 쓸어가기를 바랐는데, 기대 이상의 일이 일어나버렸다. 24시간도 지나지 않아 아리안의 인생은 완전히 뒤엎어졌다. 하룻밤 묵을 곳조차 없었고, 이름을 묻는 사람에게 다른 사람의 이름을 알려주었다. 지금 발밑에 놓인 여행가방 안에 들어있는 게 갖고 있는 전부였다.

"그게 좋아. 가볍게 다녀야 해."

라라의 숨결이 아리안의 귓가 근처의 머리칼을 나풀거리게 했다. 라라와 잠시라도 연결되면 위안이 되었다. 아리안은 몸을 굽혀 가방을 든 뒤 주위를 둘러보았다.

먼저 뭘 좀 먹어야 한다. 그런 다음 하룻밤 묵을 장소를 찾아보

자. 체력이 바닥나자 통증이 목과 어깨를 타고 내려왔다. 온몸에 멍이 든 게 분명했다. 당분간은 숙박비가 저렴한 호텔에서 잘 수밖에 없었다. 갖고 있는 돈이 많지 않았다. 내일은…….

내일 고민해도 될 것이다. 오늘 밤은 아니다. 더는 그럴 힘도 없었다. 아리안은 깨끗한 시트가 씌워진 침대에서 베개를 베고 누워 지끈거리는 머리를 쉬게 할 상상을 했다. 그 장면이 구체적으로 떠오르자 피곤에 지친 눈에 살짝 눈물이 고였다. 눈이 따가웠다.

아리안은 한숨을 쉰 뒤 가장 가까운 식료품점을 향해 걸어갔다.

* * *

흐릿한 잿빛 햇빛이 역한 담배 냄새가 배어 있는 두꺼운 커튼을 통해 방 안으로 스며들고 있었다. 아리안은 눈을 뜨고 천장에 뚜렷한 삼각형 모양이 천천히 미끄러져가는 것을 보고 있었다. 마치 밖에 있는 누군가가 창문 앞으로 대형 거울을 들고 나르는 것 같았다. 일층 문이 쾅 하고 닫혔다. 아래층 현관에서 아리안도 몇 마디 알아들을 수 있을 정도로 꽤 큰 목소리가 들려왔다.

"미성년자가 확실해……. 얼굴과 손에 멍이…… 걱정스럽지. 내 생각에…… 가출…… 아니면…… 학대…… 일단, 잠은 재웠고……."

"……이제 할 일을 해야지……. 몇 층이야?"

"4층……."

다시 한 번 문이 세게 닫혔다. 서 있던 아리안은 다리에 힘이 풀려 휘청거렸다. 심장이 쿵쿵 뛰었다. 남자들은 자기 이야기를 하는 중이었다. 분명 경찰들일 것이다. 그들은 이미 건물에 들어와 있었다. 바로 도망쳐야 했다. 그런데 어떻게?

지난밤 그녀는 옷을 다 입은 채로 잤다. 아리안은 한참을 걸은 후에야 적당한 가격의 호텔을 찾았고, 이미 완전히 탈진한 상태였다. 방으로 들어가자마자 점퍼를 벗어 의자에 던진 후 침대에 완전히 뻗어버렸다. 딱 5분만이야, 속으로 그렇게 다짐하면서. 그런 다음 좁아터진 욕실에서 이를 닦고 진짜 잠자리에 들 것이다. 가정교육을 잘 받은 소녀의 머릿속에 반사적으로 떠오르는 매일 저녁 3분간의 의식. 착하지. 뭘 해야 하는지 알지. 충치가 생길 걸 생각해봐. 넌 정말 고른 이를 가졌구나. 얼굴은 꼭 클렌징크림으로 씻어내고. 하지만 졸음이 쏟아져 꼼짝할 수가 없었다. 아니, 포근하고 자비로운 암흑의 바다로 스스로 빠져들었다.

몇 시쯤 되었을까? 아리안은 시계를 볼 겨를도 없이 점퍼와 가방을 챙겼다. 운동화는 신고 있었다. 방문을 조금 열었다. 작은 전등이 켜진 복도는 휑했다. 엘리베이터가 덜컹거리며 작동하는 소리가 들렸다. 그 사람들이 올라오고 있었다.

엘리베이터는 바로 정면에 있었고, 그 위에 '비상구'라고 적힌 야광표지판이 보였다. 아리안은 재빨리 등 뒤의 방문을 다시 닫고 복도를 가로질러갔다. 두꺼운 양탄자가 깔려 있어 발소리가 나지 않았다. 잠시 그녀는 망설였다. 내려가야 할까, 올라가야 할까? 일층 로비에는 아마 호텔 관리인이 있을 것이다. 그가 아리안이 나가도록 내버려둘 리가 없었다. 하지만 그녀가 위층으로 올라가면 곧 그들 눈에 띌 것이다. 다만…….

아리안은 품에 가방을 꼭 끌어안고 두 층을 걸어서 올라갔다. 비상구문을 밀고 들어서자 방금 지나온 복도와 똑같이 생긴 곳이 나왔다. 황동 숫자 장식이 달린 잠금장치도, 먼지 풀풀 나는 벽걸이 천도, 붉은 장미가 그려진 양탄자도 똑같았다. 복도 한쪽 끝에는 걸레와 빗자루 등이 담긴 카트가 벽에 붙어 있었지만, 청소부는 한 명도 보이지 않았다. 그날의 첫 손님들이 방 열쇠를 돌려주기를 기다리며 분명 커피타임을 갖고 있을 것이다.

아리안에겐 몇 분 정도의 시간밖에 없었다. 옅은 노란색과 흰색이 섞인 줄무늬 작업복이 카트 위에 반듯하게 개어져 놓여 있었다. 그걸 입으면 이 건물을 벗어날 때까지 눈에 띄지 않고 나갈 수 있을 것이다. 아리안은 카트 쪽으로 다가가서 작업복을 들고 열려 있던 마지막 문을 통과했다. 어슴푸레한 빛이 새어 들어와 청소용품과 양동이, 폭신한 회색 천이 달린 수세미가 놓인 선반과 창문의 위치가 보였다. 창문을 위로 올리자 시원한 바람이 들어왔다. 키친타월 몇 장이 바람에 날리며 마치 사로잡힌 새의 날개처럼 펄럭거렸다. 그중 한 장이 아리안 앞으로 날아와 발아래 떨어졌다. 아리안은 무의식적으로 허리를 굽혀 그걸 주웠다.

그때 화재시 대피를 위한 비상계단이 눈에 띄었다.

아리안은 두 발짝 다가가 아래쪽을 내려다보았다. 오른편에 보이는 비상계단은 녹이 슬고 야채찌꺼기가 널려 있긴 했지만 튼튼해 보였다. 어쨌든 달리 선택할 여지가 없었다.

아리안은 작은 층계참으로 가방을 던진 뒤 튀어나온 가장자리로 발을 뻗었다. 그녀는 점퍼를 허리에 두른 뒤 소매를 꽉 묶었다. 계단이 삐걱거렸다. 가방을 다시 들고 계단 위로 발을 내딛었다.

"자, 조용히 해. 다른 사람의 눈길을 끌어선 안 돼."

아리안은 고개를 끄덕였다. 그렇다. 여기서 떨어지면 끝이다. 소음을 듣고 사람들이……. 그녀는 마침 창문 앞을 지나가던 숙박객들이 그 순간 창밖을 내다보지 않기를 간절히 바랐다. 침묵기도를 하듯 입술을 달싹거렸다. 하지만 아리안이 의지한 상대는 라라였다.

"날 보호해줘."

이제 눈앞에 보이는 반 층만 더 계단을 내려가면 된다. 발밑으로 균열이 간 뒤뜰 아스팔트와 바람에 날아가는 구겨진 종이들, 홀로 선 소관목 주위에 떨어져 있는 말라붙은 오렌지 껍질이 보였다. 자기도 모르게 탄성이 터져나왔다.

"이제 됐어!"

그때 난간이 흔들리더니 계단이 요동치기 시작했다. 경찰 하나가 맹렬하게 돌진해오고 있었다. 그가 계단을 급히 뛰어내려오며 소리쳤다.

"거기 서! 어디로 가려는 거니? 널 위협하려는 게 아니야……. 그냥 얘기 좀 하려고 그래. 널 도와주려고."

녹이 슨 계단이 요란하게 흔들렸다. 당황한 아리안은 잡고 있던 난간에서 손을 떼고 뛰어내렸다. 하지만 다음 순간 어리석은 짓이라는 걸 깨달았다. 남자는 아직 3층 정도를 더 내려와야 했고 그녀는 예닐곱 계단만 내려가면 되는 상태였다.

"기다려!"

아리안은 착지를 잘못하는 바람에 발목을 접질렸다. 무릎이 땅에 부딪치며 털썩 꿇어앉았다. 통증으로 숨쉬기도 힘들 지경이었지만 일어나서 가방을 꼭 껴안고 거리 모퉁이 쪽으로 다리를 절며 달리기 시작했다.

"돌아와!"

따라오던 경찰관은 이제 큰 소리로 외쳤다.

"주아노! 어서 쫓아가! 이동하라고! 이러다간 애를 놓치겠어!"

호텔 뒤편에서 길은 둘로 갈라졌다. 한쪽은 고속도로 아래를 지나갔고, 다른 쪽은 고층 건물이 서 있는 시내 중심가로 이어져 있었다. 아리안은 지금 자신이 있는 곳이 어디인지조차 알 수 없었지만, 본능에 따라 한쪽을 선택했다. 모든 걸 우연에 맡기고 그녀는 왼쪽으로 돌았다가 또다시 왼쪽으로 꺾고 나서 오른쪽으로 돌아서 두 개의 대형 우편트럭 사이로 빠져나갔다. 뒤에서 질러대던 소리도 들리지 않았다. 그들이 포기한 걸까? 아니면 다른 쪽으로 간 걸까? 그것도 아니면 다음 신호에서 대기중인 걸까? 극도로 흥분한 상태에서도 아리안은 도시의 지도를 다시 기억해내려 애썼다. 만일 잡히지 않고 지하철역까지만 가면 일찌감치 출근하는 직장인들과 대학생 무리 속으로 숨어들 수 있을 것이다. 이 행렬에서 벗어나지 않고 가다 보면 적어도 며칠은 지낼 만한 유스호스텔을 발견할 수 있을 것이다.

만일…….

아리안은 발목을 압박하는 묵직한 통증을 느꼈지만 서둘러 걸었고 다시 한 번 오른쪽으로 돌았다.

그리고 방금 자신이 처음으로 실수를 저질렀다는 걸 깨달았다.

막다른 골목에 들어선 것이다. 건설현장의 높은 함석 차단벽이 앞을 막고 있었다. 게다가 철근을 실은 크레인 한 대가 천천히 돌고 있었다. 거대한 크레인의 팔을 따라 붉은색 불빛이 깜빡거렸다.

아리안은 뒤돌아섰다.

"제발, 라라. 아무도 없다고 말해줘. 아직 도망칠 시간이 있다고 말해줘."

그녀는 달리기 시작했다.

하지만 너무 늦었다.

'실종된 지 26시간. 이 말의 의미는 분명하다. 르 루에가 우리보다 26시간 전에 먼저 움직였다는 것이다.

이미 살해되었는지 찾아보아야 할까?

아니다. 그는 기다릴 것이다. 피해자의 생일이 되기 전에는 결코 죽이지 않을 것이다.

하지만 살인자를 믿을 수 있을까?'

형사 쥐드 보부아르는 고개를 들어 세면대 위에 걸린 거울 속 자신의 눈을 노려보았다. 그는 6시간도 채 안 걸려 몬트리올과 토론토를 왕복했고, 집에 들러 옷을 갈아입지도 않고 바로 경찰청으로 직행했다. 피해자 부모를 만나고 온 것이다. 무슨 시간 낭비란 말인가! 나동 팀장은 이번 사건에 왜 자신을 끌어들였을까? 부모들에게 희망을 주기 위해? 이번에 수사팀장은 인력을 낭비한다는 인상을 주면서까지 쥐드를 참여시켰다. 이런 시도를 한 사람은 그동안 한 명도 없었다. 그는 수도꼭지에서 흘러내리는 물에 신경을 집중했지만, 배수구를 둘러싼 둥그런 알루미늄 부분에 비친 그의 모습은 여전히 자신을 비웃고 있었다. 얼음장 같은 푸른 눈, 균형 잡힌 이목구비, 너무 새까매서 사람들이 늘 염색한 것인지 물어보곤 하는 머리카락까지.

그리고 덥수룩한 수염에 덮여 잘 보이진 않지만 오른쪽 뺨을 가로지른 흉터가 있다. 그는 턱 위를 손으로 쓰다듬으며 얼굴을 찡그리더니 고개를 가로저었다. 어쩔 수 없다. 나중에 회의가 끝나면 면도를 해야 할 것이다. 안 할 수도 있지만.

어쨌든 그는 표정이 변하는 법이 없었다.

'진짜 얼음장이 따로 없군.'

이런 말을 들을 때마다 그는 가슴이 아렸다. 솔직히 고통스럽다기보다 몸의 일부가 돌로 변하는 느낌이었다. 그는 그런 식으로 자신을 밀랍인형으로 만들어갔다. 생기 없고 말이 없는 사람. 다른 사람들은 사랑에 빠지고 즐겁게 지내고 친구를 사귀거나 절망에 빠져 아파하는 현실세계와 동떨어져 뛰어넘을 수 없는 유리벽 너머에 혼자 고립되어 있는 사람으로.

그렇다고 해서 괴롭지는 않았다. 진심으로 그랬다. 오히려 그게 좋았다.

회의실은 좁고 늘 추웠으며 조명도 어두웠다. 이곳을 이렇게 방치해두는 이유는 다른 대안이 없거나 또는 오히려 다분히 전략적인 것이었다. 다시 말해 팀원들이 경찰청사 내에서 너무 많은 시간을 보내지 못하도록, 수사팀장이 입버릇처럼 말한 '진짜 일터'인 현장에 나가서 활동하도록 압박하기 위한 것일 수도 있다. 도미니크 나동은 퀘벡 경찰청의 떠오르는 스타로 주목받는 인물이었다.

이런 이유로 사람들은 수많은 '민감한' 사건들을 그에게 정중히 떠넘기며 거의 전권을 위임했다. 중요한 것은 오직 결과였다.

아리안 프뤼당의 실종사건도 그중 하나였다. 사건의 성격 때문이 아니라 특수한 상황 때문이었다. 피해자 자신은 의식하지도 못했을 어린 나이에 사건이 시작된 것이다.

아리안은 타깃이었다. 그것도 주도면밀하게 계획적 살인을 시도하는, 지금껏 한 번도 실패한 적이 없는 연쇄살인범의 가장 최근의 타깃이었다.

르 루에. 그는 나동 팀장에게는 계속 되풀이되는 악몽이었다.

아직 열여섯이 안 된 금발의 소녀를 딸로 둔 부모들에게도 그랬다.

리즈와 파트릭 부부는 브리들패스의 자택 거실에서 보부아르 형사를 맞았다. 겉으로는 평온해 보이는 교외의 고급 주택가였다. 전업주부나 고용된 베이비시터가 그 동네 아이들을 눈에 불을 켜고 돌볼 거라고 생각하겠지만 실상은 그렇지 않았다. 모두 각자의 개인적인 삶이 있었다. 스트레칭 수업, 재택근무, 사교모임, 브리지게임, 미국드라마 시청 등. 정원 사이의 울타리는 높고 견고했다. 거리는 쓸쓸할 정도로 한산했다. 아리안 같은 여자아이는 쉽게 범인의 그물망에 걸릴 수 있었다.

그리고 실종.

쥐드는 그의 흔적을 찾아 원예용 연장을 보관하는 오두막까지 수색했다. 작은 문이 잠겨 있는지 살펴보았으나 불법 침입한 흔적은 보이지 않았다. 버스터미널에서 직원 하나가 금발의 예쁜 여자아이에게 표를 판매한 사실을 기억해냈다.

"다른 이야기는 안 했어요. 네, 그 아이 혼자였어요. 얼굴에 눈물 자국이 있었어요. 남자친구에게 차였거나 학교성적이 떨어졌나보다 생각했죠."

그는 목적지가 어디였는지는 기억이 나지 않는다고 했다. 쥐드는 발권 리스트만 요구하고 더 이상 묻지 않았다. 본사에 전화로 확인하자 발권 리스트를 이메일로 최대한 빨리 보내주겠다는 대답이 돌아왔다.

쥐드가 리즈와 파트릭 부부의 거실에서 대화를 나눈 시간은 삼 분을 넘지 않았다. 그는 그곳에서 자신이 무엇을 해야 할까 한 번 더 자문해보았다. 리즈 프뤼당의 시선이 한참동안 자신에게 고정되어 있다는 걸 알아차렸기 때문이다. 그녀는 앙상하게 마른 손을 넓적다리 밑에 넣고 있었다. 온몸이 덜덜 떨려서 그런 것 같았다. 창백한 얼굴에 입을 앙다문 남편이 아내의 어깨를 잡아주고 있었다. 둘은 서로 쓰러지려는 걸 막아주고 있는 걸까?

그녀는 형사에게서 한 순간도 눈을 떼지 않았다. '도와주세요. 당신의 도움이 필요해요.' 그녀는 침묵 속에서 이렇게 애원하고 있었을 것이다.

쥐드는 속으로 이렇게 대답했다. '그럴 수 없습니다. 나는 좋은 사람이 아니에요. 아무것도 알고 싶지 않습니다. 이 고통에 접근하고 싶지 않습니다.'

이번에는 안 된다.

그는 메모를 한 뒤 아무 말 없이 그 집을 나왔다.

말을 하면 숨이 막힐 것 같았다. 자신의 약한 부분을 드러낼지도 모른다.

그의 기억들을 일깨울 것이다.

쥐드는 의자 등받이에 가죽점퍼를 걸쳐놓고 게시판으로 시선을 돌렸다. 구겨진 공문들과 목록들 사이에 사진 수십 장이 압정으로 꽂혀 있었다. 다른 날 같았으면 바로 고개를 돌려버렸겠지만, 그날은 그의 시선을 사로잡은 사진이 있었다. 시신 발견 당시를 그대로 찍은 것도 아니고, 주차장 여기저기에 널려 있던 팔다리를 그대로 찍은 것도 아니었다. 그것은 소녀의 얼굴이었다.

그는 게시판 쪽으로 다가가서 두 손으로 사진을 집었다. A4사이즈로 확대한 증명사진 한 장. 사진 화면의 입자가 너무 크게 확대되어 앳된 소녀의 뺨이 벨벳처럼 보였다. 중간 정도 길이의 짙은 금발이 뚜렷한 이목구비를 감싸고 있었다. 눈을 제외하면 전혀 주목할 만한 데가 없었다. 근엄하기까지 한 어두운 눈동자가 쥐드를 바라보고 있었다. 애원을 하는 게 아니라 질문을 던지는 눈빛이었다. 말로 표현된 건 아니지만 너무도 다급해 보여 줘드는 충격을 받았다. 소녀의 입술이 달싹이는 게 보이는 것 같았다. 물론 그럴 리는 없었다. 가볍게 미소 짓듯 입꼬리가 살짝 위로 들려 있었으나 입은 다문 채였다. 그가 착각한 것이다. 그러나 그는 소녀의 평화로운 얼굴에서 눈을 뗄 수가 없었다. 높은 산에 있는 호수처럼 평온한 얼굴이었다. 호수 깊은 곳에는 인간이 기억할 수 없는 오랜 옛날부터 비늘 있는 물고기들이 돌아다니고 있었는데, 수천 년 전부터 그것들은 빛을 보지 못하고 있다.

그는 사진을 뒤집어보았다. 뒷면에 연필로 글이 몇 줄 쓰여 있고 밑줄까지 그어져 있었다.

아리안 프뤼당. 가장 최근의 타깃이라고 알려짐.

10월 20일부터 실종 상태.

토론토 부모의 집에서 사라짐.

우선 수사 대상.

그는 게시판에 붙어 있는 다른 종이들을 훑어보았다. 실종된 날, 소녀가 입은 옷과 그날 가져간 소지품에 대한 설명들. 키와 몸무게. 특이점. 취향. 아이가 남긴 메시지를 복사한 종이도 함께 있었다. 필체는 학교에 처음 숙제를 제출하는 그 나이 또래 아이들의 글씨처럼 둥글고 다소 삐뚤삐뚤했다.

사랑해요.

열여섯 살이 되면 돌아올 테니 제 걱정은 마세요.

파트릭 프뤼당은 네모난 쪽지를 쥐드에게 보여주었다. 그는 '사랑해요' 뒤에 작은 자국이 남아 있는 걸 발견했다. 이 문장을 쓰다가 눈물 한 방울이 코를 타고 흘러내렸을 것이다. 아이는 그걸 닦을 시간도 없었겠지.

쥐드는 사진에 손가락을 갖다 댔다. 흐릿한 얼굴 위로 한 방울의 눈물 자국을 천천히 따라가 보았다. 그리고 밝은 색깔의 머리카락을 살짝 건드렸다. 앙다문 채 미소 짓고 있는 입술 위에 손가락이 멈췄다.

'넌 그녀와 정말 많이 닮았구나.'

도미니크 나동은 성큼성큼 들어오더니 탁자 위에 서류를 던졌다. 그는 전원이 참석했는지 한번 둘러보며 확인한 뒤 말했다.

"앉게."

쥐드는 주위를 둘러보았다. 탁자 앞에 자리 잡고 앉은 네 사람 중 둘은 이미 알고 있었다. 일부러 꾸민 듯 순진한 눈빛을 짓고 있는 몸집이 큰 드니 디에메 형사. 접대와 서류 정리, 청소년 비행 등 보람 없는 업무를 2년간 담당한 후 드디어 승진한 소피 생 로랑 순경. 나머지 둘은 모르는 사람이었다. 둘 중 키가 작은 여자는 쥐드와 같은 삼십대로 보였다. 살집이 있는 금발 여성으로 짧은 단발머리였고 타이트한 푸른색 투피스에 목이 파묻혀 있었다. 다른 한 명은 아시아인이었는데 입술을 꽉 다문 채 태블릿에 벌써 뭔가를 입력하는 중이었다.

팀장은 서둘러 그들을 소개할 생각도 없어 보였다. 왁스칠을 한 낡은 개인용 안락의자에 앉아 의자 받침대에서 끽끽 소리가 나도 아랑곳하지 않고 자기 앞에 놓인 서류를 열심히 살펴보고 있었다. 그렇게 몇 분이 지났다. 탁자 한 귀퉁이에 따로 분류해놓은 서류들을 규칙적으로 넘기는 소리만이 침묵을 깨고 있었다. 파리 한 마리가 서류더미에 앉더니 가느다란 발을 비비며 단장을 계속했다. 쥐드는 홀린 듯이 파리에 시선을 고정시키고 있었다. 대문자로 쓰인 O 자의 거의 한가운데에 내려앉은 파리는 마치 바깥세계로부터 자신을 격리하기 위해 주위에 경계선을 그어놓은 것처럼 보였다.

쥐드는 문득 이런 생각이 들었다.

'내가 저 파리 같군. 나 자신이 세워놓은 벽 뒤로 피신해서 사소한 일에 열중하고 있잖아. 하지만 그건 가공의 보호벽일 뿐이지. 인쇄된 저 원만큼이나 허망한 것이야. 누구라도 그걸 뚫고 들어올 수 있어. 나 자신이 스스로 거기서 빠져나갈 수도 있고.'

끽끽거리는 소리가 점점 커졌다. 도미니크 나동은 의자에 앉은 채 한 바퀴 돌더니 게시판 앞에서 잠시 멈췄다.

"이 소녀에 대해 어떻게 생각하나, 쥐드 형사?"

쥐드는 깜짝 놀랐다. 불시에 질문이 날아왔기 때문이다.

"어떤 소녀 말씀입니까?"

쥐드는 속으로 생각했다.

'꼴사납군. 가게에서 CD를 훔치다가 들켜서 혼나는 꼬마처럼 굴고 있어.'

팀장이 이마를 문질렀다.

"물론 이 사진 속의 소녀를 말하는 거네. 자네의 새 여자친구가 아니라. 사귀는 여자가 있기라도 하면 말이지만. 자네 생각으로는 그 애가 어디로 갔을 것 같나? 이 가출소녀는 다른 케이스와는 달라. 자네에겐 아무 정보도 주지 않았네만, 이 서류들은 전부 훑어봤겠지. 요컨대, 여기 경사, 유코 오가……."

아시아인 여자가 고개를 들더니 침착한 목소리로 나동 팀장의 말을 정정했다.

"오카다 경사입니다."

"그리고 아나벨 랑베르 형사. 이번 사건은 냉정하게 접근할 필요가 있다고 생각하네. 이 표현이 더 마음에 든다면 새로운 관점이라고 해두지."

"저희도 그러고 싶습니다. 그럼요."

소피 생 로랑 순경이 이렇게 동조하자 아나벨 형사도 수긍했다.

"제 생각도 그렇습니다."

두 여자는 미소를 주고받았다. 벌써 죽이 잘 맞는군. 쥐드는 덤덤하게 그들을 바라보았다. 쥐드의 양 옆 자리는 비어 있었지만 세 명의 여자들은 모두 한쪽에 나란히 앉아 있었다. 어쨌든 자신이 자초한 상황이었다. 아무도 그의 옆에 앉으려 하지 않았다. 그가 주말에 한가한지, 힘든 수사를 마치고 테라스에서 맥주 한잔을 할 건지 물어보는 사람도 없었다. 사실 아무도 그에게 말을 걸지 않았다. 그냥 지나가다가 또는 도움이 필요할 때를 제외하면.

쥐드는 이곳에서 얼음장으로 통했다.

그는 다른 이들과 별 뜻 없이 시선이라도 마주치려 했지만 헛수고였다. 그는 탁자 한가운데에 놓인 커피잔으로 손을 뻗었다.

미지근했다. 쥐드는 커피를 한 모금 마셨다.

"팀장님, 이런 미친놈을 왜 아직 체포하지 않는 겁니까?"

아나벨 형사가 단도직입적으로 묻자 도미니크 나동이 그녀를 똑바로 쳐다보며 말했다.

"그자가 체포할 수 있는 어떤 기회도 주지 않았기 때문이지. 단 한 번도! 그는 미친놈이 아니야, 아나벨. 일반적인 의미의 미친놈이 아니라 소름 끼칠 정도로 지능적이고 꼼꼼하며 광적이기까지 한 살인마야. 그자는 사소한 부분도 그냥 지나치지 않아. 그는 단 한 번도 실수를 하지 않았어. 어떤 단서도, 흔적도, 식별 가능한 DNA도 남기지 않았어."

"하지만 그렇게 현장을 꾸미는 건…… 그런 의식에다 향수, 장미꽃…… 그런 것들이 다 단서가 되지 않나요? 꽃만 해도 어디에선가 샀을 거 아닙니까? 침대 주위에 늘어놓은 가시덤불은 어떻고요……. 그리고 독은요? 그가 어떻게 그걸 손에 넣었겠습니까?"

아나벨 형사의 주장에 팀장은 담담하게 미소만 지었다.

"자네도 알고 있겠지만 그런 의문은 우리도 이미 가졌지. 그래서 그 답을 찾기 위해 인력을 전부 동원해 현장수색을 다 했어. 동시에 두 개 조의 인원이 투입되었지. 그런데 아무것도 발견하지 못했어. 조금이라도 진전을 가져올 만한 사소한 단서도 얻지 못했어. 자네와 나를 비롯한 대부부의 사람들은…… 흔적을 남기기 마련이지. 여기저기에. 언제나. 그런데 그는 달라. 유령 같단 말이야. 녀석은 각각의 범죄현장을 원하는 대로 꾸며놓고 다른 차원의 세계로 사라진 것처럼 보일 정도라니까. 그게 어디인지는 나도 모르지만. 그러니 닥치는 대로 탐문하고 다니며 우리가 동원할 수 있는 모든 수단을 다 시도해볼 수밖에. 물론 하나도 성공하지 못했지만."

"그럼 그걸 언제부터……?"

"10년도 넘었지. 자네들에게 보여줄 게 있네."

쥐드는 긴장해서 주먹을 꽉 쥐었다.

무엇이 기다리고 있는지 그는 알고 있었다.

두 건물 사이의 으슥한 곳에서 남자가 튀어나왔다. 바지 단추를 채우던 그는 자기 쪽으로 뛰어오는 소녀를 보자 손을 번쩍 들었다.

"어디 가는 거니?"

아리안은 옆으로 한 발짝 비켜섰다. 그러나 남자가 더 빨리 오른쪽으로 반원을 그리며 돌더니 서툰 낙서와 그림들, 긁힌 자국으로 뒤덮인 지저분한 벽돌 벽으로 소녀를 밀어붙였다.

"너처럼 탐스럽게 생긴 애는 본 적이 없어."

그는 숨을 거칠게 내쉬며 휘파람소리를 냈다. 노란색과 적갈색이 섞인 수염 아래 윗입술이 부르르 떨렸다. 그는 눈을 감더니 옆으로 고개를 숙였다.

"귀여운 것. 몇 살?"

대답을 기다리지도 않고 그가 말을 이었다.

"열다섯이나 열여섯이겠지. 예쁘기도 해라. 이리 오렴."

아리안은 비명을 지르려 했지만 기어들어가는 신음소리만 나올 뿐이었다. 남자가 웃음을 터뜨렸다.

"너도 원할 거야. 그럼, 간절히 원할 거야."

그가 털모자를 뒤로 젖혔다. 모자는 정수리 위에서 불룩해졌다.

그의 한쪽 눈은 흐릿한 보라색 반점이 있었고 반쯤 감겨 있었다. 다른 쪽 눈은 크게 뜬 채 앞쪽을 응시하고 있었고 유리구슬처럼 반짝거렸다. 아리안은 공포에 휩싸였다.

'그 사람이야, 그 사람. 공원에 있던 남자. 그 사람도 눈이 푸른색이었어. 그가 나를 찾아낸 거야.'

"내가 돌봐줄게."

그는 변신을 한 듯 완전히 다른 사람이 되었다. 아리안은 그가 민첩하고 유연하게 소리도 없이 미끄러져 다가오는 것을 보았다. 모래 속에서 꿈틀거리는 해파리나 날카로운 이빨을 가진 곰치처럼. 그는 손가락을 아리안의 얼굴 바로 앞에 대더니 공기를 더듬었다. 길고 끝이 구부러진 손톱 사이로 공기가 물결치는 것 같았다. 남자는 아리안의 몸을 만질 것이다. 그는 아리안의 몸을 더듬었다…….

시큼한 땀 냄새, 바지의 구겨진 주름 위로 방울져 말라버린 소변 냄새, 목이 많이 파인 젖은 털스웨터 냄새, 담배 냄새와 바비큐 소스 냄새가 훅 풍겼다. 아리안은 이 냄새들을 하나하나 분석해서 이름을 붙일 수도 있었다. 그렇지만 몸을 움직여 도망치거나 그와 싸우는 것은 불가능했고 생각조차 할 수 없었다. 그는 여전히 한쪽 눈만 더 크게 치켜뜨고 바로 곁에서 아리안을 내려다보고 있었다.

"이제 그만해. 그 애를 놔줘."

쩌렁쩌렁하지는 않지만 근엄한 여자 목소리가 들렸다. 남자가 웃음을 터뜨렸다.

"꺼져, 할망구. 성질 돋우지 말고."

"아니, 네가 꺼져."

새빨간 파카를 입은 60대 여자가 막다른 골목 입구에 서 있었다. 바람이 불어 짧은 머리가 헝클어져 있었다.

"경찰을 부르겠어."

여자의 말에 남자는 화가 나서 맹수가 포효하듯 소리쳤다. 그는 마치 까끌까끌한 털스웨터 때문에 피부가 따가운 듯 주먹 쥔 손을 가슴에 올려놓고 다른 손은 주머니에 찔러넣은 채 씩씩거리며 소리쳤다. 어느새 반짝이는 면도날이 그의 손에 들려 있었다. 그는 몸을 돌려 어깨를 곧추세우고, 울퉁불퉁한 근육질 몸을 움츠렸다 뻗으며 순식간에 상대를 찔러죽일 듯 덤벼들었다.

"조심해요!"

아리안이 소리를 질렀으나 속삭임에 가까운 작은 소리만 새어 나왔다. 하지만 약하게 내뱉은 그 소리를 여자는 알아듣고 건축폐기물 더미 위에 있는 시멘트 블록을 집어들었다. 그 순간 면도날이 그녀의 파카와 스웨터 소매를 갈랐고, 여자는 들고 있던 시멘트 블록으로 남자의 관자놀이를 힘껏 내리쳐 쓰러뜨렸다.

그는 바닥에 나동그라져서 폐기물 더미에 얼굴을 처박았다. 모자에서 삐져나온 먼지를 뒤집어쓴 긴 머리카락이 겹을 집어먹은 뱀처럼 보였다. 시멘트로 덮여 있는 깨진 벽돌 사이를 통과하는 뱀.

"괜찮니?"

빨간 파카를 입은 여자가 물었다.

아리안은 이를 딱딱 부딪치며 덜덜 떨고 있었다. 한기가 들었다. 이렇게 온화한 날씨에 한기를 느끼는 건 처음이었다. 반짝이는 푸른색 차단벽 틈 밑에서 얼어붙은 얼음을 타고 한기가 미끄러져 들어왔다. 꼼짝도 못하게 몸을 마비시켜 결국 죽음에 이르게 할 한기였다. 아리안은 그 자리에 무릎을 꿇을 수밖에 없었다. 숨도 제대로 쉬지 못하며 아리안의 몸은 아래로, 아래로…….

"기절하면 안 돼!"

여자는 자기 어깨에 소녀의 무게가 실리는 걸 느꼈다. 소녀에게 파카를 덮어주고 왼손을 쳐다보았다. 끝에 면이 덧대진 하얀 스웨터 소매에서 세 줄기 피가 흘러내리고 있었다.

"젠장. 이 머저리 같은 놈이 나를……. 얘야, 저 작자가 깨어나기 전에 여기를 뜨자."

아리안은 고개를 끄덕였다. 그리고 자신이 한 발 한 발 앞으로 내딛는 걸 확인하고 적잖이 놀랐다.

"좋아. 내 차가 모퉁이 식료품점 앞에 주차되어 있어. 차를 타고 조금만 가면 돼……. 친구 집인데 여기에서 몇 블록 떨어져 있어. 난 상처 부위에 붕대를 감고 커피도 한잔 마셔야겠어. 그리고 너는…… 너도 해야 할 일이 많아 보이는데. 급히 대책을 세워야 할 것 같구나. 내 이름은 클라라란다. 클라라 카발로스."

* * *

15분쯤 뒤에 아리안은 태어나서 처음 보는 신기하게 생긴 집의 거실에 앉아 있었다.

멀리서 보면 그 집은 유령의 성처럼 보였다. 건물 정면에는 청회색 슬레이트로 된 박공과 망루, 파라미드 모양의 작은 첨탑이 과하다 싶게 올라가 있었다. 일층에는 세탁소, 미용실, 소형 서점이 있었다. 클라라 카발로스는 정신이 가물거리는 아리안을 데리고 서점 문을 열고 들어갔다. 가냘프게 울리던 작은 종소리는 가게 뒤쪽으로 들어가자 웨스트민스터 대성당의 우렁찬 청동 종소리로 바뀌었다. 클라라가 사람들을 불렀다.

"베스! 마르가!"

그리고 더 큰 목소리로 다시 한 번 불렀다.

"렌! 책더미에서 그만 나와!"

응답이 없었다. 좁은 가게 내부에서 소리는 금세 사라졌다. '마치 시간이 정지되어버린 것 같아.' 아리안은 그런 생각이 들었지만 신기하게도 두렵지는 않았다. 벽을 따라 책들이 빼곡하게 꽂힌 책장들이 서 있었고, 새끼 돼지의 머리가 조각된 목제 받침대 위에 올려놓은, 키가 큰 옛날식 궤짝 뒤에도 책이 꽂힌 선반이 있었다. 돼지는 눈을 감고 있었는데 둥근 코와 잘 다듬어진 귀 덕분에 사랑스러워 보였다.

"그 궤짝은 우리 동네 정육점에서 가져온 거야. 어렸을 때 정육점이 문을 닫았거든. 돼지는 행복을 가져다준다고 하지. 우리 손님들은 그래서 늘 문을 들어서기 전에 이 돼지를 쓰다듬곤 해. 너도 만져봐."

키가 작은 여자 하나가 이층으로 연결된 나선형 계단에서 모습을 드러내며 말했다. 그 여자가 서점 주인인 렌인 것 같았다. 아리안은 그곳에도 책들이 아찔한 높이임에도 안정적으로 쌓여 있는 걸 보았다. 서점 주인은 책더미를 절묘하게 잘 피하며 활기차게 계단을 뛰어내려왔다. 살짝 위로 들린 코 위에 걸쳐진 금속테 안경이 흔들렸다. 그녀는 펼쳐진 커다란 책과 능숙한 솜씨로 뾰족하게 깎은 연필을 손에 들고 있었다. 뾰족한 연필심은 시커먼 대형 주사바늘처럼 보였다.

"또 무슨 곤란한 상황에 몰렸던 거야?"

그녀가 친구를 아래위로 훑어보며 묻자 클라라가 소리내어 웃었다. 하지만 발작 같은 기침이 터져나오는 바람에 웃음은 금세 끊겼다.

"기사놀이 좀 했지. 그래서 보시다시피 번쩍거리는 갑옷도 좀 버렸고."

렌이 코를 킁킁거렸다.

"올라가자."

계단을 올라 좁다란 층계참을 지나면 왁스칠한 떡갈나무 문 네 개가 줄지어 보였다. 서점 주인은 왼쪽에서 세 번째 문을 열고 그들을 햇빛이 잘 통하는 거실로 들여보냈다. 밖으로 튀어나온 형태의 커다란 창문에는 커튼이 달려 있지 않았다. 창밖에는 다양한 색으로 반짝이는 나뭇잎들이 파도처럼 일렁이고 있었다. 거실에도 책들이 책장을 가득 채우고 있었고 상자 안과 탁자 아래, 안락의자 앞에도 책이 쌓여 있었다. 가구들 앞에도 모두 책이 쌓여 있었다. 잎이 무성한 식물들이 가죽으로 된 책 표지나 하드커버 표지 위에 드리워져 있었다. 커다란 소파 위에는 꽃무늬 면 커버가 덮여 있었고, 두 여인이 고급스러운 도자기 잔을 들고 차를 마시고 있었다.

"클라라!"

그중 첫 번째 여인이 말하자 두 번째 여인이 말을 이었다.

"기다리고 있었어. 지난밤에 흰 올빼미 꿈을 꾸었거든."

두 여인은 동일한 몸짓으로 낮은 탁자에 찻잔을 내려놓고 고개를 숙였다. 첫 번째 여인은 바가지 모양으로 커트한 백발이고, 두 번째 여인은 공들여 손질한 금발이었다.

"차 마실래?"

첫 번째 여인이 아리안에게 묻자 두 번째 여인이 덧붙였다.

"비스킷 먹을래? 방금 오븐에서 꺼냈거든. 소파로 와서 앉으렴.

여기 자리가 있으니."

그녀는 잠시 사라졌다가 쟁반에 뭔가를 잔뜩 담아 들고 나타났다.

"비스킷, 거즈, 소독약, 캐러멜이야. 클라라, 팔을 내 쪽으로 보여봐. 캐러멜을 먹으렴, 얘야.

가염버터는 여기 있고. 정신적으로 충격을 받았을 때 이것처럼 잘 듣는 것도 없지."

아리안은 고개를 저었다. 무엇이든 지금은 목에 걸릴 것 같았다.

"그 애에게 시간을 좀 줘." 스웨터 소매를 걷어올리며 클라라가 말했다.

백발의 마르가가 소독약을 적신 솜을 클라라의 찢어진 상처 부위에 갖다 댔다. 그녀는 아리안을 보며 미소를 지었다.

"네가 거기 없었다면 클라라가 쌍욕을 내뱉었을 거야. 틀림없이 스페인어로. 그녀는 사실 부드러운 사람이 아니란다."

"아무 소리나 막 하네. 그 애가 거기 없었다면 내가 이렇게 부상을 당하지도 않았겠지."

"죄송해요." 아리안이 속삭이듯 중얼거렸다.

투명한 커튼이 그녀를 햇빛이 가득 쏟아지던 방으로부터 갑자기 분리시켰다. 아리안은 손으로 얼굴을 가리고 울음을 터뜨렸다.

"브라보! 네가 아이를 울리고 말았어."

렌의 말에 클라라가 부인했다.

"내가 울린 건 아니지만 우는 편이 좋을 것 같아."

아리안은 자기 등 뒤로 팔이 미끄러지듯 다가와 안아주는 걸 느꼈다. 그녀는 연한 라벤더향이 나는 어깨에 뺨을 묻고 왠지 모를 안도감에 눈물이 흐르는 걸 내버려두었다.

쥐드는 복층아파트와 도로 사이에 있는 작은 정원을 가로질러 가며 고개를 들었다. 단풍나무 잎들이 하나둘 떨어지고 있었다. 어린 시절 그는 잎사귀에 첫 번째 진홍색 흔적이 물드는 정확한 순간을 알아낼 수 있다고 믿었다. 그래서 매일 아침저녁 편집증적으로 모든 잎들을 조사했는데 아버지는 그런 그를 보며 폭소를 터뜨렸다. 평생을 경찰제복을 입고 살았던 보부아르 경사는 '책상머리에서 떠드는 관료주의'를 혐오했고 이를 거침없이 표현하는 스타일이었다. 그래서 그런 아들을 보고 빈정거리듯이 말했다.

"미래의 과학 경찰을 이끌어갈 새싹이 나셨구나. 현미경과 체모 분석에 집착하는 아이를 낳다니. 신이 도우신 건가!"

하지만 소년에게는 실망스럽게도 기적은 늘 밤에 일어났다. 그는 정체를 알 수 없는 남자가 페인트통을 들고 어둠 속에서 도시를 누비며 여기저기 색깔을 입혔다 해도 믿었을 것이다.

쥐드는 혼자 즐기던 '빨강의 첫 출현'이라는 비공식적 축제를 오래전에 중단했다. 하지만 채색된 지붕널 앞에 있는 커다란 나무들이 불타는 것처럼 붉게 변하는 모습은 여전히 좋아했다. 단풍나무는 그의 여동생 에글랑틴을 닮았다. 붉은 단풍잎을 바라보는 동안에는 슬픔에 계속 잠겨 있을 수 없었다.

그는 폭이 좁은 현관으로 들어가 서류가 터질 듯이 담긴 가방을 소나무 목재로 된 마룻바닥에 던져놓고는 부엌으로 들어갔다. 에글랑틴은 펼쳐놓은 책을 시리얼 그릇에 기대어 세워놓고 한 손에는 샌드위치, 다른 손에는 캘리포니아산 와인 한 잔을 들고 있었다.

펼쳐진 페이지를 턱으로 가리키며 그녀가 말했다.

"전혀 이해가 안 돼. 내 작은 머리로 이해하기엔 너무 방대하다고. 나중에 나 좀 도와줄래?"

"나중에 언제?"

쥐드는 건성으로 물으며 냉장고를 열고 안에 무엇이 들어 있는지 재빨리 살펴보았다. 개봉한 땅콩버터 한 통. 오이피클 한 병. 알루미늄포일로 덮어놓은 라자냐 요리는 전날 저녁에 먹고 남은 것이었다. 그는 어린 시절에 오이피클과 땅콩버터를 같이 먹는 걸 좋아했다. 달콤하면서도 새콤한 맛. 부드러우면서도 아삭거리는 맛. 양 극단을 동시에 즐길 수 있었다.

"거실에서 어떤 여자가 오빠를 기다리고 있어. 유코…… 뭐라던데. 그 여자의 성은 알아듣지 못했어."

"오카다."

"맞아. 내가 앉으라고 했는데 아까부터 계속 왔다 갔다 걸어다니고 있더라고. 마치 박자를 알려주는 메트로놈처럼. 범죄심리학을 복습하는 대신 피아노 연습을 시작해야 할 판이야. 그럼 도움이 될 테니까."

"용건이 뭔지 말했어?"

"물론 안 했지. 내 생각에 그 여자는 오빠한테 마음이 있는 것 같아. 대학 때 오빠가 잘생기고 신비한 면이 있다고 생각하던 여자들처럼 말이야. 오빠는 본인의 타고난 행운을 전혀 깨닫지 못하고 있어."

쥐드는 어깨를 으쓱거렸다. 잘생겼다는 게 무슨 의미가 있을까? 에글랑틴은 아름다웠다. 빛나는 외모였다. 살짝 들린 코, 곱슬곱슬하고 숱이 많은 다갈색 머리칼, 그리고 보조개는 그녀를 바깥세상과 행복하게 연결해주는 상징이었다. 빨강, 초록, 파랑 등 좋아하는 화사한 색깔의 스웨터가 잘 어울리는 살짝 통통한 체형의 그녀는 학교에서 내준 그룹 과제와 씨름하는 것보다는 푹신푹신한 소파나 스키 활강로, 콘서트장에 있는 게 훨씬 더 어울려 보였다. 물 한잔을 따라 들고 가면서 쥐드는 생각했다. 에글랑틴은 겨울의 민둥산이 아니라 타오르는 불을 닮았다고. 모두 그녀에게 다가가 손을 내밀어 그녀의 빛과 열기를 슬쩍 가로채고 싶어했다.

물론 실현될 수 없는 꿈이다.

다른 수많은 꿈처럼.

쥐드는 한숨을 쉬며 부엌 카운터에 빈 잔을 내려놓았다. 그리고 부엌에서 나와 문을 닫았다. 아침까지만 해도 누군지도 몰랐던 유코 경사가 자기를 찾아온 건 분명 아리안 실종 사건 수사에 대한 이야기를 하고 싶어서일 것이다. 그리고 에글랑틴은 절대로 이 대화를 들어서는 안 되는 인물이었다. 비밀유지를 위해서는 아니었다. 그는 자기 누이가 얼마나 신중한지 잘 알고 있었다. 진행중인 사건에 대해 종종 누이와 토론하기도 했다. 에글랑틴이 생각하는 사건이란 하나의 게임, 다시 말해 클루도영국판 추리 보드게임-역주의 실사판이자 실습이었다. 에글랑틴은 오빠처럼 범죄심리학을 전공했으며 범죄자의 인격에 관한 석사학위를 준비중이었다. 그녀는 희생자들의 운명에 대해 진심으로 동정을 느꼈고, 귀여운 코가 빨개질 정도로 펑펑 눈물을 흘리기도 했으며, 토끼의 흔적을 쫓는 사냥개처럼 집요하게 증거에 집중하기도 했다.

"너랑 나는 바뀌어야 했어. 아빠는 분명 널 자랑스러워하셨을 거야. 타고난 경찰이라고. 나와는 반대로 말이지."

쥐드는 여러 번 이런 농담을 했다.

하지만 이번에는 동생을 사건에서 떼어놓아야 했다.

그렇게 해야 할 분명한 이유가 있었다.

팀장은 또 다른 확대된 증명사진을 팀원들에게 돌려보게 했다. 쥐드는 그것을 쳐다보지도 않고 팔을 뻗어 아나벨에게 넘겼다. 그녀는 그의 그런 태도를 의아하게 여겼다.

"첫 번째 희생자, 오로르네. 범인은 동화에서 영감을 얻었지. '잠자는 숲속의 공주' 말일세."

아나벨이 사진을 면밀히 검토하고 나서 말했다.

"그녀도 닮았네요……."

"그렇다네. 그 소녀들은 모두 닮았지. 금발에, 거의 다 예쁘장하지. 눈 색깔은 다르지만. 아마 그건 범인에게 가장 중요한 게 아니었을 거야."

"그럼 뭐가 가장 중요한 건가요?"

도미니크 나동은 빽빽한 봉투를 가리켰다. 그 안에는 고무줄로 묶은 사진 뭉치가 들어 있었다.

"이건 미리 나눠준 사건파일에는 들어 있지 않은 자료네."

그는 이렇게 말하며 다소 신경질적인 태도로 재빨리 테이블 위에 사진들을 펼쳐놓았다. 쥐드는 숨을 죽이고 있었다. 그는 아나벨과 유코가 무얼 보게 될지 이미 알고 있었다. 똑같은 장면들이 계속 나올 것이다. 흰 시트가 덮인 침대. 그 위에 발가벗겨져 누워 있는 소녀. 가슴 위에 교차되어 포개진 팔. 손가락 사이에 꽂혀 있는 붉은 장미 한 송이. 깊은 잠에 빠져 있는 것처럼 보이는 피해자는 깔끔하게 땋은 머리카락을 왕관처럼 머리에 둥그렇게 감고 있었다. 또 다른 사진들은 범죄 현장을 넓게 찍은 것들이었다. 두 구, 세 구, 네 구의 시신들 역시 똑같은 포즈로 바닥에 누워 있었다. 남자는 항상 바닥에 무릎을 꿇고 팔은 편 채로 머리는 침대 발치에 대고 있었다. 여자들은 태아의 자세로 몸을 움츠리고 있었고 손에 가려 얼굴은 보이지 않았다.

시신 주위에는 가시덤불이 있었다. 잎은 다 떼어내어 없었고 가시들이 마구 얽혀 있었다. 시신과 문 사이에 비죽 솟은 검은 가시들이 가느다랗고 뾰족한 바리케이드 역할을 하고 되었다.

유코는 표정 변화 없이 사진들을 하나씩 넘겨보았다. 쥐드는 그녀가 불편한 기색을 감추려고 애쓰는 건지 궁금했다.

"아이들은 없군요." 유코가 마침내 입을 열었다.

도미니트 나동은 유코의 말에 동의했다.

"바로 알아맞혔군. 소녀들은 전부 외동딸이었어. 외모의 유사점을 제외한 유일한 공통점이지. 문제는 그 사실로부터 아무것도 알아낼 수 없었다는 거지만."

"전부가 외동딸은 아니었습니다." 쥐드가 담담한 목소리로 나동의 말을 정정했다.

"그 얘기는 이제 할 거네. 한 번 예외가 있었지. 첫 번째 희생자인 오로르야. 이유는 알아내지 못했네. 자네가 원한다면 나중에 더 이야기하세."

두 번째 사진 뭉치는 구덩이들을 찍은 것이었다. 파헤쳐진 무덤이었다. 잔디 위에는 비석들이 뒤집힌 채 마구 파헤친 흙덩이를 뒤집어쓰고 있었다. 유코는 눈살을 찌푸렸다.

"이게 뭐죠?"

나동 팀장은 입술을 깨물었다. 그가 눈물을 참는 것을 보고 쥐드는 놀랐다.

"그 소녀들의 무덤이네."

그는 한숨을 쉬며 말을 이었다.

"그자가 무덤을 파헤쳤어. 알겠나? 소녀들을 죽이는 것으로 만족하지 못하고 시체까지 훔쳐 간 거야."

유코는 거실을 왔다 갔다 하는 걸 멈추고 창문 앞에 꼼짝 않고 서 있었다. 쥐드가 들어오자 천천히 그에게로 고개를 돌리며 말했다.

"전망이 좋군요."

"그래요. 전혀 싫증나지 않아요. 전망 얘기를 하려고 여기 온 건 아닐 테죠."

그녀의 얼굴에 얼핏 미소가 스쳤다.

"직설적이시네요."

"제 재능 중 하나죠. 원하는 게 뭡니까? 정보를 더 얻길 원해요? 아까 전부 듣지 못한 것 같아서?"

"아니에요. 사실은⋯⋯ 그런데 좋은 생각은 아닌 것 같네요."

"당신이 내게 솔직하게 말하지 않으면, 나도 그럴 것 같은데요."

"소피 생 로랑이 당신이 아파트 2층을 세놓을 거라고 알려줬어요."

쥐드는 안도감이 드는 걸 깨닫고는 얼굴이 화끈거렸다. 그가 오늘 저녁에 가장 피하고 싶었던 건 일에 대해 이야기하는 것이었다. 그보다는 차라리 이론적인 범죄심리학, 요리, 또는 부동산 중개인 역할이 더 나을 것 같았다.

“맞아요. 이 아파트는 세 개의 스튜디오로 나뉘어 있고, 그중 하나가 지금 비어 있어요. 관심 있어요?”

“막 전근을 와서 임시로 지낼 곳이 필요해요. 살던 집을 팔고 다시 집을 얻으려면 시간이 걸리니까. 그런데 가구는 전부 예전 집에 그대로 있어요.”

“스튜디오는 가구가 전부 붙박이로 설치되어 있어요. 한번 둘러볼래요?”

“방해되지 않는다면 그럴게요.”

“방해될 게 뭐 있나요! 집을 보여주는 게 제 일인데.” 그는 적당히 친절한 말투로 말했다.

2층으로 연결된 계단을 앞서 걸어가며 쥐드는 자신이 왜 그렇게 공격적인 모습을 보였던 걸까 생각해보았다. 새로 온 동료인 이 여자는 상당히 예쁘게 생긴 편이었다. 아까 회의 때 한 발언으로 보아 머리회전도 빠른 것 같았다. 그녀는 말을 많이 하지 않고도 자신은 이미 그 문제에 대해 꽤 알고 있다는 듯 사람을 쳐다보고 행동하고 일을 진행했다. 마치 머릿속에 메모가 되어 있기라도 하듯. 쥐드는 스스로 찔리는 느낌이 들거나, 자신이 어떤 부류로 분류되는 걸 끔찍하게 싫어했다. 만일 유코가 이런 식으로 우위를 점하거나 궁지에서 벗어나기 위해 팀원의 약점을 이용하는 타입이라면, 그렇게 조종되는 걸 거부하겠다는 표시를 해주어야 했다.

그는 유코가 부엌 찬장도 열어보고 창문 커튼도 열어젖히며 스튜디오를 한 바퀴 돌아보는 동안 잠자코 그녀를 지켜보았다.

"아까 우리 거실에서 본 것과 전망은 같아요. 아니, 더 좋다고 해야겠네요. 남근상이라고도 하는 저 대학 탑이 아래층에서는 전혀 안 보이거든요. 그리고 하루 종일 해가 아주 잘 들죠. 이 집에서 가장 밝은 방이에요."

쥐드가 힘주어 말하자 유코가 그를 곁눈질하며 물었다.

"당신은 여기 살았어요? 내 말은, 어릴 때 당신이 이 방을 썼냐고요?"

쥐드는 침을 삼켰다. 자, 이제 제대로 공격해오는군. 그는 그러면서도 실망스러워하는 자신에게 놀랐다.

"아뇨. 우리 부모님은 이 동네에 집을 살 만큼 부유하진 않았어요."

그가 건조하게 받아쳤다. 그리고 뒤를 돌아 문을 활짝 연 다음, 유코에게 나가라는 신호를 보냈다.

"피곤하게 그럴 것 없어요. 여기에서 아무것도 찾아내지 못할 테니까. 어떤 단서나 흔적도 없습니다. 당신을 높은 자리로 승진시켜 줄만한 건 아무것도 없어요. 그리고 지금 이 자리에서 명확히 하자면, 우리 집에 들어오기 위해 당신이 찾아낸 구실은 전혀 높이 평가할 수 없군요."

"그건 구실이 아니에요. 그리고 지금 이 자리에서 명확히 하자면, 당신이 이번 수사에 참여해서는 안 된다고 생각해요."

"수사 팀장에게 가서 말하지 그래요."

"이미 했어요."

"그래요? 뭐라고 대답하시던가요?"

"당신이 지금 흥분해서 내게 이야기한 그대로요. 내가 상관할 일이 아니라고요. 어떤 방식으로, 누구와 일할 것인지 결정할 권한은 팀장님만 갖고 있다고 하셨어요. 하지만 팀장님은 날 설득하지 못했어요. 거부는 설득이 아니니까요."

그녀는 마치 먼지 한 톨 없다는 걸 확인하고 싶은 것처럼 탁자 위를 손가락으로 문지르며 시간을 끌다가 말을 이었다.

"나는 당신에게 내가 생각한 그대로 얘기했을 뿐이에요. 당신이 나를 쫓아낸다면 어쩔 수 없죠. 당신은 이번 사건의 수사에 적합하지 않아요. 당신은 객관적일 수 없고, 그러다 보면 팀 전체에 해를 끼칠 수도 있어요. 무엇보다도, 당신 누나가 첫 번째 희생자……."

쥐드가 그녀의 말을 중간에 잘랐다.

"당신 말이 맞아요. 그러니 여기서 나가요. 지금 당장!"

"오케이. 갈게요."

그녀는 그의 앞을 지나서 계단을 내려갔다. 열쇠로 문을 잠그는 그의 손이 덜덜 떨렸다. 그는 자신의 내부에서 끓어오르는 분노가 어디로부터 기인한 것인지, 어떤 방해물이 갑자기 튀어나와 몇 년 동안 고집스럽게 부인해온 절망과 파괴적인 분노를 폭발시킨 건지 생각할 여력도 없었다. 당장 시급한 것은 평정을 되찾고, 귀찮은 방해자를 떨쳐내는 것이었다. 그는 잠시 혼자 있을 필요가 있었다. 그런 다음에야 에글랑틴과 마주앉아 동생의 직설적인 질문 공세에 답할 수 있을 것이다.

계단 중간에서 유코가 뒤돌아보며 말했다.

"그래서, 그 방 계약하겠어요."

"뭐라고요?"

"스튜디오 계약하겠다고요. 앞으로 당신을 찾아와 버터 반 스푼이라도 부탁하는 일은 절대 없을 거예요. 내가 있는지 없는지조차 모를 거예요. 그리고 방값은 현금으로 지불할게요."

그는 대답하지 않았다. 유코가 이겼다. 이번에는.

두 사람 다 그걸 알고 있었다.

"마음에 드니?"

아리안은 고개를 오른쪽으로 돌렸다가 다시 왼쪽으로 돌렸다. 거울 속에서 낯선 소녀가 자기가 하는 대로 따라했다. 흑단 같은 검은 머리카락은 턱 길이로 잘라서 뺨을 간질이고 있었다. 비단처럼 반드르르했다. 낯선 향수 냄새가 풍겼다.

"내가 맞는지 나도 못 알아보겠어요."

아리안이 이렇게 중얼거리자 베스는 좋아서 어쩔 줄 몰랐다. 그녀는 이마를 덮은 짧은 앞머리를 마지막으로 빗질한 다음, 삐져나온 머리카락을 다시 다듬어주었다.

"그럼 된 거야. 자기보다 자신을 더 잘 알아볼 수 있는 사람은 없거든. 그러니 아무도 널 못 알아본다는 얘기지."

"정말 그럴 거라고 믿고 싶지만……."

"그렇다니까, 얘야. 절대 알아보지 못할 거야."

욕조 가장자리에 앉아 있던 클라라가 아리안의 변신을 지켜본 다음 그렇게 한마디 했다.

베스는 아리안의 머리를 염색하고 잘라주는 임무를 맡았다. 마르가는 아리안의 눈썹을 진하게 물들이고서 얼굴이 달라보이게 하려고 눈썹을 다듬기까지 했다. 렌은 여행용 트렁크와 옷장을 뒤져 원피스와 숄, 스카프, 블라우스를 찾아냈다.

"완전히 다른 스타일. 너에게 필요한 건 그거란다. 어디 보자, 이 옷들 전부 내가 다시 입을 수 있을 만큼 날씬해질 일은 없을 테니."

점점 새로운 외모에 적응이 된 아리안은 거울에 비친 모습을 보며 조심스럽게 미소를 지었다. 완전히 다른 스타일. 완곡하게 표현하자면 그랬다. 거울 속 소녀는 1970년에 제작된 우드스톡 다큐멘터리에서 그대로 튀어나온 것 같았다. 밑단이 여러 겹으로 장식된 벨벳 롱스커트, 허리까지 오는 길이의 자수로 장식된 코트, 술 장식이 달린 숄. 그리고 색깔까지! 적갈색, 보라, 진파랑, 옥색에 가까운 녹색……. 보석이 치렁치렁 늘어진 귀걸이는 움직일 때마다 짤랑거렸고, 여러 겹의 은팔찌는 손목에서 찰랑찰랑 맞부딪쳤다.

"그런 차림이면 시내를 돌아다녀도 괜찮겠어. 사람들은 자기가 보고 싶은 대로 보는 법이거든. 컬러부터 완전히 바뀌었으니……. 귀걸이에 반사되는 햇빛은 또 어떻고……. 윤곽이 완전히 달라져서 딴사람으로 보여."

클라라가 이렇게 확언하자 아리안이 기어들어가는 목소리로 말했다.

"그 사람은 아니에요. 자기가 뭘 찾고 있는지 알고 있으니까."

"네가 우리한테 얘기해준 대로라면 그는 늘 비슷하게 생긴 소녀들을 찾고 있어. 너도 인터넷에서 그 소녀들의 사진을 봤잖아. 그는 갈색머리 여자애들은 쳐다보지도 않을 거야. 내가 장담할 수 있어."

"그리고 그건 몇 개월만 견디면 되는 문제거든. 여기에서 봄까지 머무르면 된단다. 네 생일날까지……." 렌이 덧붙였다.

"……우리가 널 지켜줄 거고." 마르가가 단언했다.

"……생일날 해가 질 때까지. 아니 그 뒤라도." 베스가 이렇게 말을 맺었다.

* * *

그곳에서 멀지 않은 곳에 빅토리아풍의 웅장한 저택이 있었다. 저택 지하에는 마운트로열 공원 쪽으로 난 여러 개의 창문들이 있었는데, 하나같이 두껍고 고급스러운 다마스크 천으로 만든 커튼이 내부를 완벽하게 가려주고 있었다. 강렬한 네온 전등 빛을 받고 있는 소녀의 발가벗은 시신에는 핏자국이 말라붙어 있었고, 속이 빈 봉투처럼 전혀 입체감이 느껴지지 않았다.

수술복 상의를 걸친 실루엣이 수술대로 다가갔다. 처참하게 뭉개진 소녀의 얼굴 위로 커다란 그림자가 드리워졌다.

"너의 아름다웠던 모습을 되찾아줄 거다, 라라."

목소리는 부드러웠고, 마음 깊은 곳에서 우러나는 애정이 느껴졌다.

"영원히. 약속하마. 잠깐만 시간을 줘. 그럼 너와 나, 우리는 그 아름다운 모습을 되찾게 될 거야. 알겠지?"

수술도구들이 부딪치는 소리에 부드럽게 속삭이던 말들이 묻혀버렸다. 시신을 덮었던 덮개는 슈우 소리를 내며 순백의 타일 바닥으로 떨어졌다. 천장에 고정된 샤워기의 수많은 구멍에서 물이 쏟아져 나왔다. 폭포수처럼 떨어지는 물을 맞자 창백한 피부는 움푹 패기도 했고, 검은 핏덩어리가 선홍색으로 변했다가 이내 색깔이 빠지더니 수술대 아래 배수구의 연한 분홍색 물결에 섞여 사라져버렸다. 움직임이 없는 한쪽 팔에 뭔가를 주입하자 매를 맞은 것처럼 움직였다. 뒤틀려 있던 손가락들도 펴지면서 팽팽해졌다. 마치 저항을 하려는 것처럼 보였다.

또 한 번 윙 하는 소리가 들렸다.

미끈거리는 몸과 후광처럼 둥글게 펼쳐진 긴 머리 위로 회전하는 다섯 개의 노즐이 뜨거운 김을 내뿜기 시작했다. 실루엣의 주인공은 더 이상 가까이 가지 않고 눈부실 정도로 환한 수술대 주위를 어느 정도 거리를 둔 채 돌고 있었다. 허공에 들어올린 장갑 낀 두 손으로 형태를 스케치하는 것 같기도 하고 어루만지는 것 같기도 했다.

"자, 이제……."

작은 목소리로 속삭였다.

살균된 탁자 위에 촘촘하게 준비해놓은 수술도구 위에서 잠시 망설이던 손이 메스 하나를 집어들었다. 조심스럽게 피부를 절개

하자 피 한 방울 나지 않고 갈라졌다. 안에 얇은 노란색 지방층이 보였다.

"시작할게. 라라…… 네 자리가 어디가 될지 이미 정해놓았어. 거기에서 넌 행복할 거야. 평안을 누리게 될 거야. 한 번도 받지 못한 사랑을 듬뿍 받을 거다."

* * *

아리안은 담벼락을 따라 걷고 있었다. 가능한 한 벽에 바짝 붙어서. 보도 위를 달려가는 아이들도 있었고, 어른의 손에 이끌려 발을 질질 끌며 가는 아이들도 있었다. 학교가 끝날 시간이었다. 팔을 건들거리며 걷던 아리안은 자신이 노출되어 있는 기분을 느꼈다. 누군가 자신을 지켜보고 있는 느낌.

'이런 시골뜨기 같은 옷을 입겠다고 한 게 잘못이야.'

그나마 사람들이 아리안을 힐끗 쳐다보고 지나가서 다행이었다. 재미있어하는 사람도 있었고, 언짢아하는 사람도 있었다. 또 동정하는 사람도 있었다. 몇몇 사람은 아리안도 들릴 만큼 큰 소리로 웃으며 지나갔다. 시간이 지나자 아리안은 사람들의 이목을 끈 건 옷이 아니라 자기 태도 때문이라는 걸 깨달았다. 그녀는 어깨에 고개를 바짝 붙이고 안짱다리로 천천히 걷고 있었다. 두려움에 사로잡힌 채. 자신을 괴롭혔던 사람은 아마 이 동네에서 아직 어슬렁거리고 있을 터였다. 아리안은 클라라가 경찰서에 가자는 걸 만류했다. 경찰서는 마지막 선택지였다. 그를 고소하고 조사에 응하려면 자기 신분을 밝혀야 했다. 베스와 마르가는 그녀를 설득시키려고 애썼다. 렌은 뒤로 물러나 책 속에 파묻혀 있었다. 몽당연필을 들고 뭐라고 중얼거리며. 잠시 후 렌이 고개를 들었다.

"그 아이 좀 내버려두지 그래. 그 아이에게도 다 이유가 있을 거야. 혹시 너 누굴 죽인 거니?"

아리안은 자기가 두 팔로 잡고 있던 라라의 넓적다리를 다시금 떠올렸다. 사고 당시 자신이 매달렸던 이미 죽은 육체의 한 부분을. 그녀는 이번에는 흐르는 눈물을 참으려고 애를 썼다. 그러나 헛수고였다.

이 사람들에게 전부 말해야 했다.

라라. 서점 이층의 작은 아파트에서 보낸 며칠 동안 아리안은 라라의 존재를 느낄 수 없었다.

'난 네가 필요해. 지금 당장. 넌 어디 있는 거니? 왜 나를 이렇게 버려두는 거야?'

외출을 했다. 혼자서. 조금 전에 베스는 아리안의 손에 꼬깃꼬깃 접힌 지폐를 쥐여주며 문 쪽으로 살짝 등을 떠밀었다.

"길모퉁이에 있는 식료품점에 빨리 좀 갔다 올 수 있지? 버터랑 크림이 좀 필요한데……. 감자 2킬로그램도 사야겠고."

아리안은 싫다고 하지 않았다. 봄이 올 때까지 붉은 박공집에 틀어박혀 지낼 수 없다는 걸 잘 알고 있었다. 수풀과 소화전을 눈이 하얗게 덮고, 불순물이 섞인 반투명한 얼음이 나뭇가지들을 얼려버리며, 바람이 성난 흰 벌떼처럼 눈송이를 날리는 걸 바라보면서. 눈이 녹는 걸 기다리면서. 시선을 창문에 고정시킨 채 무기력하게 자기 운명이 흘러가는 걸 지켜보면서…… 그렇게 지낼 수는 없었다.

서점 주인들은 반대 의견을 내거나 못 믿겠다는 기색을 전혀 보이지 않고 아리안의 이야기를 받아들였다. 아리안은 그들에게 르루에에 관한 사이트를 보여주었고, 적막이 흐르는 가운데 그들은 사이트에 소개된 황당한 정보들을 읽어 내려갔다. 동정심이나 병적인 호기심을 드러내지도 않았다. 그저 조용히 움직일 뿐이었다.

그들의 그런 모습에 어린 아리안은 고마울 따름이었다.

그들 외에 클라라도 있었다. 클라라는 그날 아침 위기에 처한 아리안을 구해주었다. 하지만 아리안은 클라라의 시선에서 거리감을 느꼈다. 혼란스러웠다. 그녀는 자신을 거짓말쟁이로 보고 있는 걸까? 그녀는 아리안 자신도 모르는 뭔가를 알고 있는 걸까? 아니면 의심을 품고 있는 걸까?

그 점에 대해 더 깊이 파고들어봐야 소용없었다. 지금 이 순간도 충분히 힘들었다. 거리로 나온 아리안은 공포를 느꼈다. 사람들의 몸. 그녀를 스치고 지나가는 사람들의 몸짓. 게다가 새들까지. 공중을 나는 까마귀들의 시끄럽고 거슬리는 소음이 아리안의 귀를 마비시켰다. 까마귀들이 빙빙 같은 자리를 맴돌다가 잔디 위에 내려앉더니 날개를 접었다. 까마귀들은 살찐 몸을 거만하고 음산하게 흔들어대며 종종걸음으로 다가왔다. 그중 하나가 아리안 쪽으로 몸을 돌리더니 부리로 쪼아대기 시작했다. 아리안은 그 모습이 너무나도 혐오스러워 눈을 감고 간신히 담벼락에 몸을 기댔다. 그녀는 몸을 돌려 집을 향해 달리기 시작했다.

그때 누군가의 손이 그녀의 어깨를 잡았다.

드니 디에메는 회의실에서 나와 머리 위로 팔을 들어 기지개를 켰다.

"쉬지 않고 3시간 동안 브리핑을 하다니. 하키 훈련보다 더 힘들군. 엉덩이가 배겨서 혼났구먼, 진짜."

그는 자리에서 튀어오르듯 일어났다. 쥐드는 미소를 지었다. 키 1미터 90센티미터에 몸무게는 100킬로그램 가까이 나가는 드니는 어떤 자리든 좁다고 느낄 수밖에 없을 것이다. 검은 피부에 거대한 체구를 가진 그의 뺨은 아기처럼 반질반질하고 새까만 머리털은 반드르르하게 윤이 났다. 둥근 금속 안경테가 코끝에서 계속 흘러내렸다. 그는 서른다섯 살이었지만 나이보다 열 살은 아래로 보였다.

"윽, 더는 못하겠어. 커피가 필요하다고." 그가 과장되게 앓는 소리를 냈다.

"나도 그래요." 쥐드도 동의했다.

그들은 카페테리아로 향했다. 혼잡한 안뜰과 연결된 L자 형 방으로, 주문을 담당하는 셀린이 화분 몇 개를 들여놓으려 했으나 뜻을 이루지 못했다. 드니는 쥐드의 눈앞에서 복사한 서류뭉치를 흔들어댔다.

"나동 팀장은 살인범만큼이나 사이코 같아. 아무 짝에도 쓸모없는 이것들을 전부 외우라고 시키다니……. 피해자 부모들의 주소, 이력사항, 그들이 아이들의 옷을 세탁할 때 쓴 세제 상표까지……. 이건 당치도 않아! 안 그런가?"

쥐드가 갑자기 그 자리에 멈춰 서는 바람에 뒤에서 오던 아나벨 랑베르가 그와 세게 부딪치고 말았다. 그쪽에서 항의를 해도 신경 쓰지 않고 쥐드는 한숨을 내뱉었다.

"그만해요, 드니."

"뭘?"

"젠장. 우리 모두 당신이 아주 유능하다는 걸 알고 있어요. 최고의 완벽주의자죠. '아무 짝에도 쓸모없는 이것들'을 반복해서 보다 보면 쓸만한 첫 번째 단서를 찾을 수 있다는 건 두말하면 잔소리죠. 나보다 더 잘 아시는 양반이 왜 그렇게 얼간이처럼 쉬지 않고 칭얼거리는 거예요?"

드니는 눈을 껌뻑거리더니 코 아래쪽으로 안경을 내렸다. 입꼬리가 올라가며 실실 미소를 지었다.

"잘 봤네, 쥐드. 여기 뛰어난 두뇌가 있긴 하지."

드니는 쥐드와 마주앉은 채 자기 머리를 툭툭 치고서 청바지 뒷주머니에 손가락을 찔러넣으며 불쑥 물었다.

"그럼 자네는? 왜 그렇게 뱀파이어처럼 구는 건가?"

"뱀파이어처럼 군 적 없습니다."

"아, 그래? 잘 들어봐. 드라큘라 백작 얘기를 하려는 게 아니야. 물론 드라큘라 소설을 쓴 브램 스토커는 굉장한 작가였지. 남의 피를 빨아먹는 드라큘라는 그래도 나은 편이었지. 얼굴이 아름다운 시체만 건드렸거든. 그런데 내가 말한 뱀파이어는, 예쁘고 창백한 소녀들로 하여금 사파이어 빛 시선으로 미스터리한 세계를 동경하게 만들 뿐이야. 눈에 선하지 않나? 어느 정도 거리를 두고, 나를 건드리지 마. 난 위-험-한 사람이니까. 이러는 자네 같은 타입."

"하지만 나는……."

쥐드의 말은 여기에서 끊겼다. 드니가 껄껄 웃으며 쥐드의 오른쪽 어깨를 탁 쳤기 때문이다.

"그 말에 충격 받았나? 그러니까 내 말은, 왜 그런 얼간이 같은 역할을 자처하는 거냐고. 그리고 왜 나는 방금 가시덤불에서 빠져나온 것처럼 생겼냐고. 자네와 나, 둘 다 외모의 피해자라네, 친구. 자네는 칼자국은 있지만 잘생긴 작은 얼굴로 〈보그〉 표지를 장식할 법한 외모여서 그렇고, 나는 이 모양이어서 그렇고."

드니는 자기 볼을 꼬집으며 말을 이었다.

"자네와 나는 남들이 우리한테 기대하는 역할을 할 뿐이야. 우리를 위해 쓰인 대본대로 연기하는 거지. 우리의 대모요정이 요람에 갖다놓은 그 대본을 과장하며 떠드는 거야. 알겠나?"

쥐드는 한 걸음 물러서서 어깨를 문질렀다. 눈살을 찌푸린 채로.

"과장이 심하시네요. 그건 선배님 경우에만 해당한다고 생각합니다."

드니는 진지한 표정을 지었다.

"자네 말이 맞아. 나는 마약밀매도 안 하고, 차를 불태우지도 않아. 지하실에 여자애들을 데려다놓고 강간하지도 않지. 자네가 말한 건 그런 의미인가?"

"아닙니다. 물론 아니에요."

"물론 그렇겠지. 신경 쓰지 마. 내 버릇이니까."

그는 몸을 돌렸다.

"이제 일하러 돌아가야겠군. 일할 시간이야. 커피를 못 마셔 아쉽지만. 고민해보게, 쥐드! 자네가 어떤 사람이 되고 싶은 건지 자문해보라고. 그걸 알지 못하면 말이야, 여기에서 발견하게 될 것들은 하나같이 자네가 머리에 총알을 박아넣기에 좋은 이유가 될 테니까. 어쩌면 그게 자네가 원하는 것일 수도 있겠지."

* * *

클라라 카발로스 교수는 수업을 할 때 늘 소매가 긴 블라우스나 스웨터를 입었는데, 적어도 일 년에 한 번 대학 신입생들에게 설명할 기회가 생기면 그 이유를 설명해주곤 했다. 이유는 아주 단순했다.

그녀는 자기를 향해 고개를 들고 있는 학생들을 반짝거리는 검은 눈으로 쳐다보며 이렇게 말했다.

"우리가 함께 공부할 텍스트는 너무도 아름답기 때문에 나는 말 그대로 몸에 소름이 돋습니다. 신체적인 증상이죠. 내가 그런 감정이 벅차올랐을 때 앞줄에 앉은 학생들이 웃음을 터뜨리는 경우가 몇 번 있었거든요. 이해하겠어요? 아니면 더 설명해줄까요?"

그녀는 입가에 살짝 미소를 지으며 말을 이었다.

"이제 다 이해했으면 수업에 들어갑시다."

쥐드는 계단식 강의실의 문을 열고 베이지색 벽을 따라 가능한 한 소리를 내지 않고 조용히 안으로 들어갔다. 수업은 아직 끝나지 않았다. 그는 두 줄 아래쪽에 앉아 있는 에글랑틴의 새빨간 머리카락을 쉽게 찾을 수 있었다. 그녀는 책상 위에 오른손을 올린 채 두 손가락을 흔들고 있었다. 뒤돌아보지 않고도 오빠가 와 있다는 걸 알아차린 것이다. 쥐드는 맨 끝줄 가장자리에 빈자리를 발견하고 책상 아래로 간신히 긴 다리를 집어넣었다. 그리고 팔짱을 낀 채 일부러 태연한 표정을 지었다. 그는 곰곰이 생각할 시간이 필요했다. 드니가 던진 마지막 말이 따귀를 때리듯 그를 후려쳤던 것이다. '머리에 총알을 박아넣기에 좋은 이유가 될 테니까. 어쩌면 그게 자네가 원하는 것일 수도 있겠지.'

그리고 전날 밤 유코의 말도 그랬다. '당신은 이번 사건의 수사에 적합하지 않아요. 당신은 객관적일 수 없고, 그러다 보면 팀 전체에 해를 끼칠 수도 있어요.'

어떻게 그런 말을 할 수 있을까? 도대체 그녀가 그에 대해 뭘 알고 있단 말인가? 지난 몇 년 동안, 정확히 말해서 열다섯 살 때부터 그는 객관적으로 행동하기 위해 갑옷을 입었다. 자신이 느끼는 감정을 무시하고 학업에, 그다음엔 일에 빠져 지내기로 결심한 것이다. 어떤 종류의 범죄든 간에 범인을 추격하는 일은 그에게 잘 맞았다. 범인이 남긴 흔적을 찾고, 아주 간단한 것일지라도 사실들 간에 존재하는 연관성과 동기들을 분석한다. 사람들은 세 가지 이유로 살인을 한다. 사랑, 돈, 권력. 나머지는 이 요인들의 변주이고, 그런 미묘한 차이를 알아차리는 건 심리학자나 정신분석가의 일이었다. 쥐드는 그들을 믿지 않았고, 그 사실을 늘 그의 교수들에게 조심스럽게 숨기곤 했다. 그는 실제의 또는 가상의 흔적을 믿었다. 배가 지나가며 남기는 항적처럼, 범인이 남긴 희미하지만 실제로 존재하는 흔적을 통해 아무리 용의주도한 살인범이라도 뒤쫓을 수 있었다. 어느 누구도 여기에서 벗어날 수 없었다.

르 루에도 여기에서 예외일 리가 없다. 쥐드는 이런 확신을 갖고 있었다. 언제든 살인범은 실수를 저지르게 될 것이다. 아주 미세한 것일 테지만 그것으로 충분하다.

그리고 그날이 되면…….

"여러분, 책의 5페이지를 펴세요. 폴린, 읽어봐요."

클라라 교수가 이렇게 말하자 강의실은 책 넘기는 소리로 조금 소란스러워졌다.

"……그가 최근에 화보 잡지에서 잘라낸 사진을 근사한 금테 액자에 넣어둔 게 보였다. 모피 모자에 목도리를 두르고 꼿꼿이 앉아 있는 여인의 사진이었다. 그녀는 팔꿈치까지 온통 팔을 감싼 묵직한 모피 토시를 치켜들어 구매자들의 시선을 끌었다."

카발로스 교수는 안경을 벗은 다음 셔츠 자락으로 비벼 닦았다. 눈살을 찌푸린 그녀는 뭔가 중요한 사실을 다시 기억해내려 애쓰는 것처럼 보였다. 쥐드는 그녀의 셔츠 오른쪽 소맷부리 단추가 풀려 있는 걸 알아차렸다. 손목 근처에 밴드나 두꺼운 붕대 비슷한 것이 감겨 있을 거라고 추측해 보았다.

클라라는 학생이 읽는 걸 잠시 중단시키고 해설을 했다.

"팔은 사라졌지만, 시선은 그대로였어요. 여인은 그레고르를 바라보고 있었어요. 왜 그랬을까 생각해보세요. 56쪽…… 마지막 단락. 벵자맹?"

"그는 모피 두른 여인의 사진이 텅 빈 벽에 눈에 띄게 걸려 있는 것을 보고 서둘러 벽 위로 기어올라가 액자 유리에 몸을 갖다 댔다. 유리에 밀착되자 뜨거운 배가 기분좋게 시원해졌다. 그레고르가 완벽하게 가리고 있는 이 그림을 아무도 빼앗아가지 못할 것이다.프란츠 카프카, 〈변신〉"

쥐드는 아리안의 사진을 떠올렸다. 그는 회의실 게시판에 붙어 있던 사진을 떼어내 진행중인 사건에 대한 메모를 정리해둔 파일에 담아왔다. 그가 왜 그걸 지니고 있을까? 수사의 사소한 부분도 참을 수 없을 지경이었지만, 그래도 다른 사람들이 그 사진을 보고 조작하거나 함부로 처리할지도 모른다는 생각이 들어서였다. 나동 팀장이 그 사진의 사본을 다시 요청하면 그만이었다.

"〈변신〉을 정신분석학적 관점이나 좀 더 구체적으로 억압된 에로티즘의 관점에서 다루고 있는 대부분의 연구는 이 사진의 세밀한 부분까지 고려하고 있어요. 잠에서 깨어나 벌레로 변해버린 그레고르는 자기 방을 쭉 훑어봅니다. 그중에서 그를 인간적 정체성과 연결해주는 것은 바로 잡지에서 발견한 이 여인의 사진입니다. 나중에 그의 어머니에 의해 그레고르가 그 액자를 만들었다는 사실이 밝혀집니다. 그가 이 사진에 흥미를 갖고 있었다는 걸 이미 보여준 거죠. 그의 어머니와 누이가 방으로 들어왔을 때 그는 액자 위로 올라가 사진을 보호하려 합니다. 그가 누이를 향해 공격성을 보인 유일한 대목이기도 합니다. 혹시라도 누이가 그 사진을 가져가려 하면 그녀에게 대들 각오가 되어 있지요. 이 사진은 무얼 의미하는 걸까요? 그것이 그레고르에게 어떤 매력을 발휘하는 걸까요?"

"여자라는 거요."

벵자맹이 확신에 찬 어조로 대답하자 여기저기에서 웃음이 터져 나왔다.

클라라 카발로스가 놀리는 듯한 미소를 지으며 대답했다.

"네, 그렇지요……. 여자. 아마 직접적인 표현은 안 했지만 욕망의 대상일 거예요. 이런 기초적인 설명에서 그칠 수도 있지만 더 생각해본다면?"

쥐드는 설명을 듣고 있지 않았다. 아리안의 얼굴이 그의 눈앞에서 떠다녔다. 몸은 없이 얼굴만 보였는데, 그녀의 미소밖에 보이지 않았다. 입술이 살짝 열리며 애정 어린 연민과 함께 기쁨을 표현하고 있었다. 사라진 그녀는 쥐드를 동정하는 걸까? 그에게 조용히 어떤 메시지를 전달하려 애쓰는 걸까?

아리안. 그 애의 이름은 아리안이었다. 그리스 신화에서 테세우스에게 실타래를 건네주어 미궁을 빠져나올 수 있게 해준 크레타 왕의 딸 아리아드네에서 유래한 이름이다. 미궁의 입구에 이마를 대고 두근거리는 가슴으로 신에게 도와달라고 중얼거리는 동시에 동정을 살피느라 거대한 바위에 짓눌린 듯한 심정으로 아리아드네는 미노타우로스의 비명과 연인의 비명을 견뎌냈다.

아리안의 눈은 무슨 색깔일까? 연갈색, 담갈색, 완전한 검정색? 그녀는 뺨에 점이 있을까? 갑자기 그걸 확실히 알아내는 것이 무엇보다 급한 일처럼 느껴졌다. 파일 케이스는 다른 것들과 함께 쥐드의 아버지가 고등학교 입학선물로 그에게 사준 낡은 서류가방 안에 들어 있었다. 그는 고개를 숙여 그걸 열었고, 알아볼 수 없을 만큼 마구 갈겨쓴 글자들이 적힌 종이들을 밀어냈다. 살짝 흐릿하게 나온 아리안의 얼굴 사진이 나타났다. 커피색 눈동자. 왼쪽 광대뼈 바로 아래에 점이 있었다. 아주 작고 부드러운 점. 그걸 만지고 싶다는 생각이 들었다.

"그레고르는 더는 방 밖으로 나가지 않고, 누이가 음식을 갖다 주러 방에 왔을 때 눈에 띄지 않으려고 침대 아래로 들어가는 예민한 모습까지 보여줍니다……. 그는 자신의 모습을 안 보이게 하고 싶어하죠. 사람들 눈에 띄지 않도록. 자신이 비친 모습도 볼 수 없도록 방에 거울도 놓지 않습니다. 그는 이제 그의 눈에 보이는 것만 알 뿐입니다. 그가 변신한 첫날 아침 그의 눈에 보인 앞다리와 배 말이죠. 그의 비인간화는 이러한 고독 속에서 시작합니다. 그의 가족에게도 마찬가지이죠. 그의 사물화는 하녀에 의해 강조됩니다. 그녀는 그를 의미심장하게 '저것'이라고 지칭하죠. 우리를 주목하는 시선이 전혀 없을 때 우리는 존재한다고 할 수 있을까요?"

쥐드는 깜짝 놀랐다. 그는 교수가 자리를 옮긴 걸 모르고 있었다. 그녀는 계단식 강의실의 위쪽으로 올라와 이제 쥐드에게서 1미터도 안 되는 곳에 있었다. 그가 급하게 서류를 덮는 순간 사진이 바닥으로 떨어졌다. 사진은 온풍구에서 나온 바람 때문에 공중으로 살짝 날아갔다가 카발로스 교수의 발치에 떨어졌다. 그녀가 몸을 숙여 그걸 주우며 말을 이었다.

"객관적으로 그런 패러독스를 입증할 수 있는 건 아무것도 없어요. 하지만 주관적으로는? 심리학적 관점에서는? 여러분이 다른 누군가를 위해 존재하기를 멈춘다면, 여러분은 더는 존재하지 않는다고 느끼지 않을까요? 예를 들어 결별이나 유기 같은 것?"

사진을 쳐다보지도 않고 그녀는 그것을 쥐드에게 건넸다.

"감사합니다." 쥐드가 속삭이듯 말했다.

그는 한쪽 면이 광택이 나는 직사각형 종이를 잡았다. 그는 손가락으로 사진을 잡으면서 전혀 주의하거나 조심하는 기색도 보이지 않았다. 아니, 실은 그렇게 할 수가 없었다. 그는 익숙하지 않은 떨림을 경험했다. 그의 그런 태도가 클라라 교수의 주의를 끌었다. 아주 잠시 동안 그들의 눈이 마주쳤다.

클라라 카발로스의 시선에는 호의적인 기운이 느껴졌다. 뭔가를 공모한 듯한 눈빛이었다. 아마 살짝 즐거운 기분이 들었을지도 모른다. 서로 양끝을 잡고 있는 사진이 살짝 떨렸다. 마치 보이지 않지만 어떤 의미가 깃든 파동처럼.

무언의 교류를 먼저 끝낸 쪽은 클라라였다. 그녀는 눈을 내리깔았다. 그런데 사진 속 소녀의 얼굴을 확인하자 그녀의 표정이 얼어붙었다. 그녀는 손으로 이마를 훔치며 거북한 기색을 드러냈다. 그리고 고개를 들어 다시 한 번 쥐드를 뚫어지게 쳐다보았다. 이번에는 어떤 호의도 담기지 않은 시선이었다.

호의는커녕 적의를 드러내는 것 같았다.

"티파니, 계속 읽으세요. 60쪽 마지막 단락." 그녀가 무뚝뚝한 목소리로 학생에게 말했다.

아리안의 메모

나는 그 손, 그 손의 무게를 느꼈다. 난 덫에 걸린 것이다. 움직이거나 숨을 쉴 수도 없었다. 눈앞에 보이는 모든 게 뿌예졌다. 길거리도, 천천히 지나가는 차도, 깜빡이는 신호등도, 행인들의 얼굴과 피부, 몸짓, 그들의 미소도. 이런 대화가 드문드문 들려왔다. "늦었어." "저녁 5시쯤 극장 앞에서." "하지만 너한테 말했잖아……." "대단해, 그치?" 나를 도와줄 사람은 없었다. 나는 공포에 휩싸였다. 그 사람이었다. 그 사람. 처음부터 그의 시선은 나에게 고정되어 있었고, 한 순간도 내게서 떠난 적이 없었다. 보이지 않는 곳에서 나를 지켜보던 그는 나의 가소로운 노력을 비웃고 있었다. 나는 엎질러진 우유에 빠진 벌레처럼 윙윙거리고 이리저리 움직이며 작은 다리를 펴려고 안간힘을 쓰지만 죽음을 피할 수 없을 것이다.

"정말 괜찮니?"

긴박한 순간 나는 생각했다. '라라, 라라가 맞아. 다 잘될 거야.'

안도감이 뜨거운 물처럼 나를 뒤덮었고, 경직된 몸도 이완되었다. 나는 뒤를 돌아보았다.

물론 그 사람이 라라일 리는 없었다. 라라는 죽었다. 겨우 삼십 분 전만 해도 함께 이야기하고 있었는데. 나는 잠이 들었고, 내가 자는 동안 라라는 죽었다. 그런데 그 뒤로 그 애가 보이고, 그 애의 목소리가 들리는 것 같다. 왜, 왜 그 아이가? 아마 사고 직전에 그 애가 나한테 해준 말 때문일 거다. "널 지켜줄게." 라라는 농담처럼 웃으며 말했지만 그 말은 위안이 되었다. 아마 우리가 닮았기 때문일 것이다. 라라는 내가 평소에 바라던 자매, 내 고민을 공유하고 지금 이 곤경에서 나를 도와줄 그런 사람이었으니까. 만일 버스가 그 도로를 벗어나지 않았다면 상황은 어떻게 변했을까? 나는 라라에게 내 사정을 전부 이야기했을까? 아마도 그 애는 나를 미쳤다고 생각하고 버렸을지도 모른다.

아니, 그렇지 않을 수도 있다.

어떤 일이 일어났을지 나는 결코 알 수 없다.

그러니까 나는 그 애가 지금 여기, 바로 내 곁에 존재한다고 계속 상상할 수 있다. 그 애가 나를 지켜준다고.

"얼굴이 너무 창백해. 여기에 앉아야겠어."

여자는 고집을 부렸다. 그녀의 빨간색 긴 머리카락이 소맷부리에 드리워져 있었다. 구릿빛 피부를 가진 발랄한 그 여자를, 주근깨가 뒤덮인 피부에 길게 늘어뜨린 머리카락을 나는 반한 듯 뚫어지게 바라보았다. 그녀의 얼굴은 둥글고 부드럽고 온화했으며 눈은 회녹색이었다.

"아뇨…… 괜찮아요. 고맙습니다."

나는 무덤덤하게 대답했다. 그녀는 나를 그냥 두고 갈 것이다. 괜한 시간 낭비를 했다고 중얼거리면서. 그런데 아니었다. 그녀는 움직이지 않았다. 심지어 미소를 짓고 있었다. 뭔가 유쾌한 일을 생각하고 있는 것처럼. 마치 내가 팔로 그녀를 꽉 끌어안고 있는 것처럼. 마치…… 내가 그녀에게 값비싼 선물을 준 것처럼.

이상했다.

"굉장하네, 블라우스 말이야."

그녀는 이렇게 말하며 자수 장식을 보기 위해 내 어깨에 두르고 있던 손을 내렸다.

"진짜 똑같은 게 있다면 갖고 싶은데. 어디에서 샀어?"

입이 바짝바짝 말랐다. 나는 여러 번 침을 삼키고 나서야 대답을 할 수 있었다.

"우리 할머니 거예요."

거짓말이 쉽게 튀어나왔다. 진짜 거짓말이었나? 나는 친할머니도 외할머니도 본 적이 없다. 할아버지들도 마찬가지다. 렌 같은 할머니가 있으면 정말 좋을 텐데. 베스나 마르가 같은 할머니도.

아니면 클라라 같은.

그녀가 활짝 미소를 짓자 볼에 보조개가 팼다.

"진짜 운이 좋았구나."

그 말에 나는 속으로 생각했다.

'그럼요. 당신은 상상도 할 수 없을 만큼.'

* * *

"정말 아름답구나."

완성 직전의 작품을 감상하기 위해 한 발짝 뒤로 물러났다. 거의 완벽했다. 눈이 부셨다. 시간이 주는 훼손으로부터, 인간을 고문하고 나락에 빠뜨리는 추하고 저속한 인생으로부터 영원히 구제된 것이다. 아름다운 꽃처럼 생명이 한창 피어나는 순간, 흐름을 끊어 더럽혀지지 않게 만드는 것이 비결이었다.

이 기적을 이어지게 하려면 잘 보존해야 한다.

라라는 도망을 쳤다. 제멋대로라 다루기 힘든 계집애였다. 그 아이는 지옥 같은 악순환을 벗어났다고 생각했겠지만 곧바로 예상치 못한 상황에 부딪쳤다. 라라는 최후의 시련을 통과해야 했다. 마지막으로 정교한 준비를 마치고 나면 몇 주 동안 아무도 없는 곳에 그 애를 홀로 둘 것이다. 그런 다음…….

시신의 크기에 딱 맞게 만든 불투명한 비닐 커버는 끝 부분에 럭비공 모양의 가벼운 와이어가 붙어 있었고 정확히 몸 전체를 덮고 있었다. 이제 마지막 과정만 남았다. 양 팔로 긴 흰색 보따리를 들어올렸다. 시체가 든 보따리는 곧 카트 위로 옮겨질 것이다. 카트에는 아래로 길게 늘어진 덮개가 붙어 있다. 고무바퀴는 반들반들한 콘크리트 바닥 위를 지나가며 거의 소리를 내지 않았다. 이번에도 그랬다.

들릴락 말락 한 그의 속삭임은 정중하게, 아니 명상에 잠긴 것처럼 들렸다. 죽음의 강으로 떠나는 고인의 기나긴 여행에 동행해 줄 성직자의 목소리 같았다. 뱃사공이 암흑의 왕국으로 그녀를 안

내할 것이다.

이 지하실에서 벌어진 일은 기억에서 사라져야 한다. 지워져야 한다. 슬프지만 필요한 일로 받아들이고 흘려보내야 한다. 몇 분 지나면 자동 분사장치가 타일 바닥을 씻어낼 것이다. 장기들의 잔해와 말라버린 검은 핏방울들도 깨끗이 씻길 것이다. 마지막으로 공들여 청소를 해야 한다. 오염 부위를 소독하고, 긁어내고, 광택을 내야 한다. 곧 각종 도구들이 제자리에 정리될 것이고, 이 어두운 방은 다음 손님을 맞게 될 것이다.

아리안. 그 애를 잊은 건 아니다. 잠시 그 애의 행적을 놓치긴 했지만 문제될 건 없다. 사고 후 앰뷸런스와 택시들은 일제히 생트안드벨뷔 병원으로 향했다. 다방면으로 조사해본 결과, 간호사가 파일에 라라 트랑블레라는 이름을 써넣은 뒤 그 소녀의 모습을 본 사람은 아무도 없었다. 그 애가 화장실로 가서 슬그머니 사라진 후로는…….

우스운 일이었다. 소녀들을 밖으로 끌어내는 건 어렵지 않았다. 불안해진 부모들은 능숙한 스토커를 피해 멀리 이사를 다녔다. 도시마다 한 가정씩은 숨어 지냈다. 그들은 모두 편지를 받았다. 하지만 편지를 받은 사람들을 일일이 살인범이 찾아다닐 수는 없는 일이다. 그런데도 그들 모두 이 불길한 신호를 받자 걱정에 휩싸여 아이들을 과잉보호했던 것이다.

리안. 마리. 뤼시. 오딜. 가엘……. 그 소녀들의 심장은 쿵쿵 뛰고 있었다. 끊임없이 들리는 그 감미로운 노래는 언젠가는 멈출 것이다. 충분한 수의 소녀들이 그 집에 모이게 된다면 말이다. 그들을 수용하고 보호해주며 죽은 후에도 사랑해줄 목적으로 만든 그 집에.

가출한 뒤 신분을 숨기며 살고 있는 아리안은 자기가 앞섰다고 믿고 있겠지.

그 생각은 틀렸다. 스스로 그걸 알아차리는 데 오래 걸리지 않을 것이다.

아리안의 메모

나는 결국 장을 보지 못했다. 빈손으로 돌아온 나를 보고 베스는 아무 말도 하지 않았다. 부엌에서 그녀는 귀퉁이가 찌그러지긴 했지만 가장 상태가 나은 검은색 작은 냄비 앞에 고개를 숙이고 있었다. 그녀는 눈 깜빡할 사이에 야채 껍질을 벗기더니 냄비에 넣었다. 나는 하얗게 칠해진 낡은 의자 두 개 중 하나에 앉아 그녀를 바라보았다. 베스의 활기차고 일관된 몸짓은 그녀가 침묵을 지킬 때와 마찬가지로 보는 사람의 마음을 차분하게 진정시킨다. 얇은 망사 커튼 사이로 햇빛이 부드럽게 비치고 있었다. 나는 편안했다.

마르가와 렌은 아래층 서점에 있을 것이다. 마르가는 계산대를 지키며 손님들에게 조언을 해주고 있고, 렌은 평소처럼 바의 의자나 계단에 앉아 한손에 연필을 들고 책과 씨름하고 있을 것이다. 철자나 문법, 타이포그래피나 구두점이 잘못된 곳을 찾아내는 것, 그것이 그녀가 가장 좋아하는 일이었다. 렌의 말에 따르면 상당히 공들여 만든 책이라도 그런 실수들이 눈에 많이 띈다고 했다. 그녀는 책 한 권을 다 교정보면 직접 쓴 편지와 함께 출판사로 보냈다. 그 편지의 어투는 익살스러울 때도 있었고 잔뜩 화가 난 것처럼 보일 때도 있었다. (나도 그런 편지를 몇 장 읽어보았다.) 출판사로부터는 거의 답장이 없었다. 아주 가끔 유감을 표하는 편지가 도착하면 렌은 경멸하듯 코를 훌쩍거리며 '교정 완료' 코너에 넣어두었고, 수정된 재판본이 도착하기라도 하는 날에는 서둘러 다시 교정에 들어가곤 했다.

그리고 렌은 늘 뭔가를 발견한다. 예외는 없었다. 오류 없는 책은 없다는 걸 나는 깨달았다.

인생도 마찬가지다. 각자 자기만의 비밀이, 크든 작든 부끄러운 부분이나 회한이나 결점이 있는 것이다. 아직 나의 결점이 무엇인지 정확히는 모르지만 다른 이들, 적어도 몇 사람은 나의 문제점을 알고 있을 것이다. 그런 게 없다면 내가…… 그 타깃이 될 리도 없었을 테니까. 그런데 어떤 존재를 참을 수 없다고 해서 그의 목숨까지 앗아가도 되는 걸까? 어떤 희생을 치르고서라도? 수집의 대상으로서?

수집의 대상…… 이 단어가 왜 불현듯 생각난 걸까? 소녀들로 가득 찬 회랑을 상상한다. 소녀들은 미소를 지으며 말없이 줄지어 서 있다. 나는 그 애들 사이를 걸어가고, 그들은 내가 지나가는 걸 바라본다. 두껍게 화장한 눈꺼풀 사이로 그녀들의 생기 없는 눈이 나를 쫓는다. 악몽 같은 환상이다.

내가 비명을 질렀던 걸까. 베스가 뒤돌아봤다.

"라라? 무슨 일이야?"

나는 얼빠진 표정으로 베스를 뚫어져라 쳐다보았다. 방금 내가 본 환상을 설명할 자신이 없었다. 너무 끔찍했다.

"아무것도 아니에요. 도와드릴게요."

"그럼 감자를 맡아줄래? 아직 준비할 게 많네."

"네."

나는 말을 아끼며 이 단순작업에 몰두했다. 갈색 감자 껍질을 완벽한 나선형으로 긴 리본 모양으로 벗겨낸다. 중간에 끊어뜨리지 않고. 껍질을 다 벗긴 감자는 탁자 위에 올려둔다. 이걸 잘 마치면 수수께끼의 답을 알게 될지도 모른다. 이번에야말로 기괴한 상상의 노리개가 되지 않을 확신이 있었다. 내 머릿속에 떠오른 상상 속 장면에는 어떤 의미가 있었다. 그 장면이 단서가 될 것이다.

그게 무엇인지 발견하기만 하면 된다.

* * *

검은색 쉐보레의 뒷문이 작은 소리를 내며 닫혔다. 시동을 걸고 차고의 자동문이 열리길 기다렸다. 자동차는 빽빽한 나무 울타리를 지나 정원의 물푸레나무 숲을 가로질러 도로로 나갔다. 자동차는 주택들이 늘어선 한적한 거리로 들어섰다. 이 동네의 주민들은 서로의 사생활을 존중했다. 위험할 정도로 호기심을 보일 주민이 없는 이곳은 연구소나 실험실 부지로 적합했다. 그들의 마지막 수

술과 일종의 시련, 마지막 여행을 은밀히 진행하는 데에는 막대한 비용만으로는 부족했다. 특수한 환경, 정교하게 설계되고 다양한 장치를 갖춘 환경이 필수적이었다.

그리고 공간. 넓은 공간이 필요했다.

쉐보레는 강을 따라 달리더니 북동쪽 방향의 고속도로로 연결된 도로로 접어들었다. 갑작스럽게 쏟아지는 폭우가 앞유리창을 때렸다. 윈도브러시가 조용하게 작동하기 시작했다. 푸르스름한 새벽빛이 건물들과 교외의 창고들을 비추고 있었다. 엔진의 소음은 거의 들리지 않았다. 자동차 문에 내장된 스피커에서 페르콜레시가 작곡한 〈스타바트 마테르〉 중에서 '오 콲 트리시스O quam trisis, 오, 얼마나 애통한가'가 흘러나오고 있었다.

도로가 꼼짝없이 막혀 있던 그때, 미닫이식 칸막이 너머 들것 위에 있던 시신이 얼핏 몸을 떤 것 같았다.

쥐드는 판매대에 놓인 블랙커피, 그리고 각설탕 두 개를 재빨리 챙긴 다음 셀린에게 미소를 보냈다. 그는 다른 팀원들과 쓰는 사무실을 가로질러 갔다. 책상 배치를 바꾸고 싶다는 생각이 들었으나 그런 시도를 했다간 어떤 반발이 있을지 잘 알고 있었다. 그래서 그는 팀의 자료가 가득 꽂힌 책장들 바로 앞에 의자를 놓고 앉아서 일할 수밖에 없었다. 문을 등지고 앉아서 일하다 보면 신경이 날카로워지기 때문이었다. 이 해결책이 만족스럽진 않았지만, 창이 없는 장방형의 벽, 온갖 도표와 업무 보고들이 빽빽하게 붙어 있는 회색 벽돌로 된 벽을 마주보고 일했다. 그의 오른편에는 두 개의 책상이 서로 마주보고 붙어 있었는데 아나벨 랑베르와 유코 오카다의 자리였다. 눈을 들면 바로 유코와 시선이 마주쳤다. 그녀의 무표정한 시선은 얼핏 그에게 도전하는 것처럼 보이기도 했다.

다행스럽게도 그녀는 아직 도착하지 않았다. 그는 지난번 그의 생일에 에글랑틴이 준 이탈리아산 도자기 컵받침 위에 커피잔을 내려놓았다. ("나무로 된 책상 바닥에 동그란 자국이 남는 걸 오빠가 얼마나 싫어하는지 아니까 산 거야. 오빠 책상이 철제라고 하지 마. 그래도 마찬가지니까.") 그리고 빈 종이 한 장을 꺼내어 뭔가를 쓴 다음 자리에 앉았다.

클라라 카발로스.

그는 의자를 꽤 뒤로 뺀 다음, 종이의 양쪽 모서리에 팔꿈치를 대고 몸을 기댔다.

착각이 아니었다. 그 여자는 분명 사진 속 소녀, 아리안을 알아보았다. 그러고 나서 아무 말도 하지 않았다.

무슨 이유일까?

그는 수화기를 들고 집 전화번호를 눌렀다. 에글랑틴은 목요일은 11시에 수업이 있으니 아마 아직 집에 있을 것이다. 두 번 발신음이 울렸다. 네 번, 여섯 번. 그가 막 수화기를 내리려고 하는데 숨이 차서 헉헉거리는 듯한 작은 목소리가 들렸다.

"오빠야? 나 샤워하고 있었어. 무슨 일로 전화했는지 맞혀볼까? 대학가 화재 사건. 방금 뉴스에서 들었거든."

"네가 직접 불을 끄려면 어서 서둘러야 할 거야. 그건 그렇고, 네가 강의를 듣는 문학 교수……."

"카발로스 교수님? 교수님한테 무슨 일이 생겼어?"

"내가 아는 바로는 아니야. 그 교수는 우리가 함께 있는 걸 자주 봐서 내가 네 오빠라는 걸 알고 있을 거야. 그런데…… 그 교수가 내 직업도 알고 있어?"

에글랑틴이 웃음을 터뜨렸다.

"그럼, 알지! 1학년 때 교수님 수업 중 부차문학, 그러니까 장르

문학 수업을 들었거든. 판타지, SF, 그런 쪽 말이야. 사실 나한테는 전공 필수 과목도 아니고 선택 과목도 아니었어. 그래서인지 나한테 왜 그 수업을 듣느냐고 물어보시더라고. 그래서 말씀드렸지. 난 범죄학자가 되고 싶고 오빠도 경찰이라고. 그 수업에서 배우는 책들이 범죄를 다룬 게 아주 많다고. 그리고 내 생각으로는 살인자들 대부분은 자기가 읽은 책들에서 영감을 받는 것 같다고. 그게 꼭 탐정소설만은 아닌 것 같다고."

"그건 네 생각이고. 그게 다른 이론보다 못한 건 아니지만. 그러니까 그 교수가 내가 경찰이라는 걸 알고 있다는 얘기네. 흥미롭네. 그것 말고 그 사람에 대해 더 해줄 만한 이야기는 없어?"

수화기 너머에서 에글랑틴이 입을 꽉 다문 채 숨을 들이마셨다. 골똘히 생각하고 있다는 표시였다.

"스페인 출신일 거야. 독신이고. 실력 좋은 교수님이지. 다른 사람들처럼 특별한 건 없는데. 히스패닉 문학과 창작 수업도 맡고 있어. 올해 수업은 작품을 정신분석학적 관점에서 강독하는 식으로 가르치고 있어. 점수는 짠 편이지만 공정하게 주고. 그리고 대화에도 열려 있는 편이지. 이론대로 움직이는 기계 같은 사람은 아니고 그냥 평범한 사람이야. 어떤 사람인지 그려져? 마음에 들어?"

"응, 마음에 들어. 거의. 눈에 띄는 점은 없어? 예를 들어 어떤 특정 타입의 학생들에게 특별히 관심을 가진다거나, 그러니까 내 말은……."

"무슨 말인지 감 잡았어."

에글랑틴의 어조가 딱딱해졌다.

"잘못 짚었다고, 오빠."

"아니, 네가 잘못 이해한 거야. 뭐, 그게 중요하지도 않지만."

"카발로스 교수님은 아니야……. 절대 그런……."

"오케이, 오케이. 무슨 말인지 알았어."

"교수님에 대해 알고 싶은 게 뭐야? 왜 그분한테 관심을 갖게 되었어?"

쥐드는 인내심을 갖고 대답했다.

"지금 수사중인 사건 때문에 관심을 갖는 거야. 그 이상은 말할 수 없다는 거 너도 잘 알고 있을 거야. 왜냐하면 너도 그 사건을 잘 알고 있으니까. 네가 걱정하는 것도 싫고."

"그럼 나한테 전화를 하지 말았어야지!"

찰칵 전화기 내리는 소리가 났다. 그녀가 전화를 끊은 것이다. 쥐드는 한숨을 쉬고 나서 눈을 들었다. 고양이보다 조용히 자기 자리에서 컴퓨터 키보드를 두드리고 있던 유코가 그를 보며 살짝 미소를 지었다. 쥐드는 그녀의 미소가 악의적으로 느껴졌다. 짜증이 일었다.

* * *

"라라…… 그렇게 빙빙 돌지 말래? 편두통이 생길 것 같아."

아리안은 작동이 느려진 기계처럼 밖으로 돌출한 창의 한가운데에 멈춰 섰다. 아직 빌려쓰는 그 이름에 익숙해지지 않았다. 그러나 모두 그 이름을 계속 쓰기로 결정했다.

"혹시라도 우리가 실수할 수도 있는데 그런 위험을 무릅쓸 건 없잖아."

렌의 이런 주장에 클라라만 반대 의견을 밝혔다.

"여기에서 사람을 많이 만날 일은 없어. 서점에 있을 때를 빼면. 그건 좋은 선택이 아닌 것 같아. 죽은 사람의 이름으로 부르다니, 그건 그 사람의 일부분을 떠맡는 거라……."

마르가가 클라라의 말을 중간에 끊었다.

"그러다가 손님이 호기심이 많거나 수다쟁이면 어떡할래. 우리가 잠깐만 부주의해져도 큰일이고."

베스는 클라라에게 화를 냈다.

"정신분석은 그만 두라고, 클라라. 설마 발톱을 세우고 있는 살인자에게 아이를 떠미는 게 좋겠다고 생각하는 건 아니지? 그렇지? 그럼 결정 난 거야."

렌은 한 시간 넘게 흥분해서 주석을 달고 있던 〈호프만 이야기〉 위로 시선을 돌렸다. 호프만의 소설 〈모래 사나이〉를 토대로 한 희극이었다.

"독일어를 읽을 줄 모르는 게 정말 유감이지 뭐야. 내가 이 책을 따라가지 못하고 너무 어렵게 느끼는 건 분명 미묘한 번역 문제

때문인데……. 얘야, 어디 안 좋니? 겁먹은 새끼 고양이 같은 얼굴을 하고 있구나……."

아리안은 미소를 지었다. 그녀는 유독 렌에게 약한 구석이 있었다. 그녀의 전반적인 성격, 문학에 대해서라면 열정적으로 분노를 터뜨리다가 갑자기 부드럽게 애정을 표현하는 면까지도. 아리안은 렌과 나란히 소파에 앉아 그녀의 어깨에 머리를 기대며 한숨을 쉬었다.

"지루해서 그래요. 아니, 그건 아니고요. 지금 읽고 계시는 책에 나온 표현대로라면, 저는 번민하고 있어요. 아무것도 할 수 없는 상황이 짜증나요……."

렌은 아리안의 머리를 쓰다듬으며 책장을 넘겼다.

"밖에 나가보렴. 좀 걷고. 공원에 가서 사진도 좀 찍고. 사진 찍는 걸 좋아한다며. 클라라에게 최신형 카메라가 있어. 무슨 브랜드인지는 묻지 마라. 난 그런 건 모르니까. 관심도 없고. 클라라가 기꺼이 빌려줄 거야."

"저도 카메라 있어요. 물론 전 사진 찍는 걸 좋아해요. 쇼윈도 앞에 서서 '오, 예! 내가 여기 있다고!' 이렇게 소리 지르는 기분이거든요."

"정신 나간 것처럼 굴지 말고."

"정신 나간 거 아니에요."

아리안이 몸을 일으키더니 체리색 벨벳 쿠션 위에 팔을 괴며 말을 이었다.

"사실…… 도서관에 가고 싶긴 해요."

렌이 놀라서 눈썹을 추켜세웠다.

"여기에 없는 책이 있어? 말해보렴. 책을 그렇게 좋아했다니!"

"물론 그건 아니에요. 신문을 좀 찾아보고 싶어서요. 일간지들……. 지난 12년 동안의 신문이요. 어디 가면 볼 수 있을까요?"

"대학 자료열람실에 가면 있을 거야. 아니면 대형 도서관. 원한다면 내 회원증을 빌려줄 수 있단다. 그런데 무슨 이유로……."

아리안이 살며시 손가락 두 개를 렌의 입술에 갖다 댔다.

"제가 무슨 꿈을 꿨다고 했잖아요. 그때부터 전…… 전 좀 확인하고 싶은 게 있어요. 인터넷에는 안 나와서."

"그 일과 관련된 거니?"

"네."

렌은 탐색하는 시선으로 아리안을 쳐다보았다. 그리고 잠시 고민하다가 말을 이었다.

"그럼, 가봐. 먼저 날 위해 착한 일 좀 해주고……. 사전을 가져다가 '출현'과 같은 의미를 지닌 유사어를 찾아줘."

* * *

클라라 카발로스는 좁은 취조실 가운데 놓인 탁자에 손바닥을 올려놓았다. 진회색 탁자 윗면에는 길게 그어진 손톱자국, 움푹

팬 자리, 둥글게 할퀸 자국, 휘갈겨 쓴 글씨와 외설적인 말이 가득 적혀 있었고, 쥐드가 앉은 쪽에는 여러 겹으로 밑줄을 그은 문자들, 얼굴 스케치들, 격자 모양 표 안에 재빨리 그린 듯한 X와 O 그림이 있었다.

"왜 웃는 겁니까?"

무미건조하고 무심한 말투로 질문이 날아왔다. 카발로스 교수는 자기 앞의 인물을 흥미로운 시선으로 빤히 쳐다보았다.

"이 탁자가 초등학교 때 책상과 비슷해서요. 수많은 꿈과 권태가 담긴. 그런 부분에 난 늘 끌렸거든요. 권태. 창조자의 권태에 대해."

"진심입니까? 그런 이야기를 하러 여기에 왔다고 생각합니까?"

"질문을 하니 대답한 것뿐입니다. 그럼 이제 알려주시죠. 여기서 무슨 이야기를 해야 하는지."

"그걸 모른다고요?"

쥐드는 반쯤 감긴 눈꺼풀 사이를 긁었다. 그녀는 손을 모은 뒤 깍지를 꼈다. 방어적인 자세였다. 그녀는 뭐가 새어나갈까 두려운 걸까……. 정확히 그게 뭐지? 어떤 비밀이 있기에? 아니면 어떤 실수를 했기에?

"네, 몰라요."

"이 소녀 이야깁니다."

쥐드가 클라라 쪽으로 투명한 비닐봉투에 든 사진을 밀어 보냈다.

"네?"

사진을 재빨리 쳐다본 뒤 그녀가 놀랍다는 듯 눈썹을 추켜세웠다. 그녀는 살짝 떨리는 입술을 꽉 다물었다. 자기 자신을 잘 컨트롤하고 있었다.

하지만 빈틈은 있었다.

"당신은 이 소녀를 알고 있어요."

더 이상 질문이 아니었다. 클라라 카발로스는 이를 간파하고 다시 가볍게 미소를 지었다.

"아뇨. 난 그 소녀를 모릅니다." 그녀가 강경하게 말했다.

"이미 그 아이를 본 적이 있을 텐데요."

"지금까지 살면서 셀 수 없이 많은 얼굴을 봤겠지요."

"대답을 회피하는군요."

"회피하는 게 아니에요. 사실을 말씀드리는 거예요."

"제가 학교에 갔을 때……."

"네?"

"이 사진을 바닥에 떨어뜨렸습니다. 당신이 그걸 주워줬고요."

"반사적인 행동이었어요. 그래요. 그게 죄가 되나요?"

"누가 죄라고 합니까?"

그가 의자에 등을 기대며 몸을 느슨하게 풀었다. 그는 교수를 장악하다시피 하고, 그녀 스스로 아주 사소한 사실이라도 털어놓도록 그녀를 몰고 갔다. 이런 별것 아닌 대화가 용의자를 당황하게 만들어 그가 원하는 방향으로 이끌어가게 해주는 경우가 종종 있었다. 그는 이런 순간을 즐겼고 일말의 가책도 없이 그 순간을 누렸다.

쥐드는 생각했다.

'사냥꾼의 본능이지. 우리 조상들과 그리 다르지 않은 거야. 사냥감과 겨루는 행위는 우리를 흥분시켜. 사냥감이 파닥거리는 걸 느낀 다음 갈기갈기 찢어버리는…….'

카발로스 교수가 관대한 어조로 말했다.

"뼈가 있는 말인데요. 여기 이 방에 있는 건 전부 의미가 있겠지요. '죄'라는 말도 여기에 등록이 되어 있겠죠. 우리의 눈이 가닿는 곳이 어디든. 아마 형사님도 아시겠지만요. 범죄심리학 학위를 재미로 받은 건 아닐 테니까요. 문학에도 푹 빠져 있고."

마치 쥐드가 지적으로 다소 부족하지만 열의에 찬 신입생이라도 되는 듯한 말투였다.

카발로스 교수에게 급소를 찔린 쥐드는 몸을 바로 했다.

"어떻게 그런 사실을 알고 있습니까?"

"당신 동생한테 들어서죠, 물론. 종종 수업을 마친 뒤 대화를 나누곤 하니까. 당신을 정말 존경하더군요. 당신이 가는 이 길을 따라가고 싶어할 만큼."

"그 애는 경찰에 들어오려는 게 아닙니다. 프로파일링을 하고 싶은 거지."

"알아요."

그녀의 확신하는 태도를 보고 그는 후회했다. 덫에 걸린 느낌이었다. 그녀가 상황을 역전시켰다. 이제 그녀에게 뭔가를 알아내는 건 불가능할 것이다. 그는 그걸 알면서도 무분별하게 붙들고 늘어졌다.

"이 사진을 처음 본 당신의 표정에서, 이 소녀가 누구인지 알고 있다는 인상을 강하게 받았습니다."

"인상일 뿐이죠, 보부아르 형사님. 인상은 틀릴 수 있어요. 하지만 무척 열정적이죠. 직감이 인상의 덫에 걸리면 길을 잃고 말아요. 자주 있는 일이죠."

그녀가 그를 동요시켰다. 그러나 그녀는 비닐봉투를 들고 양미간을 좁힌 채 사진을 훑어보았다. 지금 보이는 흥미는 거짓으로 꾸민 게 아닐 것이다. 그러고 나서 그녀는 마주앉은 그를 쳐다보았다. 마치 그를 평가하는 듯한 시선으로.

"형사님을 위해 제가 뭘 해드릴 수 있죠? 진심으로 도와드릴 수 있으면 좋겠어요, 형사님. 하지만 당장은 그럴 수가 없네요. 죄송합니다."

쥐드는 명함을 내밀었다.

"제 번호입니다. 이 소녀와 마주치면 전화하세요."

"왜요? 그 애가 무슨 짓을 했나요?"

"그녀는, 아무것도 아닙니다. 하지만 그 애는 지금 위험에 처해 있습니다. 죽을 수도 있는 위험한 상황이에요. 더 이상은 말씀드릴 게 없습니다."

그녀를 집으로 돌려보낼 수밖에 없었다. 그러나 쥐드는 자신이 졌다는 생각은 들지 않았다. 아직은 아니었다. 그는 문 앞까지 교수를 데려다주고 나서 사무실로 돌아왔다. 유코가 여전히 모니터를 보며 자리에 꼼짝 않고 앉아 있었다. 그녀의 창백한 얼굴은 살짝 빛이 나다가 사라졌다 해서 마치 노가쿠일본의 전통 가면 음악극-역주의 가면을 뒤집어쓴 것처럼 보였다.

"오카다 경사?"

쥐드가 부르자 그녀가 돌아보았다. 그는 그녀에게 포스트잇을 건넸다. 거기에는 교수의 이름과 주소가 적혀 있었다.

"이력을 조사하고 감시하도록 해요. 비밀스럽게 조사하려고 애쓸 것 없어요. 전부 알고 싶으니까. 취미, 습관, 여가생활, 정치적 견해, 전과 등 전부요."

유코는 쥐드가 손으로 쓴 포스트잇의 글자를 엄지손가락으로 천천히 짚었다. 쥐드는 기묘한 전율이 관통하는 느낌을 받았다. 마치 그녀가 그의 몸을 만지는 것 같았다.

"아리안?"

그녀는 이름의 첫 음은 거의 소리 내지 않고 물었다. 그리고 자기 몸을 쓸면서 기지개를 켰는데 다소 관능적이기까지 했다.

"맞아요."

"확실한 단서인가요, 아니면…… 직감인가요?"

직감이었다. '직감이 인상의 덫에 걸리면 길을 잃고 말아요.' 클라라 카발로스는 그에게 호의적으로 굴었다. 그는 자신이 거의 길을 잃었다고 생각했다. 그러나 지금 그에겐 달리 잡을 게 없었다. 사진 한 장을 아주 잠깐 쳐다보던 그 시선 말고는.

하지만 그는 그 시선을 포착하는 데 성공했다. 자신이 틀리지 않았다는 확신이 들었다.

"'르 루에'와 '확실한 단서'라니 서로 어울리지 않는 조합이에요, 경사. 이 시점에서 알아야 할 첫 번째 사실이 그겁니다."

그는 이렇게 응수한 다음 발걸음을 돌렸다.

3부
감춰진 진실

아리안은 2층의 정기간행물실로 들어가는 커다란 유리문을 밀고, 등록대에 카드를 보인 다음 천천히 첫 번째 서가로 다가갔다. 그녀가 들어온 걸 신경 쓰는 사람은 아무도 없었다. 아리안은 원래 자기 옷인 청바지에 스웨터, 점퍼 차림이어서 발표수업이나 리포트를 준비하러 온 고등학생처럼 보였다. 중년 여자 하나가 노트북 자판을 두드리다가 아리안 쪽으로 시선을 돌리더니 살짝 미소를 지었다. 그러고 나서 다시 자기 일에 몰입했다. 아리안은 빈자리를 찾아가 넷북과 메모지, 볼펜을 책상 위에 올려놓았다.

아리안은 무엇을 찾으려는 걸까? 자기 자신도 정확하게는 알지 못했다. 어떤 고리, 일종의 연결고리를 찾고 싶었다. 죽은 소녀들과 죽음을 앞둔 자기 사이의 고리를. 우선 나이가 있었다. 또 외모의 유사성이 있었다. 그렇지만 그것만으로는 충분하지 않았다.

수집의 대상. 이 단어가 왜 아리안의 머릿속에 자리 잡고 있는 걸까? 무슨 의미라도 있는 걸까? 그녀가 참조한 사이트와 블로그 글에 따르면 연쇄살인범들의 동기는 다양했다. 권력욕, 성욕, 자기를 과시하고 개인적인 명예를 드높이려는 갈망, 다른 사람을 벌주고 싶은 욕구 등. 종종 그들은 자기가 죽인 희생자들과 모르는 사이였지만 살인을 저지른 것이 특정한 충동 때문은 아니었다. 범죄의 세부 절차는 각각 다를지라도, 범죄 장면을 하나의 의식처럼 거행하거나 자기 '서명'을 남긴 사실은 동일하게 발견되었다.

르 루에는 금발의 예쁘장한 백인 소녀라는 특정한 타입에 이끌린 소아성애자였을까? 그런 추측을 뒷받침할 만한 근거는 없었다. 아리안이 읽은 기사들은 성적인 폭력 행위라고 특별히 기술하지는 않았다. 오히려 반대였다. 범인은 그 소녀들을 일정한 방식으로 돌보고 있었다. 머리를 빗겨주고 손톱을 깎아주고 입술에 화장품을 발라주고 향수를 뿌렸다. 향수의 잔향은 죽은 소녀들이 있는 방에 오래도록 남아 있었다.

모든 것이 하나의 그림을 구성하고 있었다.

사람들은 그림에 대해 어떻게 할까? 특히 자신이 그린 그림이라면. 아마 남들에게 보여주고 싶어할 것이다. 살인범도 바로 그렇게 했다.

그런 다음에는?

아리안은 메모지 첫 장에 살인사건이 일어난 날짜와 피해자 이름을 휘갈겨 썼다. 그것에 대해서는 오래 찾아볼 필요도 없었다. 르 루에의 범죄행위는 몇 주 동안이나 신문 일면을 장식했던 것이다. 그녀는 마이크로필름을 모아서 하나씩 재생장치에 밀어 넣었다. 그러고 나서 주의 깊게 기사들을 훑어보다가 중간에 몇 차례 멈추고 노트에 단어 몇 개를 적었다. 사소한 사항, 날짜, 장소 등을. 길가에 떨어져 있는 자그마한 흰 조약돌만 보고 목적지를 찾아가기란 불가능할 것이다.

아니면 사람을 잡아먹는 식인귀가 기다리는 집으로 곧장 갈 수도 있다.

가장 최근 사건들을 제외하고는 각 기사는 사진들이 먼저 모니터에 떴다. 아리안은 사진을 선택한 다음 최대한 확대해서 프린트 신청을 했다. 그런 다음 출력된 사진들을 왁스칠 된 탁자 위에 나란히 늘어놓았다. 다시 한 번 모든 기사들을 읽었다. 아주 짧은 길이의 단신까지도 전부 읽었다. 그러나 어느 것도 일치하는 것이 없었다. 이 소녀들은 같은 도시에 살지 않았다. 학교도 달랐다. 취미만 해도 승마, 하키, 성가대 활동 등 다양했다. 아리안은 가장 사소한 부분들까지 집중해서 읽어보았으나 소득이 없었다. 경찰 입장에서 언론에 흘리지 않은 사소한 단서들이 있을지 모른다고 생각하고 검색해보았으나 헛수고였다. 피해자들의 머리카락 색을 비롯한 놀랄 정도로 비슷해 보이는 외모를 제외하면 아무것도 없었다. 아리안은 가방에서 어젯밤 클라라가 준 작은 손거울을 가만히 꺼냈다. 거울 뒷면에는 작은 유리조각들이 삼각형을 이루며 박혀 있었고 회색 바탕에 다양한 푸른색이 섞여 있었다. 클라라는 그걸 건네면서 말했다.

"사람들은 대부분 진실과 거짓, 선과 악 사이 삼각형의 밑변 어느 한 점에 머문단다. 하지만 삼각형의 꼭짓점에 근본적인 답이 있는 거란다. 이걸 기억해두어야 한다, 얘야."

클라라는 뭘 말하려 했던 걸까? 아리안이 다른 곳에서 찾아야 하는 건 뭘까? 희생자들 속에서가 아니라 잠재적 희생자인 소녀들 속에서를 말하는 걸까? 자기를 위협하는 존재가 있다는 걸 알지 못한 채 어딘가에서 자라고 있는 소녀들? 그녀들을 찾아내라는 말인가? 그녀들이 숨어 있는 곳…… 아니면 누군가 그녀들을 숨겨둔 그 장소를 아는 건 경찰밖에 없다. 그들의 신원 역시 마찬가지다.

그들의 신원. 식은땀이 이마를 적시고 있었다. 아리안 프뤼당'프뤼당'이란 프랑스어로 신중하다는 뜻-역주…… 그녀는 자신의 이름이 어떤 리스트에서 우연히 선택된 것이라고는 한 번도 생각해본 적이 없었다. 아리안이 중학교에 들어온 첫 해에 읽은 디킨스의 소설에도 그런 상황이 나온다. 소설 제목은 기억나지 않지만. 저열한 인물인 고아원 책임자는 수백 개의 성이 정리된 두꺼운 책을 펼친다…….

"여기에서는 새로 들어온 원아들에게 알파벳 순서대로 이름을 지어준다. 지난번에 S였으니까, 그때는 스위블로 이름을 지었지. 이번에는T로 시작되어야 하니 트위스트라고 하겠다. 다음 사람은U로 시작되는 언윈, 그다음은V로 시작되는 빌킹스로. A에서 Z까지 각각의 알파벳으로 시작하는 이름들을 전부 준비해두었지."

찰스 디킨스, 〈올리버 트위스트〉

메모지 두 장 사이에 끼어 있던 라라의 회원증이 아리안을 이

곳으로 들여보내준 렌의 회원증과 함께 미끄러져 나왔다. 아리안은 손톱으로 글자들을 따라가며 그림을 그리듯 손가락을 움직였다. 라라 로세트. 그 이름은 다른 이름과 마찬가지로 결국 하나의 가면에 지나지 않았던것이다. 프뤼당이라는 이름은 빈정거리는 걸까? 어떤 공무원이 비꼰 걸까? 아주 세심하게 끊임없이 모든 걸 전부 경계해야 한다는 걸 환기시켜주는 이름인 걸까? 그럼 아리안은? 그녀는 적어도 자신의 진짜 이름을 지켜온 걸까?

아리안은 불현듯 자신이 완전히 혼자이고 벌거벗은 듯한 느낌이 들었다. 그녀는 팔을 포개어 그 위에 이마를 대고 얼굴을 가린 채 어둠 속에서 안정을 되찾으려 했다.

자신이 아무도 아닌 것 같은 느낌이다. 아무것도 알 수가 없다.

곧 죽을 거라는 걸 제외하고는.

누군가 그녀 곁의 통로를 지나가고 있었다. 그녀는 마룻바닥 위를 울리는 특징적인 구두굽 소리를 들었다. 살며시 일정하게 삐거덕거리는 소리는 마치 귀부인이 넓은 살롱을 돌아다니는 것처럼 들렸다. 여자는 아주 낮은 소리로 콧노래를 흥얼거렸다. 어린아이도 알고 있을 것 같은 쉬운 멜로디였다. 하지만 그 속삭임은 순식간에 멀어져갔고, 아리안이 고개를 들었을 때는 열람실과 정기간행물실을 구분하는 유리 칸막이 뒤편에서 사서가 열람자들이 쌓아놓은 책더미의 바코드를 확인하는 중이었다. 레이저 판독기에서 잠깐씩 빛이 반짝이며 직사각형 표지 위를 투사하고 지나갔다.

그걸 보자 갑자기 떠오른 게 있었다. 아리안은 거울을 손에 들고 거기에 무엇이 비치는지 보았다. 거울을 아래로 내리니 자신의 턱과 입술밖에 보이지 않았다. 거울을 위로 올리자 염색한 갈색 머리카락이 드리워진 이마가 보였다. 아리안은 자신의 눈 모양, 눈썹과 코, 입술 모양, 위아래 입술이 서로 맞닿는 부분에 살짝 생긴 주름, 머리가 난 모양까지 유심히 살펴보았다. 그렇다, 거기에는 뭔가가 있었다. 겨우 식별해낸 하나의 단서는 오른쪽 눈썹이 왼쪽으로 치우쳐 있다는 것이었다. 그런 눈썹을 사진에서 본 적이 있었다. 그녀는 사진들을 전부 다시 한 번 훑어본 다음 렌에게서 빌려온 확대경으로 들여다보았다. 그러고 나서 맞지 않는 사진은 치워버렸다. 두 명만이 같은 특징을 갖고 있었다. 2001년 1월에 살해된 나타샤와 2년 후에 죽은 베아트리스였다.

낙담한 아리안이 속으로 생각했다. '일치되는 게 없는걸. 있었다면 경찰이 이미 밝혀냈겠지.'

마지막으로 그녀는 거울을 들어서 그녀 뒤의 창문을 비춰보았다. 거울에 한 줄기 햇빛이 반사되었다. 빛의 점이 책장에 꽂힌 책을 따라가다가 유리창의 블라인드 위를 떠다니더니 이윽고 한 사람의 얼굴에 닿았다.

베레모 아래로 적갈색 머리칼을 늘어뜨린 젊은 여자가 한 손으로 눈을 가리고 고개를 돌리고 있었다.

"안녕."

상대방이 낮은 목소리로 속삭였지만 아리안은 몸이 마비되는 것 같았다. 적갈색 머리 여자가 조용히 다가와 베레모를 벗더니 고개를 흔들었다. 구불거리는 긴 머리칼이 등과 어깨 위로 흘러내렸다. 그녀는 짙은 녹색 스웨터 위에 줄무늬 스카프를 매고 있었는데 대조되는 색깔들이 충돌하면서 일종의 소음을 만들어내고 있었다. 그렇다, 소음이었다. 크고 과하게 활기찬 금관악기와 심벌즈가 너무 많이 동원된 브라스밴드 음악 같았다.

"우리 예전에 만난 적 있지? 아니야? 학교에서? 몇 학년이야?"

아리안은 고개를 저었다. 열람실에 있는 모든 사람들이 주목하는 대상이 된 느낌이었다. 이 여자가 어서 가버리면 좋을 텐데.

하지만 그녀는 끈질겼다.

"그래, 맞아. 확실해! 그러니까 그게……."

두꺼운 서류파일 표지에 얼굴이 가려진 채 페이지를 넘기던 남자가 비난하듯 한숨을 내쉬었다. 아리안은 자기 앞의 넷북과 메모지 사이에 흩어져 있던 사진들을 재빨리 챙겼다. 도망쳐. 어서 도망쳐야 해. 그 여자에게서, 자신에게 말을 건네거나 건드리거나 강제로 이름과 주소를 물어보는 사람들에게서. 벽과 유리문과 철문을 지나, 계단을 내려가 거리로, 동네 어딘가로, 사람들이 분주하게 움직이는 인파 속이나 트럭 뒤로 몸을 숨겨야 해. 전속력으로 달려 어딘가로 스며들어가야 해.

"너무 늦었어." 아리안이 기어들어가는 소리로 말했다.

"이게 뭐야?"

이렇게 소리치며 여자의 표정이 순간적으로 바뀌었다. 그녀의 눈은 어두운 밤의 우물, 고통과 증오로 가득 찬 두 개의 깊은 구렁 같았다. 그녀는 가장 오래된 사진을 검지로 눌러 다른 사진더미 아래로 거칠게 밀어 넣었다. 그리고 고운 두 손을 포개 입과 턱을 받쳤다. 한쪽 손의 약지에 장밋빛 꽃 모양의 진주반지를 끼고 있었다.

오로르 보부아르의 사진이었다. 다른 소녀들처럼 열여섯 살 생일날 살해된 소녀. 그녀는 저녁 생일파티에 친구 셋을 초대해놓고 기다리던 중이었다. 물론 그녀의 부모도 그 자리에 있었어야 했다. 그런데 그녀의 남동생과 여동생, 특히 여덟 살 된 여동생이 고열이 나서 응급실에 데려가야만 했다. 가족 전부가 로열 빅토리아 병원으로 출발했고 오로르 혼자 집에 남아 있었다. 공연히 생일파티를 망칠 필요가 없었으니까. 경찰이었던 그녀의 아버지는 동료 경찰들의 질문에 그렇게 대답했다. 기사에 첨부된 사진만 봐도 아리안은 모든 의욕을 잃은 듯 둔탁한 그의 목소리가 들리는 것 같았다. 도끼로 베인 흉터와 깊은 슬픔이 배어 있는 얼굴만큼이나 거칠거칠한 목소리였다.

그는 밤 9시에 아들과 함께 귀가했다. 막내딸은 상태가 나아졌지만 아내는 딸 곁에서 밤을 보내고 싶어했다. 집 안의 불이 다 꺼진 채 조용하다는 걸 발견한 그는 아들에게 오로르의 방에 올라가 '여자애들이 이렇게 깜깜하게 해놓고 무슨 소동을 벌이고 있는지 보고 오라'고 했다. 시신을 발견한 건 아들이었다.

"왜 네가 그 일에 관심을 갖지? 네가 누군데?" 적갈색 머리 여자가 힐난하듯 물었다.

"관계없는 일이잖아요." 아리안이 변명하듯 말했다.

그때 옆 좌석에 앉아 있던 열람자가 불쑥 끼어들었다.

"해결할 일이 있거든 밖으로 나가거나 카페로 가! 여기서 이러지 말고. 여긴 공부하는 사람들이 오는 곳이야."

동의한다는 듯 여기저기에서 사람들이 웅성거렸다. 직원 하나가 반납대를 돌아서 나오더니 아리안에게 다가와 손을 들어 그러면 안 된다는 표정을 지었다. 직원의 얼굴은 화가 난 듯 일그러졌다. 그녀는 무릎부터 다리 아래로 자유롭게 움직이기 힘든 꽉 끼는 스커트를 입고 있었는데 그것 때문에 잠시 기묘하게 비틀거렸다. 적갈색 머리 여자가 한 발 뒤로 물러섰다.

"오케이, 갈게요."

그런 다음 아리안을 향해 입을 벙긋거렸다.

"우린 다시 보게 될 거야."

아리안은 제자리로 돌아왔다. 심장이 거세게 두방망이질했다. 땀이 등을 타고 흘러 티셔츠가 축축하게 적었다. 아리안은 이제 밖으로 나갈 수도 없었다. 밖에서 그 여자가 기다리고 있을 것이다. 옆에 앉아 있던 사람이 탐색하듯 빤히 쳐다보았다. 그의 빨갛게 달아오른 오른쪽 뺨은 갑자기 아리안 쪽을 비추는 탐조등 같았다. 그는 자기가 보고 있던 어마어마한 복사물 뭉치에 더 이상 얼굴이 가려져 있지 않아도 전혀 신경 쓰지 않았다. 날카로운 콧등과 볼품없는 갈색 콧수염 때문에 흡사 쥐처럼 보였다. 대머리 쥐. 숱이 적은 긴 머리카락은 공들여 빗질해서 뒤로 넘겼다.

아리안은 천천히 숨을 들이마신 다음 메모지를 들고 아무 단어에나 마구 밑줄을 그었다. 그리고 다시 읽어보지도 않았다. 도서관이 닫는 시간까지 버틸 것. 직원용 출입구를 찾도록 노력할 것. 필요하다면 아프다고 변명할 것. 아니다, 아프다고 해선 안 된다. 이미 많은 사람들의 주목을 받았으니까. 화장실에 들어가서 밤새 문을 잠그고 있으면? 렌은 마르가와 함께 주말 내내 로렌타이드 빙상을 보러 휴가를 떠났다. 그동안 서점을 지키던 베스와 클라라는 무슨 일이 일어난 거라 생각해서 극심한 공포에 사로잡힐 것이다.

아리안은 시계를 보려고 소매를 슬쩍 올렸다. 45분이 더 지났다. 열람객 중 일부는 손에 노트북 가방을 든 채 문 쪽으로 향하고 있었다. 어떤 이들은 외투를 입고 스카프를 두르고 장갑을 끼느라 시간이 걸렸다. 차가운 바람이 시내 거리를 굽이쳐 돌았고, 이미 내린 첫눈이 공원 나무들 위에 흰 점을 찍어놓았다.

아리안은 생각했다.

'두 달. 이미 두 달이나 벌었잖아. 이제 와서 전부 망칠 수는 없어.'

어디선가 긁는 소리가 들렸다. 뒤에서 질질 끄는 듯한 발소리가 들렸다. 누군가 그녀의 등 뒤에서 쳐다보고 있었다. 반사적으로 아리안은 팔을 앞으로 내밀어 시험답안을 가리듯 사진더미들을 가렸다. 그가 피식 웃었다. 그녀는 귀 근처에서 뜨거운 입김을 느꼈다.

"그럴 필요 없어. 전부 다 아는 애들이니까."

아리안은 공포에 떨며 뒤돌아보았다. 바로 뒤에 대머리 쥐가 전혀 위협적이지 않은 태도로 서 있었다. 그는 하키 시합에서 방금 결승점을 올린 꼬마처럼 웃고 있었다. 닦지 않아 더러워진 두꺼운 안경 너머에서 두 눈을 계속 깜빡거리며.

"내가 다 받아준 아이들이거든. 거의 다. 이 아이만 빼고."

그는 이렇게 말하며 마지막 피해자인 로만 라플랑트를 가리켰다.

"그게 무슨 말이에요?" 아리안이 속삭였다.

"방금 내가 말했잖아. 나는 아기를 받아주는 산파 일을 한단다. 남자로서는 드문 직업이긴 하지만."

또다시 작은 실소가 터져나왔다.

"한 병원에서 8년 넘게 일했지. 웨스트마운트에 있는 생트 마르게리트 산부인과. 크리스마스 직전에 그만둬서 아주 잘 기억하고 있어. 어머니가 암에 걸렸거든. 지금 말기암이라 내가 집에 돌아가 돌봐드려야 해. 같이 외출도 해드리고. 돌아가시기 전까지는."

"아저씨 말은…… 저 소녀들이 태어난……."

"다들 거기에서 태어났어. 그래, 내 손으로 받았으니까 내가 알지. 엄마들 품에 안겨주기도 하고. 그 애들이 태어난 날 몸무게도 재고 씻기고 옷도 입혀주었지."

아리안은 남자가 우는 걸 알아차리고는 깜짝 놀랐다. 눈물 한 방울이 그의 높은 코를 타고 흘러내렸다.

"불쌍한 것들. 진짜 그렇게 불쌍할 수가 없어. 그렇게 예뻤는데. 완벽한 아기였어. 기적적으로 태어난 아기들."

"기적이라고요?" 아리안이 낮은 목소리로 속삭이듯 물었다.

그가 아리안을 곁눈질했다.

"그 병원은…… 그러니까 좀 특수한 병원이야. 하지만 아무 말도 할 수 없다. 아무에게도 절대 말할 수 없어."

그가 아리안의 머리카락을 부드럽게 쓰다듬으며 말을 이었다.

"너도 다를 것 없어. 그 애들과 같아. 나는 알고 있단다."

"하지만 나는……."

그가 몸을 숙여 아리안의 입술에 손가락을 갖다 대더니, 돌아서서 멀어져갔다. 그가 발을 내디딜 때마다 긴 회색 코트의 늘어진 자락이 벌어졌다. 이상한 춤을 추는 것 같은 발걸음이었다.

나동 팀장은 무거운 발걸음으로 사무실을 가로질러 누런 종이로 싸인 소포를 쥐드 앞에 내려놓았다. 쥐드는 공들여 포장된 물건에 먼저 시선이 갔다. 그런 다음 상관을 올려다보았다. 소포의 부피가 큰 것은 안에 든 물건을 보호하려고 포장완충재인 에어캡을 여러 겹 넣었기 때문일 것이다. 주소는 대문자로 쓰여 있었는데 글자들끼리 다 떨어져 있었고 NADON의 A를 제외하고는 전부 휘갈겨 쓴 것이었다.

"자네가 한번 봤으면 하네."

"이게 뭡니까?"

"열어보게."

쥐드는 연필꽂이에서 새 커터를 꺼내어 안쪽까지 잘리지 않고 글자 부분도 손상되지 않게 종이를 자르기 시작했다. 그러고 나서 내용물을 쌓은 완충재의 스카치테이프가 붙어 있는 귀퉁이 직각 부분을 잡고 벌렸다. 팀장은 입가에 살짝 미소를 머금은 채 그가 어떻게 하는지 지켜보고 있었다.

"모범생이군. 빈틈이 없어. 절차를 지키면서 말이야. 자네가 남다르다는 건 내가 알고 있었지, 쥐드."

쥐드는 살짝 얼굴을 찌푸리며 나직하게 물었다.

"어떤 점에서 말입니까?"

"논쟁을 좋아하고 호기심도 많은 편이고 고집이 있지. 신참 시절 자네를 보면 굶주린 늑대가 떠오르곤 했다네. 날씬하고 옆구리도 날렵하고 송곳니를 드러내놓은 늑대. 언제든 뛰어올라 물어뜯을 준비가 되어 있지. 그런데 그 후에 좀 잠잠해졌더군. 잠잠하다는 건 좋은 의미가 아니야. 그렇지. 열정이 식어버렸어. 당시에 자네를 타오르게 했던 게 뭐였나?"

팀장은 마지막 질문 부분을 거칠게 내뱉었다.

쥐드는 내용물을 감싸고 있던 마지막 에어캡을 풀었다. 표지가 가죽으로 된 앨범이 모습을 드러냈다. 가족마다 갖고 있는 결혼식, 생일, 기념일의 추억이 담긴 앨범이었다.

"분노였지." 팀장이 중얼거렸다.

도미니크 나동은 책상을 두 손으로 짚고 몸을 숙였다. 그의 육중한 손의 무게로 인해 책상이 움푹 꺼진 것처럼 보였다.

"자네의 분노는 도대체 어디로 간 건가, 쥐드? 분노가 폭발하는 걸 보고 싶었는데. 뼛속 깊이 분노를 느끼길 바랐단 말이지. 자네는 이 사건을 평소와 다름없이 받아들이고 있어. 열정 없이. 나태하게. 여동생의 교수를 데려와 질문을 퍼부어대질 않나……. 나한테 알리지도 않고 말이지……. 뭘 찾으려고 했지? 월급 값을 하려고?"

팀장의 위압적인 어깨 뒤에서 유코의 실루엣은 육중한 건축물의 그림자가 새벽빛 때문에 가느다래진 것처럼 더욱 날씬해 보였다. 그녀는 파일을 들고 있었다.

쥐드는 울화통이 터졌다. '저 여자는 주저 없이 상관에게 달려간 거군. 예쁘장한 출세 지향주의자였어. 위선자.'

"클라라 카발로스에 대해 정리한 파일이에요. 서버에 들어가면 자세한 내용을 볼 수 있어요."

유코가 노래하는 듯한 목소리로 말하자 쥐드가 거칠게 응수했다.

"그래서 결론이 뭐죠?"

그는 그녀가 내민 파일을 받으려고 손을 내밀지도 않았다. 그래도 아랑곳하지 않고 유코는 구체적으로 설명했다.

"아무것도 없어요. 가정환경도 별다른 게 없고. 고등사범학교를 나와 1970년대에 퀘벡으로 왔어요. 체포된 경력은 없고 속도위반 같은 경범죄가 몇 개 있어요."

"정치적 성향은?"

"좌파에 가까워요. 철저한 페미니스트이고 활동경력도 있어요. 그녀가 활동하던 단체는 오래전에 해산되었어요. 그 단체 회원들은 다 교수, 기자, 작가, 서점상, 골동품상…… 그런 쪽입니다. 제 말의 의미를 아시겠죠?"

"아니, '그런 쪽'이라는 게 무슨 뜻인지 모르겠어요. 명단이 있어요?"

"네. 열다섯 명."

"좋아요. 그걸 봅시다."

쥐드는 그녀에게 돌아가라는 제스처를 했으나 그녀는 그 자리에서 움직이지 않고 부드러운 어조로 또박또박 말했다.

"고맙습니다. 맡겨주셔서 감사하죠. 거기에 관심을 보여서 하는 말인데, 르 루에가 저지른 살인사건 중 세 건이 일어났을 때 클라라 카발로스는 지구 반대편에 있었습니다. 휴가중이거나 세미나와 국제 페미니스트 모임이 있었거든요. 비행기표가 발권되었고 출발 날짜와 돌아온 날짜 전부 예정대로였어요."

그녀는 도미니크 나동 쪽으로 돌아섰다.

"팀장님, 대기중인 전화가 있어요. 파트릭 프뤼당 씨입니다. 아리안의 아버지인."

"알고 있네. 프뤼당 부부가 하루에 세 번에서 여섯 번 정도 전화를 하고 있지. 내가 그들에게 토론토에 머물러야 한다고 말하지 않았으면 지금쯤 저기 앞쪽 보도에서 텐트를 치고 시위를 하고 있을 거야. 지금 전화를 받겠네. 고맙네, 경사."

유코는 마네킹처럼 뻣뻣한 자세로 발걸음을 돌려 자기 자리에 가서 앉았다. 어깨 길이로 자른 어두운 색 머리칼이 반들반들 윤이 났다.

"훌륭한 신참이야, 유코 경사는."

팀장이 이렇게 칭찬하자 쥐드가 투덜거렸다.

"그녀는 아직 특별히 한 것도 없습니다만."

도미니크 나동은 큰 소리로 웃음을 터뜨렸다. 아나벨 랑베르와 소피 생 로랑은 각자 키보드를 두드리며 뭔가를 입력하다가 놀란 듯 고개를 들었다.

"아, 특별하지. 자네 자리를 대신할지도 몰라. 자네도 그녀 손을 빌려야 할 때가 올 거야!"

나동이 조끼 주머니에서 뭔가를 꺼냈다. 그 주머니는 널찍해서 그가 하루 종일 물건들을 쑤셔 박아두거나 가끔은 일주일 이상 넣어두는 바람에 모양이 늘어지고 틀어졌다. 그는 작은 액자를 꺼내 전등 아래에 내려놓았다.

유리액자에 들어 있는 사진 한 장.

아직 어린 티가 역력한 온화한 얼굴. 중간 길이의 머리는 머리띠를 해서 이마 위로 넘겨져 있었다. 포갠 두 손으로 턱을 받치고, 손톱은 진줏빛이었다. 손가락에 낀 반지 하나. 장밋빛 진주반지였다.

오로르.

오로르 보부아르, 첫 번째 피해자.

쥐드의 누나.

팀장은 쥐드에게 몸을 바짝 갖다 대더니 속삭였다.

"잠자고 있는 분노를 터뜨리라고."

아리안의 메모

나는 달렸다. 그 사람을 붙잡고 싶었다. 적갈색 머리 여자가 도서관 계단에 앉아서 혹은 건너편 보도에 서서 날 기다리고 있을 거라는 생각은 잊어버린 지 오래였다.

하지만 아무도 보이지 않았다. 대머리 쥐(마땅한 호칭이 없어 어쩔 수 없이 그를 이렇게 부르겠다) 역시 사라졌다. 나는 근처를 두 차례나 돌았지만 아무도 보이지 않았다. 그는 발 없는 악마처럼 증발해버렸으나, 어쨌든 나에겐 추리의 단서가 될 이름이 하나 남았다. 생트 마르게리트 산부인과.

좀 더 알아보기 전에 세부사항, 결코 사소하지 않은 세부사항을 확인해야 했다.

부모님 집의 유선전화는 아직 살아 있을 것이다. 나는 핸드폰이 없었다. 그래서 중앙역까지 간 다음 퀘벡행 표를 샀다. 퀘벡으로 정한 것은 순전히 우연이었다. 수사망을 피하기 위해 충분히 먼 도시를 골랐을 뿐이다. 왕복표를 살 돈은 충분했다. 다음 출발 기차를 타기까지는 아직 시간이 꽤 남아 있었다. 나는 여성용 화장실에 들어가서 혹시라도 뒤따라오는 사람을 따돌리기 위해 오랫동안 숨어 있었다. 그러고 나서는 잡지 가게의 정문으로 들어갔다가 뒷문으로 나왔고, 스타벅스에서도 똑같이 했다. 그런 다음 나는 기차 문이 닫히기 직전 마지막 순간에 기차에 올랐다. 스스로가 자랑스러웠다. 아빠가 좋아하는 옛날 첩보영화에서 본 수법을 전부 써먹었기 때문이다. 히치콕의 <북북서로 진로를 돌려라>에서 캐리 그랜트가 자기를 뒤쫓는 사람들에게서 벗어나기 위해 했던 그대로였다. 단 침대칸 위층에 몸을 숨기는 것까지 따라하지는 않았다. 영화 타이틀 롤이 올라갈 때 격정적인 키스를 나누기 위해 헝클어진 머리로 나올 일도 없었다.

"너무 서두르는 것 같아."

내 곁에 라라가 다시 나타나자 기뻤다. 그 애가 실제로 존재하는 게 아니라고 해도 기뻤다. 그 애는 진짜 인간도 아니고 그렇다고 유령도 아니다. 정신과 의사라면 이런 현상들에 대해 논리적인 설명을 하겠지. 보상심리나 현실감 상실, 트라우마로 인한 현상이라고 설명할 것이다. 하지만 그게 뭐든 나에게 다 똑같았다. 나는 입술을 거의 움직이지 않고 라라에게 대답했다.

"네 말이 맞아."

"나는 퀘벡에 가본 적이 없어."

"나도 그래."

"진짜 굉장하다. 안 그래? 휴가를 떠나는 것 같잖아."

"너한테나 그렇겠지."

우중충한 회색빛을 띤 불룩한 구름들 뒤로 해가 모습을 감췄다. 돌연 폭우가 유리창을 후려치는 가운데 기차는 생로랑을 지나고 있었다. 아까 역에 있을 때 나는 서점으로 전화를 했다. 내가 어디에 있는지 노출시키지 않으려고 조심스럽게 단어들을 골라 얘기를 했다.

"밖에 나가니 좋니?" 베스가 물었다.

"네. 뭔가를 찾아낸 것 같아요……. 발표숙제에 쓸 거요. 렌 할머니가 집에 가면 설명해줄 거예요. 저는 저녁 먹을 때까지는 못 갈 것 같아요."

"클라라가 여기 있어. 너한테 할 얘기가 있다는데."

"나중에 들을게요."

"중요한 일이라는데."

"지금 저도 중요한 일을 하는 중이라서요."

기차는 쉬지 않고 달렸다. 오른쪽에는 강이 흐르고, 왼쪽에는 도로와 도시들이 펼쳐져 있었다. 멀리 드넓은 숲이 보였는데, 마치 현관 옆에 숨어 있는 거대한 짐승처럼 보였다. 내 상상 속에서 그것은 배를 채우지 못한 채 거대한 등을 동그랗게 구부리고, 화창한 날씨를 즐기며 산책중인 사람들의 시선을 끌기 위해 착한 척하고 있었다. 놈은 폭풍우를 몰고 와서 그들이 길을 잃고 폭풍에 휩쓸리게 만들 것이다. 사람들은 입술이 파랗게 질리고 눈꺼풀에 바스락 소리가 날 정도로 성에가 끼어 얼어버릴 것이다.

착한 아이들은 이런 상상을 하지 않겠지. 열여섯 살 생일에 살아남을지라도 나는 뱀파이어를 믿고 아이들을 두렵게 만드는 미친 노파가 되어 인생을 마칠 것이다.

퀘벡에 도착한 나는 시내로 가는 버스를 탔다. 버스는 관광객들로 들어차 발 디딜 틈도 없었다. 그들은 초록색 지붕, 오래된 석조 가옥, 유럽의 도시들에서 흔히 보이는 좁고 구불구불한 거리, 샤토 프롱트낙 호텔의 중세 요새 같은 외관에 호들갑을 떨며 감탄하고 있었다. 사람들은 지치지 않고 사진을 찍었고 나도 그들을 따라했다. 난생 처음 나는 온전히 자유롭게 어떤 장소를 탐험하는 기분이었다. 게다가 온갖 종류의 세밀하고 숨겨진 것들을 발견하게 해주는 제3의 눈인 카메라를 손에 들고 있었다. 바닥이 닳아서 가운데는 움푹 패고 금이 간 계단, 타조 알처럼 반들반들한 포장도로, 건물 골조 위에 조각된 작은 동물, 조각상의 입술, 소용돌이치던 강물이 얼어붙어 만들어진 커다란 얼음덩어리들, 바람 방향에 따라 날아다니던 종이가 갑자기 그 자리에서 빙글빙글 돌다가 어디론가 사라져버리는 모습. 나는 수많은 사람들의 얼굴을 찍고 또 찍었다. 추워서 뺨이 빨갛게 된 소년들, 이마에 주름이 진 할아버지와 할머니가 얼굴을 찌푸리는 모습, 그들의 주름에는 자기가 살아온 역사가 아로새겨져 있었다. 슬픔, 유머, 살아가는 행복, 질병, 원한, 절망, 그 모든 것이 기록되어 있었다.

샤토의 건너편 작은 공원에 공중전화 부스가 있었다. 수화기를 드는데 위에 구멍이 뚫린 듯 욱신거리는 걸 느꼈다. 중대한 실수를 저지르기 직전인 것처럼. 그 실수란 도대체 뭐지? 나는 주변에 감시하는 사람이 없는지 계속 확인한 뒤 이 공중전화 부스로 달려왔다. 잘못된 것은 아무것도 없었다.

벨이 두 번 울렸을 때 아빠가 받았다.

"내 이름을 말하지 마요. 전 잘 있어요." 내가 재빨리 말했다.

"진짜 잘 있는 거지?"

아빠가 감정을 추스르고 있는 게 느껴졌다. 하지만 숨소리는 감정을 숨기지 못해 씩씩거렸고 중간에 끊어지기도 했다. 멀리서 엄마의 목소리가 들렸다.

"여보? 여보, 누구예요?"

그리고 나서 아무 일도 일어나지 않았다. 틀림없이 아빠가 엄마에게 말을 멈추라는 신호를 보냈을 거다.

"지금 어디니?"

"대답할 수 없어요. 아빠한테 물어볼 게 있어요."

"잠시만……"

"아뇨. 한 가지만 물어보면 돼요. 사실대로 말해줘요. 내가 태어난 곳이 어디예요?"

"너도 알고 있잖니. 여권에 쓰여 있는 대로다."

"여권에 있는 내용은 나도 알아요. 내가 태어난 산부인과가 어디예요?"

"하지만……"

"나한테 말을 시키려고 하지 마세요. 왜 그런지 나도 알아요. 대답해줘요. 빨리."

"그러니까…… 몬트리올의…… 웨스트마운트, 생트 마르게리……"

나는 아빠의 입에서 마지막 단어가 나오기도 전에 수화기를 내려놓았다.

그리고 도시 아래쪽으로 버스터미널을 향해 달리기 시작했다. 15분밖에 없었다. 몬트리올로 가는 버스를 타려면 15분밖에 남지 않았다.

울 시간도 없었다. "전화 끊을게요!"나 "사랑해요!"라고 말하지 못한 걸 아쉬워할 시간도 없었다.

"문제가 생겼어."

쥐드 보부아르는 서두르지 않고 아리안의 앨범을 한 장 넘겼다. 담배 마는 종이보다 더 얇은 종이들을 넘기니 그 안에 화질이 좋은 사진들이 들어 있었다. 소포에 들어 있던 리즈 프뤼당의 서명이 들어 있는 짧은 메모가 뭔가 설명해줄 터였다.

아리안의 어머니 리즈 프뤼당. 그녀는 팀장의 이름에서 대문자 A를 쓸 때 손이 떨렸던 모양이다. 똑바로 쳐다보지도 못했을 것이다. 그녀는 불안증에 걸린 환자처럼 운명이라는 단두대 날이 자기 딸의 머리 위로 떨어지는 걸 기다릴 수밖에 없었다.

아리안은 사람들의 눈과 얼굴을 최대한 줌으로 끌어당겨 근접 촬영하는 걸 좋아했다. 그녀의 사진 속 인물들은 포즈를 취하고 있지 않았다. 아리안이 있다는 것 자체를 의식조차 하지 않았다. 그녀는 사람들의 순간적인 표정과 감정, 반사적인 몸짓을 포착했다. 보통 누가 자신을 본다는 걸 의식하지 않을 때 나오는 자연스러운 모습들이었다. 생각에 잠겨서 코를 긁어대는 모습. 머리카락을 잘근잘근 씹거나 뺨을 부풀려 바람을 부는 모습. 오리처럼 입을 내밀고 눈썹을 추켜세운 채 작은 거울로 화장을 확인하는 여자. 난간을 붙잡고 허리를 굽힌 채 계단을 오르는 남자의 얼굴. 그의 뒤로 요란하게 그림자가 져서 한 계단 한 계단 올라가는, 판타지에 나오는 머리 없는 생명체처럼 보였다. 먹잇감을 노리는 고양이. 두 개의 구멍으로 단순화된 새의 것으로 보이는 눈. 그리고 울고 있는 남자아이의 뺨에 흐르는 눈물이 햇빛에 반사되어 보석처럼 빛나는 모습.

"문제가 생겼다고."

드니 디에메가 같은 말을 되풀이했지만, 쥐드는 동료의 말에 응수하지 않고 이렇게 말했다.

"이 소녀는 천부적인 재능이 있어요. 천부적인 재능이."

드니는 어깨를 으쓱하며 투덜거렸다.

"그 아이가 화려한 접시 위에 올려놓은 차가운 고깃덩어리처럼 죽게 된다면 그게 다 무슨 소용인가. 돼지 머리에 진주를 단 격이지 뭐야……."

"닥쳐요, 드니. 그래, 도대체 무슨 문제가 생겼다는 겁니까?"

"그 애가 부모에게 전화를 했어. 퀘벡에서."

쥐드가 자리에서 튀어오르듯 일어났다.

"그 애가 퀘벡에 있어요? 어디? 어디라고 말했대요?"

"퀘벡 어딘가에 있겠지. 그 애는 부모에게 전화해서 딱 한 가지를 물어봤다는군."

"뭐를 물어봤답니까?"

"어느 병원에서 자기를 낳았느냐고 물었대."

"그래서 뭐라고 대답했대요……?"

"생트 마르게리트 병원. 웨스트마운트에 있는. 여기에서 멀지 않아. 허, 이봐, 자네 괜찮아?"

쥐드는 앞으로 한발 내딛다가 의자에 걸려 벽 쪽에 쌓여 있던 서류정리함과 부딪치고 말았다. 정리된 파일들이 무너져 쏟아져 내렸다. 쥐드의 얼굴이 납빛으로 변했다. 입술을 달싹거렸지만 그가 중얼거리는 말을 드니는 도무지 알아들을 수 없었다.

"쥐드?"

쥐드가 천천히 고개를 끄덕이며 중얼거렸다.

"당신 말이 맞아요. 문제가 생긴 게 맞아요."

그의 숨소리는 멀리에서, 있는 줄도 몰랐던 또 하나의 폐에서 흘러나오는 것 같았다.

* * *

버스가 드러먼드빌캐나다 퀘벡주 남동부에 있는 도시-역주을 막 지날 무렵, 아리안은 자기가 큰 실수를 저질렀다는 사실을 깨달았다.

그녀가 몬트리올에서 전화를 걸지 않은 것은 엄마, 아빠의 전화를 경찰들이 듣고 있을 거라고 생각했기 때문이다. 자신이 사라지자마자 부모님은 분명 경찰이나 르 루에의 피해자 전담팀에 신고했을 것이다.

자기가 부모님 입장이었어도 똑같이 했을 것이다.

아리안은 경찰의 추적을 따돌리고 그들이 더 멀리 있는 대도시로 향하게 하면 여학생 하나쯤은 발각되지 않고 통과할 수 있으리라 생각했다. 거기 있는 모든 호텔과 숙박시설, 무단 거주하는 이들을 뒤지는 데는 시간이 꽤 걸릴 터였다.

그러나 그렇게 행동함으로써 그녀는 경찰에게 가장 중요한 정보를 하나 주고 말았다. 자신이 태어난 곳, 살해당한 소녀들이 태어난 산부인과의 이름을.

대머리 쥐는 그에 대해 다른 이들에게 얘기했을 리 없지만 그렇다고 달라지는 것은 없었다. 그들은 방금 죽은 짐승의 사체 위에 달려드는 독수리 떼처럼 서둘러 이것을 물고 늘어질 것이다. 은밀하게 잠입해서 질문을 하려 했던 아리안으로서는 예상하지 못한 일이 된 것이다. 그렇다면 누구에게 어떤 핑계를 대고 질문을 해야 하는가? 그녀는 그 문제는 생각해본 적이 없었다. 당황스러웠다.

아리안은 두 손으로 얼굴을 감싸고 손가락 끝으로 눈꺼풀을 눌러 눈물이 흐르지 않게 했다.

'왜…… 왜 그 생각을 못했을까?'

두려움에 휩싸이면 지능도 떨어지는 걸까? 생존본능조차 제로로 만들어버리는 걸까?

두려움이 죽고 싶은 욕망을 부추기는 걸까? 가능한 한 빨리 모든 걸 끝내버리고 싶어서?

"그만해. 물론 그렇지 않다는 걸 너도 알잖아."

라라의 목소리는 아리안의 마음속 독백과 이제 구분되지 않았다. 아리안 자신의 목소리와. 라라의 목소리는 아리안의 의식의 일부가 되어 늘 깨어 있었고 실제로 들리기도 했다. 라라는 자주 투덜거렸고 아리안을 달래주거나 칭찬해주거나 도움이 되는 조언을 해주기도 했다. 마치 엄마처럼. 하지만 정작 리즈 프뤼당은 두려움에 사로잡히거나 어쩔 수 없는 비밀 때문에 괴로울 때면 그와는 정반대로 행동했다.

"생각을 좀 해봐."

"할 수가 없어. 내가 다 망쳐버렸어."

"뭘 망쳤다는 거야? 경찰이 르 루에를 찾아낸다면 그건 네 덕분이야. 그가 3월 20일 전에 체포된다면 더 좋은 거 아냐? 두말할 것도 없지. 안 그래? 네가 왜 그렇게 우울해하는지 이해가 안 간다."

"넌 네 일이나 신경 써."

"그러고 싶다, 정말 그럴 수만 있으면."

"미안해."

"괜찮아. 잊어버려."

"난 진짜 알고 싶었단 말이야. 실마리를 찾아냈다고 생각했는데. 그걸 제대로 활용하지 못하다니 바보 같아."

"실마리를 파고 들어가면 결국 뭐가 기다리고 있을지 알고 있으면서. 정확히 말하면 누가 기다리고 있을지 알고 있잖아."

"응. 알고 있어."

한숨이 새어나왔다.

"다른 누군가에게 그 정보를 알리면 어떨까? 사람들이 신뢰할 만한 사람. 예를 들면 클라라. 대학에서 가르치는 교수님이니까 정보를 찾기도 어렵지 않을 테고, 잘은 모르겠지만. 그런 산부인과에서 태어난 아기 중 기형아 비율이라든지 뭐 그런 걸로 석사나 박사 논문을 준비한다고 하면……."

"말도 안 돼. 아무도 안 믿을 거야."

"내기할까? 모두 믿을 거야. 주제가 괴상할수록 깊은 인상을 받기 마련이거든."

"오케이, 오케이. 네 말이 맞는 것 같아."

"'같아'가 아니라 내 말은 언제나 맞아. 너도 알겠지만."

* * *

대저택은 쥐 죽은 듯이 조용했다. 숲속에 있는 평화로운 은신처 같았다. 가장 가까운 산책로 오솔길은 그곳에서 5킬로미터나 떨어져 있었다. 저택으로 들어가는 출입로는 호수의 제방으로 연결되는 길과는 완전히 단절되어 있었다. 저택은 끝이 구부러진 이중 철책으로 둘러싸여 있었고 전기가 흐르는 3미터 높이의 쇠창살 울타리가 처져 있었다. 수많은 감시카메라들이 중앙문과 연결되어 있었다.

모니터 중 하나에 아이콘이 뜨더니 깜빡거리기 시작했다. 어두운 색 쉐보레의 긴 차체가 나타났다. 여섯 자리 숫자 코드를 입력하자 알람이 해제되며 철책이 내려가기 시작했다. 운전석에 있던 사람이 시동을 걸었다. 나무 둥치 쪽으로 헤드라이트가 켜지니 비를 맞아 반들거리던 나무의 몸통과 헐벗은 가지들이 환히 드러났다. 습도 높은 바람이 불어와 밤새들의 울부짖는 소리를 삼켜버렸다.

거실에서는 커튼이 흔들리며 부드러운 웃음소리가 크게 들려왔다. 그는 맨발로 양탄자가 덮인 계단의 윤기 나는 바닥을 뛰어올라갔다. 아시아풍의 황동 난간을 잡은 채 그는 한 계단씩 올라가고 있었다. 또 다른 리모컨의 비밀번호를 누르자 빡빡하게 끼익거리며 도리아식 기둥으로 장식된 현관문이 열렸다.

그녀가 들어갈 것이다.

그녀가 돌아왔다.

마침내 그녀의 집으로.

영원한 안식처로.

나동 팀장이 선언했다.

"요약해보세. 가출중인 소녀가 위험을 무릅쓰고 부모에게 전화했어. 부모를 안심시키거나 도움을 요청하거나 자기를 찾으러 와 달라고 애원하지 않았어. 대신 한 가지만 질문했지. 사소해 보일 수도 있는 질문, 바로 자신이 태어난 산부인과 이름을 알려달라는 것이었네. 그러고 나서 다른 말은 하지도 않고 전화를 끊었어."

그는 회의실의 대형 탁자에서 자신과 마주보고 앉아 있던 쥐드를 가리키며 말했다.

"우리 수사관 중에 첫 번째 피해자의 남동생이 있어. 이제 이건 뭐 비밀로 부칠 것도 없지, 안 그런가? 그가 문득 고통스러운 사실을 기억해냈네. 자기 누이가 똑같은 산부인과에서 태어났다는 사실이지. 아, 주의하게. 그의 죽은 누이 오로르 말일세. 그와 여동생은 다른 곳에서 태어났어. 같은 도시의 다른 병원에서. 이 모든 사실로부터 우리가 알 수 있는 게 뭐지?"

"소녀의 질문이 심상치 않은 거라는 점이죠." 드니 디에메가 강조했다.

도미니크 나동은 무미건조하게 피식 미소를 지었다.

"고맙네, 드니……. 뻔한 말이긴 하지만 뭐 불필요한 얘기는 아니지."

그는 소피 생 로랑 쪽으로 몸을 돌리며 물었다.

"이 점에 대한 자네의 결론은?"

소피는 휘갈겨 쓴 정보가 잔뜩 적힌 수첩을 들여다보며 말했다.

"죄송합니다. 아직 조사 내용을 깨끗이 정리하지 못해서……. 서류를 주의 깊게 검토할 시간이 없었습니다. 어쨌든 딸이 있는 집들은 전부 소환했습니다. 그러니까 그 병원에서 태어난 여자아이들 말입니다. 현재 그들을 보호 중입니다."

"젠장. 왜 우린 그 생각을 못했지?"

드니가 이렇게 내뱉자 팀장이 어두운 얼굴로 그의 말을 정정했다.

"그럴 땐 '우리'가 아니라 '내가'라고 하는 걸세. 그건 내가 조사한 거라고, 처음부터! 이 난리가 시작되었을 때 자넨 학교 운동장에서 놀기라도 한 건가, 드니?"

"또 다른 게 있나요?"

유코가 묻자 생 로랑 순경이 대답했다.

"네. 마지막으로, 제 생각에…… 일부 부모들은 이 사실을 밝히는 걸 좀 주저하는 것 같았어요."

"주저했다고요? 무슨 말이에요, 자기 딸이 태어난 병원을 밝히는 게? 그건 요즘 세상에 비밀도 아니에요."

아나벨 랑베르가 놀라서 끼어들자 생 로랑이 말을 이었다.

"로만 라플랑트의 아버지는 심지어 이렇게 말했어요. '다 차치하고서, 이제 그건 아무 의미도 없는 이야기요.' 그 순간 전 뭐라고 응수하지 못했어요. 회의 전에 두 가족에게 더 전화를 해야 했기 때문에. 하지만 그의 말이 저한테는 좀 이상하게 들렸어요."

"쥐드?"

'오로르. 엄마의 품에 안긴 오로르 누나의 사진은 분명 그 병원 앞에서 찍은 거였어. 우리 부모님은 나란히 서서 다소 경직된 듯한 표정이었지. 눈보라가 휘몰아치는 날씨였고. 아버지는 안도한 듯한 표정이었어. 자랑스러운 표정이 아니라 안도한 표정. 어머니의 얼굴은 환하게 빛나고 있었지만.

그 사진들을 다시 찾아봐야 해. 그걸 보면 뭔가 알아낼 수 있을 거야.'

"쥐드!"

"팀장님께 말씀드릴 만한 게 없습니다만." 그가 기어들어가는 목소리로 답했다.

"왜 자네 어머니가 그 병원을 선택했다고 생각하나?"

"아는 바가 없습니다."

"좋아. 말할 거리가 없다면 움직여야지. 그 병원을 수색해 보게. 거기 있는 사람을 전부 심문해. 청소부든 커피머신 수리공이든 한 명도 빠뜨리지 말고. 가서 나올 때까지 파라고. 탈탈 털란 말이야. 알겠지? 유코, 자네도 동행하게."

쥐드는 항의하려는 듯 입을 벌렸다가 이내 단념한 듯 고개를 끄덕였다.

"자네가 내 제안을 받아들이다니 흡족하군. 아나벨, 더 말할 게 있나?"

"네. 아직 충분히 조사하지 못했습니다만, 같은 피를 나눈 자매라는 설입니다. 더 정확히는 그 소녀들은 전부 형제자매가 없었다는 점이죠."

"설명해보게."

"소녀들은 전부 외동이지 않았습니까? 쥐드 형사의 누나를 제외하면요."

아나벨은 쥐드 쪽을 살짝 쳐다보았지만 그는 동요하지 않았다. 그는 의자를 뒤로 뺀 뒤 무릎에 팔꿈치를 괴고 고개를 숙이고 있어 마치 어떤 선고를 기다리는 것처럼 보였다.

"그 당시에 어떻게 결론을 내렸나요?"

팀장이 고개를 끄덕이며 말했다.

"다소 성급하지만, 난 살인범이 자기 스타일을 공들여 준비한 거라고 추리했지. 그는 아이들을 죽이는 게 내키지 않았고 적어도 어떤 구체적인 기준에 부합하지 않는 아이들에 대해선 그랬던 것 같아. 오로르는 시험 대상…… 그러니까 처음이라 다소 실수가 있었던 것 같아. 쥐드 형사, 듣기 거북하면 여기에서 나가게. 하지만 자네가 이 사건을 계속 맡고 싶으면……."

"더한 것도 듣겠습니다. 나도 알아요. 그러니 계속하십시오." 쥐드가 피로한 목소리로 말했다.

"아나벨 형사와 소피 순경, 자네들은 가족들을 심문하게. 아리안의 부모를 포함해서 말이지. '그들이 주저하면' 또 다른 생명이 위험에 빠진다는 걸 확실히 주지시키고. 다시 말해 아무리 사소한 거라도 고백하도록 그들을 몰고 가란 말일세. 이틀 뒤 이곳에서 그들의 사소한 사생활까지 다 보고하기를 바라네. 드니, 아리안이 학교 창문에서 찍은 사진들에 대해 뭐 알아낸 건 없나?"

이번에는 드니 형사가 자기 수첩을 보며 말했다.

"얼굴을 그림자가 가리고 있어 추적이 힘들었습니다. 모든 파일을 돌려보았지만 단 세 장의 옆모습 사진만 쓸모가 있을 것 같습니다."

팀장이 어깨를 으쓱했다.

"그 점은 이미 오래전부터 알고 있지 않았나. 우리가 관심 있는 건 바로 그 옆모습 사진이라고. 간단히 요약해서 말해주게, 알았나? 경찰학교에서 그걸 배웠을 텐데."

다른 날이었다면 분위기를 누그러뜨리려고 드니는 농담을 던졌을 것이다. 그러나 그날 아침 그는 몸을 사렸다. 팀장의 분노가 얼핏 보기에도 심상치 않았다. 관자놀이에 핏줄이 불거져 나왔고 안색도 붉은 벽돌처럼 빨갰다. 팀장의 신경을 거스를 때가 아니었다.

"2년 전 음주운전 선고를 받은 엉터리 운전수 하나를 발견했는데요. 그에게는 다행스러운 일이지만 저희에겐 안타깝게도, 르 루에가 마지막 장미를 떨어뜨렸을 때 그는 철창 안에 있었다고 합니다."

"'마지막 장미를 떨어뜨리다'라니 형사님 단어 수준이 참…… 화려하시네요. 그냥 직접적으로 말할 수 없어요?"

아나벨이 비꼬자 드니는 입술을 반은 샐쭉거리고 반은 빈정대는 듯 일그러뜨렸다.

"원하신다면, 그러지요, 숙녀분. 계속해도 되겠소? 성범죄자 두 명 중 한 명은 노출증으로 가벼운 형을 받았는데 사진이 찍힌 날 캘거리에 있었습니다. 직장 상사가 그걸 확인해주었고요. 그다음……."

그가 하드커버 파일을 흔들자 클립으로 끼워져 있던 증명사진이 떨어졌다.

"파트리스 카바나. 미혼모에게서 태어나 조부모가 길러주었지만 그는 거의 거리에서 살다시피 했습니다. 고등학교 때 사귀던 여자친구에게 폭행을 일삼았다고 합니다. 그래서 소년원에 들어가 있기도 했습니다. 전문가들의 판단으로는 이 두 장의 사진은 그와 일치한다고 합니다. 우리가 찾던 남자인 셈이죠."

드니 형사의 말에 흥분한 팀장이 소리쳤다.

"그걸 이제야 이야기하나? 그놈 집에 들어가서 수색하지 않고 뭘 기다린 건가? 내가 사인한 수색영장 사본 3부? 교황의 축복이라도 바란 건가?"

드니가 진정하라는 듯 손을 들었다.

"잠시만요. 이 남자는, 네…… 우리가 찾던 사진 속의 남자가 맞습니다. 하지만 문제가 있습니다."

"문제라니요?" 유코가 물었다.

"그는 죽었어요. 석방 후 3개월이 지나서 열여섯 살 생일에 자동차 사고로 죽었단 말입니다."

* * *

"난 못한단다, 케리다querida. 포르투갈어로 연인이라는 뜻-역주."

아리안은 클라라가 자기를 '라라'라고 부르는 걸 의식적으로 피하는 걸 다시금 알아차렸다. 그녀에게 말하기 위해 클라라는 애정이 담긴 별명들을 수없이 사용했다. 스페인어로 '테소로, 미모사, 가티타'각각 '보물', '미모사', '새끼 고양이'라는 뜻-역주라고 부르거나 카브리타 미야, 즉 '귀여운 새끼 염소'라고 부르기도 했다.

"할 수 없는 거예요, 하기 싫은 거예요?" 아리안이 고집스럽게 물었다.

"할 수 없는 거야. 그 형사는 내 수업을 듣는 학생의 오빠야……. 그가 뭔가 의심을 하고 있어. 그가 나를 감시할 수도 있고. 대학 조교 말이 어떤 여자 형사가 조사를 하러 왔다고 했어. 아주 구체적으로 물어봤대. 구체적인 것까지 말이야. 여기 이웃 주민들까지도 수사관들이 방문했다고 하고. 내 차를 맡긴 카센터와 내가 가는 병원 주치의까지. 우리 가정부는 물론이고. 전부 다."

서점 위층에 있는 거실은 베스와 마르가가 점심때부터 걸어놓은 조명 달린 크리스마스 리스의 불빛만이 은은하게 비추고 있었다. 주름 잡힌 크리스털 화관들 속에 박혀 있는 색색의 미니 전구들이 여기저기서 깜빡이고 있었다. 식탁 위에는 아까부터 양초들이 타고 있었다. 그들 다섯 명은 각자 생각에 잠긴 듯 침묵을 지키며 저녁식사를 했다. 음식은 맛있었고 크리스마스이브의 정형화된 만찬과는 많이 달랐다. 대합수프, 치킨과 양고기를 넣은 카레에 치즈와 사프란 라이스를 넣어 구운 인도식 난을 곁들여냈고 장미향 소르베, 흑설탕을 입힌 살살 녹는 과자들이 있었다.

아리안은 브라이들패스의 식당에 단 둘이 있을 부모님을 생각하지 않을 수 없었다. 그들은 가장 좋아하는 메뉴인 암칠면조와 굴을 사왔을까? 리즈는 염교작고 길쭉한 양파의 일종-역주 잼을 곁들인 따뜻한 굴을 내놓았고 칠면조에 속을 채워 맛있는 요리를 만들곤 했다. 디저트로는 항상 토스카나의 전통 과자인 판포르테이탈리아식 디저트로 과일케이크의 일종-역주를 만들었는데 리즈가 그곳에서 학교를 다닌 적이 있어서였다. 아리안은 혀 위로 설탕에 절인 과일과 아몬드의 맛이 다시 느껴지는 것만 같았다. 만일 그녀가 오늘 저녁 그걸 먹게 되었다면 울음을 터뜨리고 말았을 거라고 생각했다.

오른쪽에 앉은 마르가가 아리안의 손 위에 자기 손을 포개며 속삭였다.

"적어도 이제 부모님은 네가 건강하게 살아있다는 걸 아시잖니."

아리안이 그녀에게 미소를 지었다.

"어떻게 제 머릿속을 읽으셨어요?"

"별로 어렵지 않은 일이지."

그 순간 렌이 소리쳤다.

"클라라 생각이 맞아. 클라라가 움직여선 안 된단다. 그랬다간 얼마 안 가 경찰이 아리안 너를 발견하고 말 거야. 게다가 클라라, 언니도 얼마동안 도서관 출입을 금하는 게 좋겠어. 안전을 기하기 위해서. 그러니까 거긴 내가 갈게."

"생트 마르게리트에? 근데 무슨 명목으로?" 클라라가 미심쩍다는 표정으로 따져 물었다.

"책을 쓰려고."

"어떤 분야의 책?"

"몰라. 소설. 살인마가 나오는."

클라라가 말도 안 된다는 듯 공중에 팔을 높이 치켜들었다.

"그래서 뭐하려고? 넌 이목을 끌게 될 거야. 처신을 잘할 수가 없다고! 그러고서 안전을 말하다니! 믿을 수가 없어!"

"싸우지 마." 마르가가 끼어들었다.

"둘 다 일리가 있어. 우리 모두가 원하는 건, 라라가 위험에 빠지지 않도록 돕는 거잖아, 맞지?" 베스도 중재에 나섰다.

"물론이지." 마르가가 맞장구쳤다.

"그 애 이름은 그게 아니……." 클라라가 말을 꺼냈다가 지친 기색으로 고개를 저었다.

베스가 테이블에 팔꿈치를 괴더니 깍지 낀 두 손으로 턱을 받쳤다. 입가에 살짝 미소가 번졌다.

"모두 잊었겠지만 내가 통계연구소에서 파트타임으로 일하게 되었어……."

"전 몰랐어요." 아리안이 대답했다.

"서점 수입만으로는 지내기가 충분치 않아서. 게다가 렌은 책 사려는 손님들의 구매욕을 떨어뜨리지 않나……."

"무슨 말이야? 난 그들에게 상담을 해주었을 뿐인데!" 렌이 분개해서 소리쳤다.

"그 충고라는 게…… '그건 선택하지 마세요. 저자가 문법에 대한 개념이 전혀 없어요. 말하는 대로 그냥 쓰고, 생각한 대로 말하고. 그 사람은 미니멀리스트로서 슬로건을 내거는 식으로밖에 생각을 못해요. 그러니 그 결과물이 어떨지 상상해보시면…….'"

"베스!"

렌이 다시 소리쳤지만, 베스는 아랑곳하지 않고 침착하게 말을 이어 갔다.

"마르가의 퇴직금이 있긴 하지만. 우리 모두 먹고살기 위해 나도 조사 일을 하기로 한 거야. 투표 성향, 진로 선택, 세제 브랜드,

자동차 구매, 식습관에 대해서……. 그럼 산부인과라고 왜 안 되겠어? 난 알려진 기관의 정식 사원증도 있으니까 아무도 나를 경계하지 않을 거야."

"그거 좋은 생각인데." 마르가가 찬성했다.

"아…… 그래." 렌도 마지못해 인정했다.

"게다가 베스라면 범죄를 저지를 사람으로 보이지는 않으니까." 클라라가 덧붙였다.

아리안은 깔깔거리며 폭소를 터뜨렸다. 완벽하게 빗질된 머리, 수수한 푸른색 눈의 베스가 젊은 엄마들을 상담하는 담당자의 코밑에 권총을 겨누고 있는 모습은 상상만 해도 초현실주의적인 장면이었다.

"웃으렴. 카브리타 미야. 배가 아플 때까지 웃어. 그것만한 약도 없단다." 클라라가 말했다.

"그럼 그렇게 결정된 거지?" 베스가 물었다.

"결정됐어."

다른 세 명이 일제히 대답하는 동안에도 아리안의 웃음은 멈추지 않았다.

렌이 일어서며 선언하듯 말했다.

"오늘이 크리스마스라는 걸 잊지 말자고. 다소 특별한 크리스마스이긴 하지만 크리스마스는 크리스마스지 뭐."

보라색 비단 소매를 나부끼며 큰 동작으로 렌은 둥그런 창문 앞에 장식된 작은 전나무를 가리켰다. 창문 주위는 꽃줄, 반짝거리는 리본, 무지갯빛 유리공들, 황금색으로 칠해진 솔방울들이 걸려 있고 그 주위에 리본 달린 선물상자들이 쌓여 있었다. 전나무는 꺼져가는 장작불처럼 희미하게 빛나고 있었다.

"선물이 없으면 크리스마스가 아니지! 라라, 네가 가장 어리니까 가장 많이 가져도 된단다. 우리들이야 뭐, 순수한 네가 우리한테도 나눠주면……."

아리안이 미소를 지으며 전나무 곁으로 다가갔다. 갑자기 그녀가 손을 올린 채 멈춰 섰다.

"우릴 또 슬프게 만드는 건 아니지?" 마르가가 말했다.

"난…… 이건……."

아리안이 말을 멈췄다가 날카롭게 외쳤다.

"누가 이걸 여기에 가져다놓았어요?"

그녀는 쌓여 있는 선물 더미를 가리켰다. 이윽고 네 명이 아리안을 둘러싸고 섰다.

"난 안 보이는데. 안경이 없구나. 좀 밝은 데로 가야……." 마르가가 당황해서 중얼거렸다.

"난 보여." 클라라가 한숨을 내쉬었다.

그녀는 아리안을 팔로 감싸고 자기 품으로 끌어당겨 꼭 안았다. 아리안은 시선을 떼지 못하고 머리부터 발끝까지 떨고 있었다.

금박으로 포장된 얇고 평평한 선물상자 위에 장미꽃 한 송이가 놓여 있었다.

새빨간 장미가.

"누나가 죽어 있는 걸 발견한 게 몇 살 때였죠?"

유코 오카다는 도로에서 눈을 떼지 않고 물었다. 그녀는 피크타임에 도로를 점거하고 있는 택시와 버스 사이를 슬그머니 끼어들며 능숙하게 운전했다. 그녀의 목소리는 온화하고 평소와 같았다. 특별히 호기심을 갖고 있는 것처럼 보이지 않았다. 그래서인지 쥐드는 대답을 피할 수 없었다.

"열네 살. 거의 열다섯이 다 되어갈 무렵이었죠. 당신은 이미 알고 있을 텐데요. 보고서를 다 찾아서 읽고 날짜도 확인한 후에 당신의 그 작은 뇌 한구석에 사소한 정보까지도 다 넣어두었을 테니까."

유코는 별다른 반응을 보이지 않았다. 쥐드는 손가락 끝으로 유리를 문질러 창에 서린 김을 닦았다. 여전히 눈이 내리고 있었다. 양털 같은 커다란 눈송이가 지나가는 사람들의 모자 위에 흰색의 점을 찍어대고 있었다. 도로에는 이미 15센티미터 가량 눈이 쌓인 상태였다. 작은 이층 건물 앞에서 든든히 껴입은 남자 하나가 삽을 들고 정력적으로 계단 위의 눈을 쓸어내고 있었다. 현관 아래 꼬마 둘이 크리스마스 선물로 받은 것 같은 최신형 하키스틱 두 개를 비교하고 있었다.

그가 말을 이었다.

“처음에 난 누나가 놀이를 하는 거라고 생각했어요. 여자애들은 원래 이상한 놀이를 지어내곤 하니까요. 어딘가에서 읽어본 이야기로 게임을 하기도 하잖아요. 누나 친구들에게 물어보았더니 그들이 현관 벨을 눌러도 아무 반응이 없었다고 했어요. 르 루에는 분명 그들보다 먼저 가 있었을 텐데. 누나 친구들이 도착하기 전에 이미 집 안에 들어가 있었을 거예요.”

그는 무의식적으로 뺨의 상처를 어루만졌다. 까끌까끌하게 튀어나온 부분. 면도할 때 그 부분은 건드리기가 힘들었다. 조금만 세게 칼이 스쳐도 피부가 벌겋게 부어올랐기 때문이다.

“난 소리를 질렀어요. ‘누나, 자?’ 뭐 그런 식이었을 거예요. 정확히 기억은 안 나지만……. 가까이 다가가 침대를 둘러싸고 있는 가시덤불을 헤치고 나서야 나는 알았죠. 그녀가 더 이상 이 세상 사람이 아니라는 걸.”

유코는 천천히 고개를 끄덕였다. 그녀는 보고서를 이미 읽은 게 틀림없었다. 그가 하는 말 하나하나를 이미 알고 있다는 느낌이 들었다. 하지만 주의를 기울여 그의 말을 듣고 있었다.

그의 손가락 아래로 만져지는 상처는 어느 국경의 고정되지 않은 경계선처럼 보였다. 그는 자주 그렇게 상상하곤 했다. 이 국경 너머에 그 나라가 펼쳐져 있었다. 그가 살았던 나라. 이제는 돌아갈 수 없는 나라.

"그 상처는요? 어떻게 생긴 거죠?" 그녀가 방금 전과 다르지 않은 말투로 물었다.

"이것도, 당신은 분명 알고 있을 텐데요. 내가 자해한 흔적이죠. 아버지의 면도칼로."

"네. 보고서에 그렇게 쓰여 있더군요. 당신 아버지가 경찰서에 소환되어 있는 동안 그랬다고. 제가 묻고 싶은 건 왜 그랬느냐는 거예요."

쥐드는 손을 아래로 떨어뜨리고 도로 위에 시선을 고정시켰다. 와이퍼가 왔다 갔다 할 때마다 반동으로 앞유리창에 작은 백색의 눈가루를 남겼다. 바람이 그것을 굳혔다가 도로 모퉁이 쪽으로 날려 보내고 있었다. 눈덩어리는 순식간에 검은 진창으로 변해버렸다. 쥐드의 가슴은 몇 년 전부터 흡사 그와 같은 진창으로, 고통과 후회, 무기력한 분노의 마그마로 가득 차 있었다.

그가 말을 이었다.

"누나가 죽었다는 걸 현실로 받아들이기까진 어느 정도 시간이 필요했어요. 나는 아무것도 느낄 수 없었고, 아버지는…… 그 순간 우리 아버지는 내게 아무것도 손대지 말라고 했죠. 방에서 어서 나가라고. 그는 내 앞에서 문을 굳게 닫았어요. 경찰로서 반사적인 행동이었죠. 나는 아버지가 떠는 걸 한 번도 본 적이 없었어요. 바위 같은 사람이었고 결코 냉정을 잃는 법이 없었으니까요. 하지만 그때 그 바위에 금이 갔고, 나는 그가 내 눈 앞에서 무너져버렸다는 걸 느꼈죠. 더할 나위 없이 끔찍한 광경이었어요…….
문의 저쪽 편에서 일어난 일 말이에요."

그때 작은 선홍색 차가 오른쪽에서 불쑥 튀어나왔다. 유코는 차를 피하기 위해 능숙하게 핸들을 틀었다.

"당신은 놀라지도 않는군요?" 쥐드가 물었다.

"네. 대처가 빠르죠."

"동료들을 심문할 때처럼?"

"말하자면 그렇죠." 그녀가 반쯤 미소를 지으며 대답했다.

"그래서 당신이 바라는 게 뭐죠?"

"이해하고 싶어요."

"그건 그렇게 간단한 문제가 아니에요."

"이제 시작일 뿐이에요. 계속해주세요, 괜찮으시다면……."

쥐드는 어깨를 으쓱했다.

"길게 설명할 것도 없어요. 나는 뭔가를 증명하고 싶었어요, 그게 무엇이든. 그래서 욕실로 들어가서 아버지의 면도기를 케이스에서 꺼냈어요. 아버지는 전기면도기를 쓰지 않았거든요. 그리고 얼굴에 상처를 냈지요. 그게 다예요. 그때의 고통은 짧은 통증이었어요. 시작과 끝이 있는. 알코올과 붕대만 있으면 누구나 치료할 수 있는 그런 상처. 하지만 그 상처는 결코 다른 것과 같지 않겠지."

차는 이층짜리 벽돌 건물 앞에서 속도를 늦추더니 멈췄다. 건물과 도로 사이에는 정원이 조성되어 있었다. 눈을 뒤집어쓴 가지치기된 회양목이 한눈에 들어왔다.

"여기예요." 유코가 말했다.

쥐드가 후드 달린 옷의 깃을 세웠다.

"그럼 갑시다."

그녀가 주차하는 동안 그는 다시 한 번 상처 부위로 손을 가져갔다가 멈췄다. 그녀가 자신도 모르는 사이에 방어기제의 일부를 뚫고 들어왔다는 사실을 알리고 싶지 않았다.

몇 년 동안 그는 그곳에 타인의 출입을 허락한 적이 없었다.

병원 로비는 고급호텔 로비처럼 보였다. 대리석으로 된 접수대, 번쩍거리는 내장재들, 잡지가 잔뜩 널려 있는 낮은 탁자 주위로 U자 형으로 자리 잡은 푹신한 소파들. 여자 둘이 앉아 있었는데 한 사람은 이미 임신 중기를 넘어선 듯 보였다. 여자들은 손을 맞잡고 있었다. 유코는 그들을 눈여겨보았다. 그녀는 쥐드 쪽으로 몸을 돌려 뭐라고 말을 꺼내려다가 생각을 바꿨는지 접수대로 향했다. 접수대에서는 아이보리색 실크 블라우스에 비취색의 무늬 있는 스카프를 맨 여자가 입가에 미소를 띠고 유코를 맞아주었다. 타원형 배지에 '피오나'라는 이름이 보였다.

"예약을 하셨습니까?" 그녀가 리듬감 있는 목소리로 물었다.

'스튜어디스 같은 목소리군.' 쥐드는 속으로 생각하며 그녀에게 미소로 답했다.

"아뇨. 하지만 원장님이 우리를 만나주실 거라고 믿습니다."

생트 마르게리트 산부인과는 여자 원장이 경영하고 있었다. 50대인 엘렌 로비노는 번창하는 기업의 대표처럼 보였다. 고급스러운 모직 투피스에 한 줄로 된 보석을 차고 명품브랜드인 구치 모카신을 신고 있었다. 그녀는 방문객들에게 앉으라고 한 뒤 비서에게 커피를 가져오라고 했다. 그리고 자신은 육중한 마호가니 책상 뒤에 자리를 잡았다. 쥐드는 그녀가 여러 차례 머리카락을 매만지며 완벽히 틀어올린 머리카락이 한 올도 흘러내리지 않도록 신경쓰고 있다는 걸 알아챘다.

"제가 도와드릴 일이 뭔가요, 형사님?"

그녀는 쥐드를 향해서만 이렇게 물었으나 유코가 수첩을 펼치고 고조된 목소리로 읽기 시작했다.

"오로르 보부아르, 1986년 11월 2일 출생, 16년이 지난 뒤 정확히 같은 날짜에 살해됨. 나타샤 오르난스키, 1988년 1월 15일 출생, 2004년 1월 15일 살해됨. 베아트리스 콩투아, 1990년 7월 27일 출생, 2006년 역시 생일에 사망. 엘자 푸르망, 1991년 출생, 2007년 사망. 마지막으로 로만 라플랑트, 1993년 12월 23일 21시 출생, 법의학자에 따르면 2009년 12월 23일 22시 30분경에 심장정지. 이 이름들을 들으면 뭔가 하실 말씀이 있을 거라고 생각합니다만."

원장은 찬찬히 생각하는 기색이었다.

"그중 몇몇은…… 네, 확실히 그래요. 그 소녀들은 그러니까…… 그 끔찍한 사건, 더럽기 짝이 없는 사회면 기사와 관련 있지 않나요? 형사님도 아시겠지만, 전 호사가들이 읽는 이런 종류의 신문을 구독하지 않아서……."

유코가 원장의 말을 중간에 잘랐다. "우리 앞에서 빈정거려서 좋을 게 없을 텐데요, 로비노 원장님. 시간 낭비 마시고 우리 시간도 절약해주셔야죠. 이 소녀들은 모두 이 병원에서 태어났어요. 당신이 이런 사실을 모를 리가 없을 텐데요."

엘렌 로비노의 얼굴이 일그러졌다.

"전부라고…… 형사님 말이 사실인가요?"

"물론 아닙니다. 아직 가정일 뿐이지만……." 유코 경사가 빈정거리듯 답했다.

"……우리가 여기 온 건 그 사실을 확인하기 위해서입니다." 쥐드가 침착하게 덧붙였다.

원장의 시선이 유코에게서 쥐드에게로 바로 옮겨갔다. 그녀의 눈빛에 동요하는 기색이 보였다. 그녀가 더듬거리며 말했다.

"그런데…… 왜 이제야 이런 질문을 제기하는 건가요? 첫 번째 살인사건이 일어난 건 2002년인데요! 그 사실이 조금이라도 중요했다면…… 제 말씀은, 그 당시에 사건을 수사한 경찰이 우리에 대해 좋게 판단하지 않았다면……."

유코가 환자용 푹신한 소파에 편안하게 앉아 볼펜 끝으로 이를 탁탁 치기 시작했다. 그 모습을 보고 쥐드는 속으로 생각했다. '그녀가 사건에 흥미를 느끼기 시작했군. 먹잇감을 순식간에 궁지에 몰아넣고 천천히 즐길 셈이군.'

유코가 생각에 잠긴 듯한 목소리로 응수했다.

"우리가 실수를 한 것은, 정확히 말해 이전 담당자들이 실수를 한 이유는 부모들이 잘못된 증언을 했기 때문입니다. 일부 피해자들의 서류에서 사실과 다른 점이 발견되었죠. 그 소녀들은 우리나라와는 완전히 반대편에서 태어났다고 되어 있더군요. 아니면 집에서 태어났다고 기록되어 있었고. 이 질문을 받은 부모들의 태도는…… 뭐라고 해야 하나…… 솔직하게 답변하는 걸 기피하는 태도를 보이더군요."

그러더니 유코가 갑자기 자리에서 벌떡 일어나 마호가니 책상을 주먹으로 내리쳤다. 그 소리에 원장이 겁을 집어먹고 자기 자리에 털썩 주저앉았다.

유코는 부드러운 어조로 말을 이었다.

"그런데 경찰이 자기 딸을 살해한 범인을 찾아주려 바삐 뛰고 있을 때 무슨 이유로 선량한 시민들이 경찰의 주의를 따돌리려 했을까요? 왜 자기 아이가 태어난 산부인과 이름을 감추려고 했을까요? 어떻게 생각하십니까, 로비노 원장님?"

원장은 침착함을 되찾으려고 안간힘을 쓰며 잠긴 목소리로 답했다. "전…… 전 모르겠어요. 진짜예요. 저도 알 수가 없어요."

유코는 손가락 사이로 볼펜을 돌리며 황갈색 가죽 사무용품 위에 시선을 고정한 채 말했다.

"아, 그렇다면 제가 말씀드리죠. 아직 병실은 보지 못했지만, 이 방의 장식으로 보건대 이런 병원에는 어울리지 않게 무척 고가의 물건 같습니다. 피해자 부모들의 생활수준에 비해 너무 비싸 보여요. 그들의 직업은 경찰 남편과 전업주부 아내, 은행 직원, 사고 후 실업상태인 석공, 교사, 패스트푸드점 계산원, 출판사를 찾지 못한 작가…… 더 읽어드릴까요? 안 그래도 되겠죠?"

그녀는 마주앉은 원장 쪽으로 천천히 시선을 움직이다가 이내 뚫어질 듯 노려보았다.

그녀가 말을 이었다. "우리가 이 안락한 병원에 들어왔을 때 두 명의 여자분이 로비에서 기다리고 있는 걸 보게 되었는데요……."

엘렌 로비노가 반사적으로 유코의 말을 바로잡았다. "살롱에서요."

"네, 살롱이든 뭐든. 한 사람은 임신중이고 다른 사람은 아니더군요. 그런데 두 사람이 같이 진료를 받으러 온 것처럼 보이더군요. 사랑하는 사이처럼 보이더란 말입니다. 그러니까 한 가지 생각이 떠오르더군요. 원장님 생각엔 그게 뭐라고 생각하십니까?"

이번에는 원장이 다소 분개하며 대답했다.

"인공수정은 불법이 아닙니다. 차별적으로 시행되지도 않고요.

무슨 말씀을 하시고 싶은 겁니까?"

"아무것도 아닙니다. 그저 사실을 확인하려 한 겁니다. 제 생각에는 불임 커플이 임신할 수 있게 도와주시고, 병원비를 상당히 고액으로…… 그러니까 이 병원이 제공한 행복한 결과에 대해서 말이죠. 그러니까 어떤 부모들은 할 수만 있다면 자기 아이들에게 진실을 숨기는 편을 선호할 것 같습니다. 여자 둘이 임신은 불가능하지만 일반적인 부부가 도와준다면 가능합니다. 그리고 진실은 평생 동안 묻히는 거지요. 바로 그렇기 때문에 이 연쇄살인사건의 다섯 소녀 중 네 명이 외동딸인 거고요."

엘렌 로비노의 얼굴이 딱딱하게 굳었다.

"환자의 모든 정보는 비밀에 부쳐집니다. 증여자가 익명을 요청하면 우리로서는 이를 보호해야 할 의무가 있습니다."

유코가 쥐드 쪽으로 고개를 돌렸다. 아주 잠깐 시선을 교환하는 동안 그녀의 속눈썹이 떨렸다. 그가 잔기침을 하며 말했다.

"우리도 이해합니다만……."

그는 고의적으로 긴장감을 조성하며 말을 흐리더니, 구석 벽에 세워놓은 책장 속에 체계적으로 분류해놓은 파일함으로 시선을 옮겼다. 그는 원장이 불안해하는 걸 눈치 챘다. 눈에 띄게 불안해하고 있었다. 위협받고 있다고 느끼는 것 같았다. 그는 원장이 숨을 돌릴 수 있게 해주기로 했다. 분위기를 부드럽게 만들려는 듯 그가 그녀를 향해 미소를 지었다.

"이곳에서 태어난 아이들이 전부 정자 증여자가 있는 인공수정을 통해 태어났는지 아닌지만 말씀해주시면 됩니다. 그건 고객의 정보를 유출하는 게 아닙니다. 불쌍한 소녀들이 죽은 사건입니다, 로비노 원장님."

"그럼요, 물론입니다."

원장이 땀을 뻘뻘 흘렸다. 값비싼 향수도 시큼한 땀냄새를 가리지는 못했다. 그녀는 블라우스 겨드랑이 부분이 흠뻑 젖었을 것이다.

"2005년 이전 자료들은 따로 보관해두었어요. 확인해보겠습니다." 원장이 중얼거렸다.

"그렇게 하세요." 유코가 원장을 향해 건조하게 말했다.

두 사람이 병원 건물에서 나오자 눈은 그친 뒤였다. 그들의 입김은 하얗고 작은 구름이 되어 차가운 대기 속으로 퍼져 나갔다.

유코가 화난 목소리로 항의했다. "우린 더 많은 걸 알아낼 수도 있었다고요. 그녀가 너무 영악했어요. 왜 그녀가 도망가게 놔두신 겁니까?"

쥐드는 뒤돌아서서 커튼이 드리워진 창문을 바라보고 있었다.

"이제 보니 경사는 아직 더 배워야 할 것 같아요. 낚시해본 적 있어요?"

그녀가 코를 씰룩거리며 말했다. "뜬금없이 무슨 소리죠?"

그가 냉소적으로 응수했다. "냇가에서 송어나 연어 같은 걸 잡아본 적이 있느냐고 물은 거요. 대어를 잡으려면 가끔은 낚싯줄을 풀어놓아야 할 때도 있는 법이지. 너무 오래 그러면 안 되지만. 너무 멀리 있어도 안 되고. 잠깐 차에서 좀 기다리고 있을래요?"

그는 이미 병원 쪽으로 달려가고 있었다.

유코가 소리쳤다. "기다려요! 같이 가요!"

그녀를 쳐다보지도 않은 채 쥐드는 손을 흔들었다.

"그건 안 될 말이지! 이번에 키를 쥔 건 나니까……."

"뭘 하시려고요? 전 드릴 수 있는 정보를 다 드렸는데요."

쥐드의 마음속에 한 문장이 떠올랐다. '방해가 된단 말이요.'

쥐드는 안내를 받지도 않고 원장실로 들어가 소파에 자리를 잡고 앉았다. 그리고 곧 생각이 바뀌었는지 자리에서 벌떡 일어나서 눈앞에 있는 여자를 똑바로 쳐다보았다.

그는 나직한 목소리로 내뱉었다. "로비노 원장님. 오로르 보부아르는 제 누나입니다."

가장 먼저 반응을 보인 건 렌이었다. 그녀는 이를 앙다문 채 소리쳤다.

"이런 말도 안 되는 짓거리가 어디 있어. 세 사람 중 누가 이런 미친 짓을 한 거야?"

베스가 결백을 주장했다. "나는 아무것도 안 했어."

클라라가 말을 받았다. "나도 마찬가지야. 마르가도 물론 아닐 거고. 그럼 렌, 너는 우리들 중에 이렇게 잔인한 장난을 칠 사람이 있다는 말이니? 이리 앉으렴, 가티타."

그녀는 얼이 빠져버린 아리안을 소파로 데려와 앉게 하고 샴페인 한 잔을 내밀었다.

"이걸 마시고 취하는 편이 낫겠다, 얘야. 이럴 때일수록 깊은 생각은 금물이란다."

그녀는 아리안의 왼쪽에, 베스는 오른쪽에 앉았다. 마르가와 렌은 의자를 아리안 곁으로 끌고 와서 그녀 앞에 자리를 잡았다. 본능적으로 모두 목소리를 낮추어 속삭이듯 말하고 있었다. 눈에는 다들 근심이 어렸지만, 아리안을 안심시키려고 미소를 띠다 보니 입술은 부자연스럽게 경직되어 있었다.

렌이 이마를 찡그린 채 말했다. "오늘 여기 온 사람은 아무도 없었어."

마르가가 곧바로 반박했다. "있어. 배달원. 오후 3시쯤. 나는 혼자 가게에 있었고, 그 사람한테 부엌에 배달상자를 올려달라고 했어."

베스가 놀라서 물었다. "어떤 배달원?"

"샴페인을 가져온 것 같던데, 내 생각엔……." 마르가가 클라라 쪽을 쳐다보며 말을 이었다. "샴페인을 주문한 건 클라라 아니었나? 그런데……."

클라라가 고개를 저었다. "그래, 크리스마스 때마다 내가 했는데 어제는 아니었어. 내가 깜빡했거든. 수정할 리포트가 너무 많았어. 올해 신입생들은 주제를 어떻게 제시하는지조차 모른다고. 특히 상태가 나쁜 두세 개 리포트에 매달려 있다가 마쳤는데 상점 문이 몇 시간 전에 닫혔지 뭐야."

그녀가 일어나서 식탁 위에 놓여 있던 와인병을 들고 라벨을 확인했다. "해마다 주문하던 것과 같은 거야. 그래서 나는 작년에 남은 와인이 있었나 했지."

베스가 말했다. "클라라 언니한테 고맙다는 말을 할 생각도 못 했네."

렌이 베스의 말을 중간에 자르고 끼어들었다. "그건 중요하지 않아. 그런데 그 배달원이 어떻게 생겼는데?"

마르가가 어깨를 으쓱했다. "솔직히 말하면 그 사람을 못 본 거나 마찬가지야. 키는 중간 정도고, 모자를 썼고…… 갈색 모자일 거야. 하지만 확신하진 못하겠어."

클라라가 화를 냈다. "아리안이 위층 자기 방에 있는데 위로 올라가게 했다는 거야?"

마르가가 클라라의 말을 바로잡았다. "라라는 위층에 있었어. 맞아. 그런데 방은 아니고. 샤워를 하고 있었어. 물 흐르는 소리가 들렸거든. 미안해. 그 배달원이 온 건 너무나…… 너무나 일상적인 일이라서. 무슨 말인지 알겠어?"

클라라가 한숨을 내쉬며 말했다. "그럼 알지. 이해하지. 내 생각엔 그가 그 점까지 고려했다는 거야. 일상생활에서 흔히 마주치는 사람으로 골라서. 물론 내 말은 배달원 이야기가 아니야. 배달원은 아무것도 모를 가능성이 높고. 누군가 그에게 돈을 쥐여주면서 성탄절 서프라이즈라며 소포를 배달해달라고 시켰겠지. 너무 자연스럽고 악의를 의심할 여지가 없어서 더 물어볼 것도 없었을 거야."

아리안은 덜덜 떨고 있었다. 샴페인이 담긴 크리스털 잔에 이가 부딪치면서 딱딱거리는 소리가 났다.

마르가가 끼어들었다. "그가 가까운 퀘백 주류협회에서 일하는 사람이면 그를 찾을 수 있지 않을까? 이걸 배달하라고 시킨 사람의 인상이 어땠는지 물어볼 수도 있을 거고."

클라라가 빈정댔다. "르 루에가 그런 위험을 무릅썼겠어? 아닐 거야. 그는 길에 돌아다니는 아이를 하나 불러서 돈을 주고 시켰을 거야. 백만 분의 일의 확률로 그에 대한 정보를 얻을 수 있을지도 모르지, 우리가 퀘벡 경찰청에 마음껏 도움을 청할 수 있다면……. 하지만 그건 안 되는 일이고."

렌이 제안했다. "우린 어떻게든 계속 노력할 수 있어. 신문에 광고를 내는 거야."

베스가 반대했다. "그렇게 하면 우리는 이목을 끌게 돼."

클라라가 폭발했다. "르 루에는 이미 우리 주소를 알고 있다고, 이렇게 미련하니! 네가 일간지 일면에 광고를 낼 수 있다 해도 그걸로 바뀌는 건 없어……."

그녀는 조심스럽게 아리안의 손에서 빈 잔을 받아서 낮은 탁자 위에 내려놓았다.

"이제 그만해. 냉정을 잃어버리면 안 돼. 가능한 한 빨리 변장을 하고, 카브리타 미야, 여기선 넌 안전하지 않아. 우리가 너를 안전한 곳으로 데려다줄게."

"안전한 곳이란 없어요."

아리안은 눈을 감았다. 마치 그 방과 부드러운 빛과 자기를 둘러싼 근심 어린 얼굴들로부터 격리되고 싶은 것처럼. 둥근 창유리저 너머로 보이는 눈 쌓인 나무들과 가장자리가 구부러진 창살들로부터 격리되고 싶은 것처럼. 치명적인 독이 든 포도주처럼 음험한 얼굴로 서서히 닥쳐올 위험이 기다리고 있는 거리로부터 격리되고 싶은 것처럼.

아리안을 둘러싼 여자 넷은 깜짝 놀라 시선을 주고받았다.

베스가 거칠게 말을 던졌다. "너무 비약할 건 없어."

"생각을 해보자." 클라라가 말했다.

"어디서부터?" 마르가가 물었다.

넷의 시선이 전나무 발치를 차마 바라보지 못하고 떠돌았다. 거기에는 빛을 뿜어내는 장미 한 송이가 새빨간 점을 찍은 듯 자리 잡고 있었다. 금색 포장지로 싸인 선물 상자 바로 옆에.

렌이 말했다. "저걸 먼저 열어보자."

* * *

한편 아래쪽 길가에서는 라이터의 불꽃이 짙은 스카프로 가린 그의 옆얼굴을 흐릿하게 비추고 있었다. 이마와 머리카락까지 가린 스카프가 어깨까지 드리워져 있었다. 쉐보레의 엔진이 30분은 족히 공회전을 하고 있었으나 추운 날씨 때문에 아무도 이를 이상히 여기지 않았다. 차에 탄 수많은 사람들이 그런 식으로 여자친구를 기다리거나, 크리스마스 송년파티를 위해 할아버지, 할머니 댁을 방문한 가족을 기다리곤 했기 때문이다. 차 안의 공기가 데워져 얼마간은 머물러도 좋을 만큼 따뜻했다.

그러나…… 주의를 끌지 않으려면 이제 떠나야 한다. 유감이다. 어둡게 닫힌 서점 창유리와는 대조적으로 이층의 둥근 창문은 조명이 밝게 빛나고 있었다. 너무도 달콤한 환희에 젖어 결국 고통스러운 형벌이 기다리고 있을 줄은 상상도 못한 채.

아리안은 위에 있었다. 그가 그토록 사랑하는 아리안. 잃어버린 아이. 그 애가 그의 선물을 발견했을까? 손가락으로 장미 줄기를 잡고서 하나씩 가시를 떼어냈을까? 장미꽃잎의 부드러움을 느끼고 숨막히게 아름다운 향을 맡았을까? 금색 포장지를 찢어서 벗겼을까?

르 루에는 오랜 숙적인 나동 팀장이 곧 참패를 맛볼 걸 상상하며 미소 지었다. 나동은 아주 사소한 단서라도 악착같이 쫓는 아주 끈질긴 적이었다. 송로버섯 채집 훈련을 받은 개가 버섯의 향긋한 냄새를 맡듯이, 그는 수백 개의 스쳐지나가는 것들 사이에서 단서를 찾아냈고 길을 잃거나 낙담하는 법이 없었다.

지난 몇 년 동안 그는 여러 차례 타깃의 바로 코앞까지 도달했다. 바로 코앞까지. 그야말로 간발의 차이였다. 살며시 문을 닫는 순간 들이닥친 것이다. 그가 자신을 알아차렸을까? 물론이다. 그의 태도는 그간의 실패를 양분 삼아 더욱 공격적으로 변했다. 그는 점점 더 위험해지고 있었다. 그러나 그만큼 예측하기도 쉬워졌다. 그는 덫에 걸려 아주 사소한 움직임조차도 자신을 더욱 옭아맬 뿐임을 깨닫지 못하는 야생동물처럼 날뛰었다.

놀랍게도 수사의 진전은 나동 팀장이 아니라 그의 부하인 젊은 형사 보부아르가 이끌고 있었다. 오로르의 남동생. 그에 대해 르 루에는 은밀한 편애의 감정을 지녔다. 어떤 면에서 보면 그에게는 가족 같은 데가 있었다. 관대한 시선으로 기다려주듯이 그는 쥐드를 관찰해왔다. 물론 일정한 거리를 유지한 채 말이다. 쥐드 보부아르 역시 위험한 인물이었다. 머리가 뛰어났다. 그러나 너무 감정적이고 우울감이 폭발하는 성향 때문에 현실을 바라보는 인식이 흐려질 때가 있었다.

실은 해결책은 간단했다. 무척 간단했다. 손이 미치는 곳에 두고 지켜보고 이해하는 것.

그걸 아는 사람이 없었다.

르 루에는 두 번째 담뱃불을 붙였다. 자신의 힘을 인지할 때 종종 따라오는 환희의 감정을 경계할 필요가 있었다. 과도한 기쁨을 고대 그리스인들은 '휴브리스hubris. 고대 그리스에서는 남에게 굴욕을 주면서 느끼는 만족감이라는 뜻을 지니고 있었다. 오늘날에는 주로 자신감이 넘치는 엘리트의 과신과 오만을 가리키며, 그로 인해 저지르게 될 과오까지 은연중에 내포하고 있다-역주'라고 불렀다. 확신에 찬 듯한 태도가 자주 신들의 기분을 상하게 해서 결국 치명적인 결말로 치닫곤 하는 것을 그는 알고 있었다. 해이해지면 위험해진다. 과도한 몸짓, 미세한 움직임 하나만으로도 깊은 심연으로 빠져버릴 수 있었다. 다시는 돌아올 수 없는 깊은 구렁으로.

쥐드는 자기 역할을 잘 해내고 있었다. 아리안의 가출 이후 그는 확실한 이유 없이 여동생의 대학 교수 하나에게 관심을 가졌다. 그런데 클라라 카발로스라는 이름을 조사 보고서에 올리지 않았다. 보고서에 올렸다면 언론이 득달같이 달려들어 마구 물어뜯었을 것이다. 미성년자 사건, 특히 소녀들에 관련된 사건 관계자는 누구든 온전히 루머에 노출되고 말았다.

그는 무슨 이유로 경찰서로 그녀를 소환했을까? 그녀에 관한 모든 것, 과거와 교우관계, 사회활동까지 샅샅이 조사한 이유가 무엇일까?

르 루에는 곧바로 이런 의문점을 조사했다. 클라라 카발로스는 규칙적인 생활습관을 따르고 있었고 늘 정면만 똑바로 보았다. 지난 몇 주간, 그녀는 대학교에서 도서관까지, 체육관에서 동네 영화관까지, 구시가지 골목길에 박힌 연극공연장에서 서점까지, 사람들이 없는 곳만 돌아다녔다. 그녀는 빈손으로 외출해서 늘 그 서점에 가곤 했다. 자주, 그녀는 가게 문이 닫힌 뒤에도 머물렀다. 어느 날 아침, 그녀는 낮은 층계에 서서 오랫동안 금발의 마른 60대 여인과 이야기를 나눴다. 금발 여인에게 뭔가 힐난하는 것처럼 보였다. 그녀는 여러 차례 고개를 흔들었고 그런 다음 격렬한 몸짓으로 반대한다는 표현을 하고는 논쟁을 끝냈다. 그리고 진홍색 파카 주머니에 손을 찔러넣은 채 성큼성큼 그곳에서 멀어졌다.

그녀는 그 다음 날부터 다시 그곳에 왔다. 이번에는 그녀가 안으로 들어가기 전에 금발 여인이 주변을 순간적으로 훑어보았다. 그녀는 물론 이상한 점은 발견하지 못했다. 하지만 그 시선만 보고서도 르 루에는 확신을 가졌다. 이 여자들은 어떤 비밀을 공유하고 있었다. 뭔가, 아니면 누군가를 숨기고 있었다.

인간이란 존재는 이렇게도 단순하다. 이렇게도 예측 가능하다. 그래서 너무 지루하다.

모두가, 물론 그 소녀들만 빼고.

운 좋게도, 서점 쇼윈도 쪽으로 사선으로 불쑥 튀어나온 콘도의 방을 빌릴 수 있었다. 넉넉히 찔러넣어 준 웃돈에 만족해서 집주인은 가짜 서류를 보고도 인상 한번 쓰지 않았다. 방은 크기가 아주 작았지만 금이 간 세면대와 붙박이장처럼 보이는 화장실 정도는 있었다. 가구는 없었고 창문에는 낡은 커튼이 달려 있었다. 르루에는 커튼 뒤에 삼각대를 세우고 줌 기능이 있는 최신형 니콘 카메라를 올려놓았다. 카메라는 연한 빨간색 커튼 천 자락 사이에 숨겨져 있었다. 그곳에서라면 서점 현관과 이층과 거실 일부를 완벽하게 사진에 담을 수 있었다.

이제 더 기다릴 게 없었다.

* * *

유일하게 손을 떨지 않은 마르가가 스카치테이프가 아닌 두 군데에 풀을 붙여 정확히 대칭으로 포장된 꾸러미를 펼쳤다.

렌이 그녀를 쳐다보며 말했다. "장갑을 꼈어야 했어."

베스가 어깨를 으쓱하며 말했다. "설마 그러니까…… 그분이 장갑도 안 끼고 '선물' 포장을 했다고 생각하는 건 아니겠지. 세상에나 순진해라."

클라라는 아리안의 어깨를 손으로 감싸안고 있었다. 놀라서 얼이 빠진 아리안의 온몸에 온기를 전달해주려는 듯이.

'날 놓지 않으면 좋겠어! 절대로, 날 놓지 않기를. 얼음조각상이 된 느낌이야. 유리 인간이 된 것 같아. 클라라가 날 놓으면 바닥에 떨어져 산산조각 나버릴 거야. 유리조각들의 반짝거림은 눈 깜짝할 사이에 사그라들겠지. 그렇게 끝나버릴 거야. 더는 존재하지 않게 되겠지. 제발 클라라가 날 놓지 않기를.'

클라라는 아리안을 놓지 않았다.

마르가가 바스락거리는 소리를 내며 금색 포장지를 벗겼다.

베스와 렌은 숨을 죽이고 있었다.

"사진이야." 마르가가 기어들어가는 목소리로 말했다.

A5사이즈의 컬러 사진 한 뭉치가 들어 있었고 사진 가장자리에는 흰색 윤곽선이 둘러져 있었다.

사진은 전부 아리안을 찍은 것이었다. 층계를 내려오는 아리안. 서점 쇼윈도를 쳐다보려고 뒤돌아서는 아리안. 새들을 위해 사료통에 해바라기 씨를 붓고 있는 아리안. 유리창에 부딪친 새를 손으로 조심스럽게 옮기는 아리안. 둥근 유리창을 통해 보이는 소파에 앉아 독서하는 아리안. 식탁에 접시를 놓고 있는 아리안.

"오, 세상에." 렌이 탄식했다.

마르가가 꺼낸 마지막 사진을 본 뒤였다. 푸른색 스웨터를 입고 고개를 든 채로 보도를 걷는 모습은 마치 하늘을 유심히 살펴보는 듯한 얼굴이었다. 햇살이 아리안의 얼굴을 간질이고 있었다. 그녀는 미소를 짓고 있었다.

사진은 컴퓨터에서 다시 작업을 한 듯 머리색이 바뀌어 있었다. 흐릿한 금발머리가 소녀의 얼굴을 따라 흘러내리고 있었다. 아리안의 예전 모습이었다. 가족을 위험에 빠뜨리지 않고 살인범에게서 벗어나기 위해 토론토를 떠났던 당시의 아리안.

"그가 아주 가까이에 있어. 우리를 지켜보고 있어." 클라라가 중얼거렸다.

쥐드는 현관문을 열고 집에 들어온 순간 계단을 급히 달려 내려오는 소리를 듣고 여동생이 있다는 걸 알았다. 에글랑틴이 목욕가운 차림으로 푸른 슬리퍼를 신고 층계참에 나타났다. 머리는 고무줄 헤어밴드로 뒤로 넘긴 채였다. 라벤더 샤워젤 향이 쥐드한테까지 풍겨왔다. 그는 웃으면서 살짝 얼굴을 찡그렸다.

"널 볼 때마다 내가 늙고 더럽다는 생각이 든다니까. 욕실은 비어 있어? 뜨거운 물로 샤워를 하면 기분이 좋아지겠지."

에글랑틴이 그의 말을 못 들은 척 무시하며 말했다.

"오빠, 곰곰이 생각해봤어. 근데 할 말이 있어."

"지금 당장?"

"지금 당장. 난 이미 오래 기다렸다고."

쥐드는 싫다고 하지 않았다. 그런다고 에글랑틴이 자기를 놓아주지 않으리라는 걸 이미 알고 있었다. 터져나오려는 한숨을 꾹 참으며 그는 동생을 거실로 먼저 들여보냈다. 그는 거실에 자주 들어가는 편이 아니었다. 부엌이나 복층의 자기 방에 꾸며놓은 아담한 서재를 더 좋아했고 에글랑틴 역시 그곳에 자주 머무르곤 했다. 방에는 에글랑틴이 골동품 상점에서 한눈에 반해 구입한 안락의자와 나무장작을 넣는 벽난로가 있었다. 반짝이는 석영과 조가

비 조각이 붙어 있는 탁자로 쓰이는 떡갈나무 둥치 위에는 잡지들이 널려 있었다. 심리학, 범죄심리학, 정신분석학에 관한 책들이 가득 꽂힌 커다란 책장이 벽의 한 면을 차지하고 있었다. 몇몇 책 제목들이 쥐드의 눈에 띄었다. 에리히 프롬의 〈파괴의 열정〉, 파리드 지네-에딘 벤셰이크의 〈극한 상황의 살인범〉, 〈체계적인 행동양식을 지닌 살인자에 관한 범죄학적 고찰〉, 〈범죄적 행동의 상징연구〉 등등. 쥐드는 학교를 졸업한 뒤 그 책들을 다시 읽지 않았다. 어떤 책들은 그도 알지 못하는 작가가 쓴 것이었다. 그는 어쩌면 내심 후회하고 있을지도 모른다. 공부를 계속해서 박사과정을 밟으며 대학출판부에서 케이스연구에 관한 책을 출판하는 게 나았을지도 모른다. 세계를 돌아다니며 학생들을 가르치고.

아니다. 그건 아니라고 확실히 말할 수 있다. 현장을 대체할 만한 건 아무것도 없었다. 소수의 전문가들을 위한 칼럼을 쓰는 것? 그럴듯한 직함으로 자신을 포장하는 것? 그저 매일매일 시험에 합격할 걱정뿐인 학생들의 갈구하는 듯한 시선을 마주하는 것? 그들의 목표는 자기 부모보다 더 많은 돈을 벌어 안정된 생활을 하는 것이다. 간혹 자신들이 텔레비전 미니시리즈에 나오는 경찰이라도 된 것처럼 생각하는 학생들도 있었다.

하지만 에글랑틴은 달랐다. 생생한 열정을 지니고 있었다. 그는 동생이 곧바로 등나무 안락의자에 자리를 잡더니 무릎을 올리고 목욕가운 자락을 발끝까지 내리는 걸 지켜보았다. 장난꾸러기였다. 그녀가 지금 하려고 하는 말은 분명 심각한 것일 터였다. 그는 그녀와 마주보고 의자에 앉아 느긋하게 기다렸다. 에글랑틴은 머리띠를 풀고 손가락으로 다갈색 머리카락을 빗질하고 있었다. 그러고 나서 그녀는 얼굴을 들었다.

"오로르 언니 이야기를 하고 싶어, 오빠."

순간적으로 그는 한방 먹은 기분이었다. 두 사람은 무언의 약속을 통해 어떤 상황에서도 살해된 누이의 이름을 꺼내지 않았다. 부모님이 돌아가신 뒤 쭉 그랬다. 둘 중 한 사람이 어린 시절 추억을 이야기할 때는 언제나 '우리'를 썼다. "기억 나? 우리가 시장에서 열린 축제에 간 날, 넌 유령기차에 들어갔다가 화차에 빠졌잖아? 네가 진짜 어릴 때, 네 살인가 다섯 살, 기억이 안 나네. 우린 널 찾아 온 사방을 헤매고……." 이런 식이었다.

우리. 오로르와 그. 쥐드는 등을 둥굴게 구부리고 앉아 있는 동생의 실루엣 뒤로 어두운 기억의 오솔길로 들어가고 있었다. 오로르는 그날 청치마와 흰색 민소매 셔츠를 입고 있었는데 칸막이벽에서 숨겨진 스포트라이트들이 요란한 빨간 줄무늬를 만들어내고 있었다. 누나가 그를 향해 고개를 돌렸을 때 길게 드리워진 머리카락이 살아있는 듯 출렁거리며, 향수냄새가 그에게 풍겨왔다. 부드럽고 가벼우며 살짝 달콤한 향. 알려진 브랜드의 향수는 아니었지만 다른 소녀들에게서 맡지 못했던 향이었다. 오로르가 죽은 뒤 어머니는 텅 빈 눈빛으로 입술을 깨물며 누나 방에 들어가 기계적으로 물건들을 정리했다. 그날, 그는 욕실 정리장 깊숙한 곳에서 작은 향수병을 발견했다. 라벨은 손글씨로 적혀 있었다. 촘촘한 필체로 정성스럽게 쓴 글은 '영원한 사랑의 묘약'이었다. 그걸 보고 쥐드는 웃을 뻔했다. 오로르나 그녀의 친구가 자기 엄마에게서 훔친 향수와 섞은 것이리라. 그는 향수 뚜껑을 열지 않았지만 자기 방 옷장에 넣어두었다. 그것이 그녀가 남긴 전부였다. 그후 몇 년 동안 쥐드는 그 향수를 만지거나 쳐다본 적도 없었다. 최근에 이사할 때 한 번도 열어보지 않은 어느 박스에 처박혀 있으리라. 아니면 쓰레기통에 들어갔을지도 모른다.

그럼 에글랑틴은? 그녀는 쥐드에게 말하는 중이었다. 그는 동생이 초반에 무슨 얘기를 했는지 놓치고 말았다. 여전히 유령기차 안에 오로르와 함께 있었던 것이다. 그들은 해골 발치에 앉아 활짝 웃으며 발가락뼈를 들고 장난치고 있는 여자아이를 발견했다. '오로르 누나는 그 아이에게 물어보았지. 사고로 죽은 거니? 어쩌다가?' 쥐드는 생각이 거기에 미치자 마음이 저려왔다.

"향수." 그가 중얼거렸다.

"오빠, 내 말 안 듣는 거지?"

"미안. 어떤 기억이 떠올라서……."

"……오로르 언니. 왜 한 번도 그 이름을 입 밖에 내지 못해? 오빠는 아직도 그 사건 속에 머물고 있는 것 같아. 그럼 정말 괴롭다고. 벌써 십 년도 더 지난 일인데. 내 나이의 절반이 넘는 시간이 흘렀어. 그런데 나는 언니에 대해 알고 있는 거라곤 신문에서 읽은 게 다야. 언니에게 속한 것들은 전부 사라져버렸어. 이 반지를 빼고는. 난 한 번도 손가락에서 이걸 빼지 않았어."

그녀가 손을 위로 올리자 장밋빛 진주가 금빛으로 반짝거렸다.

"잃어버릴까 봐 두려워서. 언니와의 마지막 연결고리가 이 보석과 같이 사라져버리기라도 할 것처럼. 영원히 끊어져버리기라도 할 것처럼. 그런데 말이야, 지난달에 도서관에서 한 소녀와 마주쳤어. 그 애는 오려낸 신문기사들을 수첩과 사진뭉치와 함께 펼쳐놓고 있었는데, 사진더미 위에 오로르 언니의 사진이 있었어. 나는 정신이 번쩍 들 정도로 놀랐어. 그 애한테 왜 이 사건에 관심을 갖냐고 물었지. 그런데 그 애는 마치 내가 화를 내기라도 한 것처럼 의자에 몸을 쭈그리고 앉아 있더라고."

쥐드는 농담으로 분위기를 바꿔보려 했다. "네가 좀 냉혈한 같은 구석이 있잖아. 내가 늘 하는 말이잖아? 그 애는 아는 애야? 수업을 같이 들어?"

"아니. 나보다 훨씬 어려. 열여섯? 아니, 더 어리려나."

"열여섯 살……."

쥐드는 눈살을 찌푸린 채 엄지손가락을 이 사이로 가져갔다. 그리고 일부러 담담한 어조로 물었다.

"그 애 머리색이 금발이니?"

"셰에라자드보다 더 짙은 갈색이었어. 피부색과 안 어울리는 색이었지. 그 색은 분명 염색한 걸 거야. 장담할 수 있어."

"확실해?"

"오빠, 남자들은 이런 부분은 전혀 알아차리지 못한다니까. 여자들만 볼 수 있는 게 있어. 게다가……."

그녀는 쥐드 쪽으로 몸을 살짝 기울인 다음 무릎 위에 깍지 낀 두 손을 얹었다.

"……오빠가 아는 아이일 거야."

"뭐라고?"

에글랑틴은 갑자기 폭소를 터뜨렸다.

"그렇게 화난 표정 짓지 마! 누가 보면 내가 오빠 일기라도 훔쳐 읽은 줄 알겠어."

"일기 따위 안 쓴다."

"좀 쓰는 게 좋아. 치유효과가 탁월하대. 내가 빨래 좀 했어. 진짜 착하지? 오빠 티셔츠 몇 벌은 정리해서 옷장에 개어놓았다고. 사진은 오빠 책상 위에 있어."

그러고 나서 그녀는 긴장을 늦추듯 안락의자 팔걸이 위로 다리 하나를 올렸다.

"내가 저지른 짓을 하나 고백할게요, 형사님. 내가 이 사진을 계속 신경 쓴 이유가 하나 있어. 실은 사진 속의 여자애와 이미 마주친 적이 있어. 길거리에서. 여기 몬트리올에서."

이번에는 쥐드가 놀란 기색을 감추지 못했다.

"어디? 구체적으로 어디에서?"

"링컨가에서. 몇 달 전에. 어디가 많이 안 좋아 보여서 내가 도와줄까 하고 물었지. 근데 내가 자기를 해치기라도 할 것처럼 반응하더라고. 지금 생각해보니 그 애는 두려움에 패닉 상태였던 것 같아. 건물이랑 벽도 구분 못할 정도로 얼이 빠져 있었던 것 같아……. 아니, 근데 뭔가 어울리지가 않았단 말이지……."

"뭐가 안 어울렸다는 말이야?"

"그 애의 옷. 마치 1970년대 존 바에즈 콘서트라도 보러 가는 듯한…… 그런 차림이었다고. 롱스커트에 술 달린 숄……. 난 원색을 좋아하는데 그날 그 애가 입은 건 좀 눈에 띄지 않는 흐릿한 색이었어."

"너라면 절대 그렇게 입지 않지. 계속해봐, 에글랑틴. 아주 중요한 단서야."

그녀가 쥐드를 흘겨보았다.

"오빠가 알고 있는 걸 전부 말해주면 나도 그렇게 할게."

"그럴 수 없어."

"오로르 언니와 관계가 있는 거지? 그렇지? 그 살인범과? 쥐드 오빠, 난 이제 다섯 살이 아니야. 나를 그렇게 보호해줄 필요가 없다고."

그가 반박하려는 기색이 보이자 에글랑틴이 재빨리 그의 말을 막았다.

"기밀유지. 진행중인 사건에 대해서는 아무에게도 말해선 안 된다는 말이지? 나도 외울 정도로 잘 알고 있어. 나한테 설교하려 하지 마. 사건수사의 실마리가 잘 안 풀릴 때마다 나와 종종 사건에 대해 의논해놓고선. 르 루에 사건만 빼고. 왜 그러는지 잘 알고 있고 그래야 한다는 것도 알아. 하지만 나한테는 그렇지가 않아. 난 그 사건에 대해서 간절히 이야기하고 싶어. 몇 년 전부터 오빠는 입을 딱 다물고, 나도 그렇고……. 그런 침묵, 정말 질식할 것 같아. 내 인생에서 너무 무거운 짐이라고. 나와 관계된 중요한 결정들을 오빠가 대신하다니 진짜 말도 안 돼. 그리고 이건 진짜 중요한 문제잖아."

에글랑틴은 단숨에 이야기를 쏟아냈다. 숨 쉴 새도 없이. 그녀는 말을 잠시 멈춘 채로 조심스럽게 주위를 둘러보았다. 마치 각각의 사물에서 뭔가를 찾아내려는 것처럼.

"이런 상태에서, 여기서 이제 빠져나가야 해. 우리의 짐을 내려놓아야 해, 오빠."

"그게 쉽지가 않구나." 그가 중얼거렸다.

"오빤 노력도 안 했어."

"비난하는 거니?"

"물론 아니란 거 알잖아."

둘 사이에 침묵이 내려앉았다. 쥐드는 고개를 들어 동생의 눈을 마주보았다. 그의 눈에 오만하지 않은 결단의 빛이 어렸다. 자기 앞에 앉아 있는 어린 동생보다 훨씬 더 오랜 기간을 참아왔건만 항복의 한숨이 새어나왔다.

"좋아. 얘기해보자, 그럼. 그런데 내가 힘을 내려면 시간이 좀 필요해." 그가 말했다.

에글랑틴이 담담하게 말을 이어갔다.

"난 그 소녀가 누구인지 몰랐어. 그런데 그 애가 누구인지 알아차렸지. 그 사진이랑 그 애가 도서관에서 보고 있던 자료들을 보고서. 연결고리가 너무 명백했거든. 그래서 밖에서 그 애를 기다렸어. 주차중인 차 뒤에 숨어서. 그 애가 나왔을 때 표정이 누가 따라오는 걸 기다리고 있는 것 같았어. 그래서 쉽지가 않았어. 정말이야…… 내 체구로는. 하지만 방수용 판초를 꺼내어 후드로 머리카락을 가린 채 그 애를 미행했어. 웃지 마, 제발. 진짜 쉬운 일이 아니었다고. 그 애는 내가 따라간 걸 몰랐어. 역에 도착할 때까지. 거기에서 그 앨 놓칠 뻔했지만 결국 매표소에서 발견할 수 있었어. 난 모든 걸 걸고 모험을 했어. 그 애 곁으로 다가갔거든. 너무 가깝지는 않게. 그 애가 하는 말은 들릴 정도의 거리에서. 그런데……."

"그런데?"

"그 애가 기차표를 샀어." 에글랑틴은 웃으며 갑자기 입을 딱 다물었다.

"에글랑틴!"

"내가 진짜 못됐다면 오빠의 애간장을 좀 더 태울 텐데. 하지만 난 그렇지가 못해서. 오빠도 그렇게 생각하지? 맞지?"

"맞아. 그래서 표는?"

"퀘벡행."

쥐드는 눈을 반쯤 감고 실망을 감춘 채 의식적으로 부드럽게 물었다.

"더 알아낸 건 없고?"

"아니, 없어."

에글랑틴은 쿠션 위에 몸을 기댔다. 그러나 그녀의 태도는 휴식을 취하려는 게 아니었다. 온전히 정신을 집중하고서 그녀가 말했다.

"자, 이제 오빠 차례야. 난 들을 준비가 됐어."

아리안의 메모

베스는 전쟁터로 떠나는 사람처럼 등은 경직되고 정탐을 하는 것 같은 시선으로 운전을 했다. 마치 전쟁터 한복판에 있는 것 같았다. 시간을 거슬러. 죽음을 거슬러.

나는 병사는 아니다. 그럼 인질인가? 그것도 아니다. 협상할 것도 없다. 나를 따라다니는 그 사람은 내 몸값을 얼마를 준다 해도 만족하지 않을 것이다. 어떤 조건의 계약에도 서명하지 않을 것이다. 어떤 조항에도.

밤새도록 할머니들은 내 침대 옆에 있는 안락의자에서 교대로 나를 지켜주었다. 대부분의 시간 동안 나는 자는 척했다. 가끔은 졸았고, 밤엔 끔찍한 악몽에 시달렸다. 그런 밤은 너무 길어서 결코 끝나지 않을 것만 같았다. 잠시 눈을 떠보니 렌이 코에 안경을 걸친 채 무릎을 벌리고 손전등 빛에 의지해 책을 읽다가 졸고 있었다. 클라라는 고양이처럼 몸을 웅크리고 눈을 뜬 채 망을 보고 있었다. 마르가는 스코틀랜드 모포로 몸을 감고 쉴 새 없이 입술을 움직이며 알아들을 수 없는 말을 했다. 졸음의 습격을 받아 고개를 한쪽 어깨에 떨군 베스는 금발 머리카락이 숨을 내쉴 때마다 살짝 흔들리고 있었다. 내 잠자리를 지키는 네 명의 요정 같았다. 방패를 자처하며 나를 지켜주는 요정들.

오전 8시쯤에 거실에서 발소리와 숨죽인 목소리, 커피잔에 티스푼 부딪치는 소리가 들렸다. 나는 머리끝까지 이불을 끌어올렸다. 이 밤이 영원히 끝나지 않기를 바랐던 것 같다. 결국에는 암흑이 나를 먹어치울 것이다. 아무 소리도, 고통도 없이 나는 사라지게 되리라. 나에게도, 다른 이들에게도 놀랄 정도로 고요하게 말이다.

문이 조용히 열렸다. 희미한 빛 한 줄기가 마룻바닥에 그려졌다.

"카브리타 미아?"

클라라였다.

"어서 옷을 입어라. 점심 먹어야지. 새로운 일이 있단다."

나는 자동인형처럼 순종했다. 매일매일 무의식적으로 하는 동작이 우리 몸과 정신의 일부까지 지배하는 게 틀림없었다. 어젯밤, 나는 이를 닦고 나서 잠자리에 들었다. 양치질하기. 거리에서 노숙하거나 길가 빌딩에서 유숙하는 사람이라면 누가 이럴 거라고 상상이나 할 수 있을까.

거실에는 둥근 창의 커튼이 열려져 있었고 가구들도 어딘가로 치워지기 직전처럼 보였다. 마치 공연하기 전의 연극무대 같았다. 아니면 마지막 대사가 끝나고 관객이 전부 각자의 일상으로 돌아간 뒤의 무대 같았다.

네 사람은 부엌 식탁 앞에 모였다. 흰색과 푸른색 도자기 접시에는 전날 구운 과자, 베스의 월귤잼을 넣은 머핀, 렌의 프랄린 브리오슈, 마르가의 집안에서 내려오는 비밀 레시피 대로 구운 가염버터를 사용한 카트르카르 케이크(밀가루, 버터, 설탕, 계란을 같은 분량으로 섞어 만든 프랑스의 파운드케이크-역주), 클라라가 만든 바삭바삭한 추러스가 쌓여 있었다. 하나도 손대지 않은 채로. 렌은 커다란 커피잔에 커피를 따라 나에게 건네주었다.

"이제부터 정신 차리고 깨어 있어야 한단다."

"우리한테 계획이 있어." 베스가 말을 이었다.

나는 자동차의 앞쪽 조수석에 앉았다. 렌과 마르가는 나를 자기들 사이의 가운데 자리에 앉히고 싶어했지만 내가 거절했다. 출발하기 전에 렌은 나에게 우스꽝스러운 페루 모자를 씌웠는데 흰색 양모로 뜨개질한 부분을 턱 밑에서 묶게 되어 있었다. 정말 끔찍했다. 나는 광대처럼 보였지만 모자 덕분에 내 얼굴이 가려져 거의 보이지 않았다. 그걸 의도한 것 같았다.

네 사람은 '거의 모든 것'이 소용없다는 걸 납득하지 못했다.

그들은 퀘벡으로 갈 계획을 세웠다. 더 정확히 말하면 생로랑에 위치한 오를레앙 섬으로 갈 계획이었다. 마르가가 거기에 작은 집을 하나 갖고 있었다. 휴가를 보내기 위한 작은 집으로 안락한 곳은 아니었지만 '난로와 커다란 털이불이 있으니 춥지는 않을 거'라고 했다. 그녀는 거기에 가야만 한다고 강경하게 주장했는데 그래야 나를 안심시킬 수 있다고 생각하는 것 같았다.

"게다가 거기에서는 마을 사람들이 전부 서로를 알고 있거든. 그들은 나한테 프랑스에 오래 살았던 종손녀가 있다는 걸 알고 있어. 물론 그 애를 한 번도 보지는 못했지. 그 애가 라라 네 나이란다. 그들에게, 네가 아프다고 말해뒀어. 맑은 공기에, 자연을 벗 삼아 매일 세 끼를 꼬박꼬박 먹으며 요양을 하러 가는 거라고. 그들은 이미 네게 연민을 갖고 있단다. 널 보호해줄 거야. 그 마을에선 아무리 조심하더라도 불청객은 금방 눈에 띈단다. 새로 온 사람이 관광객

인지 아닌지 순식간에 소문이 퍼지는 곳이야."

클라라와 렌, 베스는 전폭적으로 마르가의 의견을 지지했다. 네 사람이 한 목소리로 말했다.

"유일한 해결책이야. 우리 중 한 사람이 늘 너와 함께 있을 수 있고."

렌이 말했다.

"클라라의 수업이 1월 5일에 다시 시작하지만 수업을 이틀에 몰아서 하기로 했고, 주말엔 내가 올 수 있지. 베스와 마르가가 중간에 와주면 되고. 3개월 정도만 그렇게 지내면 되니까. 브리오슈 한 조각 먹으렴."

나는 배가 고프지 않았다. 아무도 배가 고프지 않았다. 노르스름한 빵은 아무도 손대지 않은 채 먹음직한 모습 그대로 놓여 있었다. 쳐다보기만 해도 마음이 아팠다.

들키지 않고 집을 떠나야 했다. 그들은 탈출 계획이 있다고 했다. 베스가 내 키와 가장 비슷했다. 사진에 찍혔을 때 내가 입고 있던 푸른색 스웨터와 점퍼를 베스에게 빌려주었다. 그녀는 머리에 숄을 두르고 렌과 함께 서점 정문으로 나갈 것이다. 두 사람은 차를 타고 이베빌 쪽으로 향할 것이다. 렌이 이베빌에 게스트하우스를 소유한 사람을 하나 알고 있었다. 둘은 게스트하우스로 들어가 뒷문으로 빠져나올 것이다. 그러는 동안 나는 가방을 챙겨서 마르가와 같이 도서창고에서 기다리고 있을 것이다. 창고는 서점 뒤쪽의 뜰과 연결되어 있다. 클라라가 뜰에서 거리로 나 있는 좁은 통로 앞에 차를 대놓고 있을 것이다. 베스와 렌은 전철을 타고 바로 그곳으로 합류할 것이며 마르가에게 미리 문자로 알려줄 것이다. 길에 아무도 없는 게 확인되면 우리는 곧바로 밖으로 나갈 것이고, 그다음엔 도로를 달리고 있을 것이다.

이 계획은 영화 속 장면과 유사했다. 아주 훌륭한 영화는 아니고 다소 예측 가능하긴 했지만 어쨌든 이 방법은 효과가 있었다. 도로에는 차가 별로 없었다. 마르가와 렌은 누가 따라오고 있지는 않은지 확인하느라 끊임없이 고개를 돌려 뒤쪽을 살펴보았다. 두 사람은 맹세코 수상한 사람을 보지 못했노라고 했다. 우리는 20번 고속도로를 타고 도시를 벗어났다. 베스가 주의를 끌지 않고 다른 차량이 따라붙지 않는지 감시하려고 우측 차선에 잠시 멈췄다.

"오늘 같은 날 속도위반은 금물이지." 그녀가 분위기를 누그러뜨리려고 농담을 했다.

아빠 생각이 났다. 아빠 역시 너무 신중하게 운전해서 나는 짜증을 부리곤 했다. 백미러를 끊임없이 확인하던 아빠. 핸들을 두 손으로 꼭 붙잡은 채 그날 아침 아빠는 나를 마지막으로 학교에 데려다주었다.

눈물 한 방울이 코를 타고 흘러내렸다. 나는 재빨리 손으로 닦았다. 지금은 울 때가 아니다. 클라라는 다른 이야기를 하려고 노력했다. 수업을 듣는 뛰어난 학생들에 대해 이야기하던 중이었다. 그중에는 정말 이상한 학생들도 있었지만 그런 이야기를 들어도 웃음이 목구멍에 걸려 나오지 않았다. 마치 나중을 위해 웃음을 아껴두고 있는 것 같았다.

다만 '나중'이라는 말이 나에게 무엇을 암시하는지는 알지 못했다.

* * *

쥐드는 발걸음을 옮겼다. 무턱대고. 곧장 앞으로 나아가고 있었다.

"자네 안에 있는 분노를 깨우라고."

나동 팀장이 제대로 짚은 거였다. 쥐드는 소리를 질렀어야 했다. 그는 격렬하게 내지르기 위해 걸어가는 중이었다. 뱃속으로부터 올라온, 목을 따끔거리게 하는 뭔가가 꽉 다문 이 사이로 삐져나올 것 같았다.

에글랑틴 앞에서 그는 최대한 감정을 자제해야 했다. 동생에게 자신이 알고 있는 진실을 하나씩 조심스럽게 전달했다. 쥐드 자신의 번민으로 인해 말이 제대로 나오지 않았다.

오로르는 실은 어머니만 같고 아버지는 다른 누이였다. 엘렌 로비노가 비밀을 지켜달라고 했던 사실을 통해 그는 오로르의 출생에 얽힌 시나리오를 재구성할 수 있었다. 수많은 부부가 겪고 있는 불임이라는 문제. 남자와 여자가 아이를 가질 수 없었다. 온갖 수단을 동원해보고 수많은 병원을 찾아가 검사도 받아보지만 헛수고였다. 둘 중 한 쪽이 불임이라는 것만 명백해졌을 뿐. 당연히 절망적으로 지푸라기를 붙잡는 심정으로 그들은 기증자를 찾았다. 그리고 마지막 시도.

그 시도가 성공했다.

그런데 예상치도 못하게 이후 몇 년 사이에 아이가 둘이나 더 생긴 것이다. 그들은 첫째 딸에게 출생의 비밀을 숨기기로 결심했다. 후에 일어난 기적 같은 임신은 그들의 결단을 강화시켜줄 뿐이었다. 그들은 입을 다물기로 한다.

죽을 때까지.

"앞 좀 보고 다니라고, 멍청이 같으니!"

쥐드는 숨을 몰아쉬며 상대에게 사과의 의미로 손을 올렸다. 그런 다음 멈춰 서서 부딪친 어깨를 주물렀다. 어디로 가야 할지 서성거리던 그는 바에서 나온 남자 하나와 세게 부딪친 참이었다. 그는 천천히 고개를 돌렸다. 동네 술고래들이 몇 명 보였다. 하지만 술에 취한 남자는 알아들을 수 없는 욕설을 중얼거리며 비틀거리더니 이미 저 멀리 가 있었다. 그의 그림자가 강물 위로 피어오른 안개 속으로 녹아들어갔다. 건물 정면 사이에 회색빛 짙은 안개가 소용돌이처럼 회오리치고 있었다. 쥐드는 눈살을 찌푸렸다. 세탁소 표지판이 깜박거리고 있었는데, 간판의 마지막 '소' 글자는 다소 간격을 두고 깜박거렸다. 그 순간 그의 뇌에서 끈질기게 무질서한 신호를 보내는 듯한 느낌이 들었다. 아리안. 오로르. 아리안. 오로르.

그리고 다른 소녀들.

아리안은 퀘벡에 있었다. 아마도. 나동 팀장은 그곳으로 수색 전담반을 보내 호텔과 숙박시설의 장부들을 면밀히 조사하게 했다. 쥐드는 곧 그곳에 합류할 참이었다. 그는 생트 마르게리트 산부인과 일이 아직 끝나지 않았다. 소피 생 로랑과 유코는 1982년에서 2013년 사이에 그 병원에서 태어난 아이들의 파일을 샅샅이 조사중이었다. 새로 일어날 범죄를 예방하는 것이 최우선 목표였다. 여자아이 세 명과 그들의 부모는 현재 경찰청의 보호를 받고 있었지만 르 루에의 편지가 다른 소녀에게 발송되었을 가능성도 무시할 수 없었다. 그 편지를 진지하게 받아들이지 않았던 가족들을 찾아내어 경고를 하고 보호해주어야 했다.

그들의 공통점을 찾아내야 했다. 그들을 지명하게 된 살인자의 탐욕에 대해 상세히 알아내야 했다. 머리색만으로는 충분하지 않았다. 쥐드는 피해자 소녀들 사이에 더 은밀하고 강력한 어떤 연결고리가 있을 거라고 예상하고 있었다. 그는 이 연결고리의 특징에 대해 여러 가지로 짐작이 가는 바가 있었다. 유코와 소피가 조사를 마치고 공통점들이 추려지면 하나로 모아 결론을 낼 수 있을 것이다.

그리고 사진 속의 남자가 있었다. 여전히 의문으로 남아 있는 지점이다. 어떻게 성폭행을 일삼던 비행 청소년이 죽고 나서 여러 해가 지난 후 토론토의 프랑스 고등학교 창가에서 목격될 수가 있을까? 거기에서 연쇄살인범의 타깃이 된 여자애를 감시하는 일이 어떻게 일어날 수 있을까? 드니 디에메가 그 가족에 대해 조사했다. 파트리스 카바나에게 대신 복수를 해줄 만한 형제나 조카가 있기라도 한 건가? 하지만 무슨 이유로 자기 집에서 수백 킬로미터나 떨어진 곳에서 태어난 여자아이들을 노린단 말인가? 생트 마르게리트 산부인과와는 어떤 연관성이 있단 말인가?

쥐드는 뚜렷한 목적지도 없이 발걸음을 다시 재촉했다. 자기 걸음의 속도에만 주의를 기울인 채. 질문들이 떠다녔다. 멈추지 않는 질문들. 그 질문의 답을 찾아 퍼즐의 빈 곳을 채워야 했다. 그러면 서서히 그의 눈앞에서 퍼즐이 완성될 것이었다. 아리안의 생명과 그녀와 같은 처지에 있는 아이들의 목숨이 거기에 달려 있었다.

그 아이의 목숨이 그에게 달려 있었다.

그는 안개 속을 걸어 앞으로 나아갔다. 오늘, 그리고 몇 년 전부터 해오던 일이었다.

도대체 왜 부모들은 자기 아이에게 진실을 숨겼을까? 그가 심문했던 애정 넘치는 부모들, 자기 부모를 포함해서 그들을 갉아먹은 것은 어떤 수치심이었을까? 단순히 육체적인 결함을 숨기기 위해서? 남편의 정자가 임신에 부적합하다는 게 밝혀지면 남자로서 구실을 못한다고 믿었던 걸까? 필요한 사랑과 관심을 기울이며 육아에 힘쓴 그 시간들이 생물학적 아버지라는 사실보다 밀린다고 생각한 걸까? 아니면 그 사실을 알게 된 아이들이 자신들을 거부하거나 경멸할까 봐 두려웠던 걸까? 아니면 죄책감에서. 죄책감. 그들은 모두 죄책감을 갖고 있었다. 생식불능이라는 이 결정적이고 파괴적인 단어에 대해. 생식이라는 자연의 섭리에 속임수를 썼다는 사실에 대해. 아이를 잃어버리는 최악의 고통에 직면할지라도 계속 입을 다물고 있었던 것에 대해.

쥐드는 그 이유를 이해해서가 아니라 결국 받아들일 수밖에 없었기에 그들의 죄책감을 고스란히 떠안았다. 그가 오로르의 시신을 발견한 그날 이후로.

죄책감은 계속해서 그를 따라다녔다.

살아있다는 죄책감.

거리에는 몇 명 안 되는 행인들이 고개를 숙인 채 추위에 떨며 발걸음을 재촉하고 있었다. 눈에 띄는 외모의 남자가 눈물을 흘리며 걷는 걸, 심지어 흐르는 눈물을 닦지도 않고 걷는 걸 눈여겨보는 사람은 없었다.

4부
키스

몬트리올, 3월 18일, 18시 38분

"생각을 좀 환기시킬 필요가 있어요. 가방 챙기세요. 제가 모실게요."

쥐드는 커피의 마지막 한 모금을 마신 다음 몸을 돌렸다. 지금까지 유코는 자기가 한 약속을 잘 지켰다. 그는 집 안은 물론 집 앞 정원에서도 그녀와 마주친 적이 없었다. 스튜디오마다 건물 뒤편으로 문이 따로 있었다. 울퉁불퉁하게 포석이 깔린 작은 길 하나가 길가로 나 있었다. 몇 년이 지나면서 입주자 중 몇몇은 화단을 만들거나 아이리스나 피티미니 장미나무를 심었지만, 건물의 북쪽 정면에 커다란 전나무들의 그늘이 드리워져 식물들이 잘 자라지는 못했다. 쥐드는 이 '검은 길'을 좋아하지 않았다. 부모님이 물려준 유산에다 20년 기한의 장기 융자금을 보태서 그는 이 집을 살 수 있었는데 집을 보던 당시 에글랑틴은 이 검은 길을 무척이나 좋아했다. 하지만 그는 같은 층의 다른 입주자들과 우연히라도 마주칠까 봐 이 길로 다니지 않았다.

그는 조리대에 커피잔을 올려두고 문 쪽으로 발걸음을 옮겼다. 유코가 팔짱을 낀 채 문에 기대어 서 있었다. 그녀는 청바지에 부츠 차림이었고 가슴 부위가 V자로 파인 검은색 스웨터를 입고 있었다. 머리는 느슨하게 틀어올렸다.

"납치라도 하려고요?" 쥐드는 당황스러움을 감추려고 농담을 했다.

"맞아요. 형사님은 며칠째 제자리걸음만 하고 있어요. 저도 그렇고요. 좀 돌아다니고 싶더라고요. 같이 외출하지 않을래요? 사건 얘기도 할 수 있고, 내키지 않으면 안 해도 되고요. 돼지고기 투르트와 생선수프가 나오는 관광객 전용 레스토랑에 가서 저녁 먹어요. 머리 좀 비우자고요."

그녀가 검지 두 개를 들어올리며 말을 이었다.

"방도 두 개 예약했어요. 물론 다른 의도는 전혀 없어요."

쥐드는 망설였다. 이렇게 경쾌하고 쾌활한 모습은 그가 알고 있던 유코와는 거리가 멀었다. 그녀는 뭘 원하는 거지? 다른 비밀을 캐내려고 그를 조종할 셈인가? 그가 그녀를 제대로 보았다면 그럴 수도 있다. 그럴 경우 이 제안을 받아들이면 어떤 위험이 있지? 별로 없었다.

'아니, 있고말고. 너도 알고 있잖아. 그녀와 같이 주말을 보내러 떠난다는 건 그녀에게 너한테 다가와도 된다고 말하는 거야. 그렇고말고. 그렇게 되면 끔찍한 두려움에 사로잡히게 될 거야.'

요즘 들어 점점 냉소적으로 변해가는 내면의 목소리가 그에게 속삭였다.

이층 바닥이 삐거덕거리는 소리가 여러 차례 들렸다. 쥐드는 미소를 지었다. 에글랑틴이 샤워실에서 나오는 소리였다. 파티에 초대받은 동생은 앞으로 두 시간은 머리를 꾸미고 옷을 고르느라 바쁠 것이다. 그럼 그는 전자레인지에 데운 요리로 한 끼를 때우며 혼자 시간을 보내야 할 것이다.

더 이상 그런 식으로 견디고 싶지 않았다.

그는 고개를 끄덕였다. 그리고 최대한 호의적으로 굴려고 노력하며 말했다.

"안 될 거 있나요? 오 분만 기다려줘요. 한잔 하고 있을래요?"

"아뇨. 운전할 거니까 안 돼요. 차에서 기다릴게요. 오케이?"

그녀는 엄지손가락에 낀 자동차 키의 고리를 흔들어 보이며 발걸음을 옮겼다. 현관문 닫히는 소리가 들렸다.

3월 18일, 20시 11분.

차는 고속도로를 달리고 있었다. 북동쪽 방향으로 향하기 전에 쥐드와 유코는 합의한 대로 마이크스에 들러 가볍게 저녁식사를 했다. 유코는 마늘빵을 곁들인 치킨브로콜리 파니니를 선택했고 쥐드는 피자를 시켰다. 그는 유코가 파스타를 입 안 가득 넣는 걸 재미있다는 듯 쳐다보았다.

"내가 회만 먹을 거라고 생각했죠?" 그녀가 이렇게 말했다. 공격적인 말투는 찾아볼 수 없었다.

"맞아요. 김 같은 해초와 미소시루도. 당연히 눈곱만큼 먹을 거라고 생각했어요."

"정말 판에 박힌 생각이네요."

"나도 알아요."

그는 즐거운 기분으로 키안티를 마시며 자신이 이렇게 느긋하게 앉아 있다는 사실에 새삼 놀랐다. 주위 테이블은 거의 손님으로 차 있었다. 아이를 데려온 가족, 커플들, 두툼한 조끼와 백팩을 멘 스키를 타러 가는 그룹들이 있었다. 그들은 시끄럽게 박수를 치며 떠들기도 하고 막 잠이 깬 아기를 재우려고 자장가를 부르는 등 썩 기분 좋은 분위기는 아니었다.

유코가 트루아 리비에르 방향 고속도로 출구로 나가기 위해 브레이크를 두 배로 밟으며 도로를 벗어날 때쯤 쥐드가 물었다.

"우리는 어디 가는 거죠?"

"섬으로요."

"생각을 정리하기 위한 파라다이스?"

"맞아요. 우린 별로 힘들지 않을 거예요. 그리고…… 아니에요. 더 이상 말하지 않을래요. 곧 알게 될 거예요."

저녁을 먹는 동안 둘 다 머릿속을 가득 채우고 있는 그 주제에 대해서는 한마디도 꺼내지 않았다. 보이지 않지만 조용히 그 자리에 와서 같은 테이블에 앉아 있던 세 번째 손님. 지금 쥐드는 차 뒷좌석에 그녀가 와 있는 걸 느끼고 있었다.

아리안. 그는 눈을 감고 좌석 등받이에 몸을 기댔다. 소녀의 얼굴과 자기 누나의 얼굴은 기이하게도 닮아서 종종 그의 앞에 동시에 나타나 하나로 섞이기도 했다. 밝은 색 머리카락. 장밋빛 진주. 웃음을 짓거나 슬퍼하는 짙은 색 눈. 입술을 달싹이며 그에게 이렇게 속삭였다. '쥐드, 쥐드, 날 도와줘. 날 구해줘. 이번에는 날 구해줘야 해.' 가르다란 실루엣. 향수 냄새.

향수.

그는 눈을 떴다.

그가 토론토로 아리안의 부모님을 찾아갔을 때, 그들이 가출한 딸의 방을 보여준 적이 있다. 이상할 정도로 정리가 잘 된 평범한 방. 방주인이 어떤 사람인지 크게 드러나지 않는 방이었다. 그는 벽장을 조사했고 서랍장을 하나씩 다 열어보았다. 책장에는 소설, 예술에 관한 책, 사진에 관한 책이 꽂혀 있었다. 책상 위에는 채색된 나무 상자가 하나 있었는데 그 안에는 보석 몇 개, 작은 벨벳 주머니 안에 든 유치 한 개, 니콘의 홍보용 키홀더, 그리고 작은 미니어처 향수병이 들어 있었다.

그는 향수병을 열어보지 않았다. 그는 자신의 옛 상처를 건드리는 것을 분석해보려 하지 않았다. 과거로부터 투사된 이 감각이, 너무나도 고통스러운 불안이 그로 하여금 최대한 빨리 그 집에서 나가도록 떠밀었기 때문이다. 그리고 지금, 그는 그것이 얼마나 큰 실수였는지 깨달았다.

향수. 오로르가 죽고 나서 소지품에서 발견된 향수병. 그 향기는 아리안의 방에서도 떠다니고 있었다.

똑같은 향기가.

＊＊＊

3월 19일 9시 23분, 오를레앙 섬

쥐드는 예전부터 늘 안개를 좋아했다. 유백색의 소용돌이가 서늘하고 축축하게 어루만지는 느낌이 좋았다. 그는 힘찬 걸음으로 나아갔다. 나무는 바라보지 않았다. 지나가는 길에 또 하나의 세계가 튀어나왔다. 그는 발밑에 밟히는 붉은 나뭇잎 더미와 부츠 끝에만 시선을 고정하고 있었다. 풍경에서 멀어지니 오히려 집중력이 생겼다. 깊은 생각 속으로 빠져들어갔다. 서로 다른 퍼즐 조각들을 제자리에 넣으려고 노력하면서.

향수. 에글랑틴이 자기가 보낸 음성메시지를 들었기를 간절히 바라고 있었다. 동생의 머릿속에는 집에 대해 일종의 직관적인 지도가 들어 있어 책이든 사물이든 한번 본 것은 정확한 위치를 알아내곤 했다. 에글랑틴의 상상을 뛰어넘는 시각적 기억력은 선반에 놓인 물건의 위치, 정원 깊숙이 지어진 작은 작업실에 박혀 있는 조그마한 나사못의 위치, 옷장에 색깔별, 치수별로 분류되어 쌓여 있는 셔츠 등을 모두 머릿속에 저장했다. 그녀의 시선이 잠시라도 언니 방에 있던 향수병에 머문 적이 있다면 그걸 기억해낼 것이다. 가능한 한 아리안의 부모를 만나서 두 개의 향수병을 비교해볼 필요가 있었다. 그러고 나서 그 애에게 이 향수를 선물한 것이 누구인지 알아내면 된다. 그는 유코에게 다음 날 아침부터 이 일을 맡아달라고 부탁할 생각이었다.

차에 타자 그는 드니 디에메에게 전화해서 '르 루에' 파일을 메일로 보내달라고 요청했다. 다행스럽게도 그는 태블릿을 들고 왔다.

"그런데 그 서류는 이미 외우고 있지 않아요?" 유코가 이상하다는 듯 물었다.

"다시 읽어볼 생각이에요. 그뿐이에요. 뭔가 우리가 놓치고 있는 게 있어요. 그런 느낌이 듭니다. 코앞까지 다가간 것 같긴 한데."

"지금까지 진행상황을 정리해드려요?" 유코가 열의에 넘쳐 이렇게 제안했다.

"아니요. 서운해하지 말아요. 난 혼자 수사하는 게 더 잘 돼서 그러는 거니까."

"그건 저도 이미 눈치 챘어요." 유코가 나직하게 대답했다.

규모 있는 석조 건물로 된 숙소 주변을 나무 테라스가 둘러싸고 있었고, 테라스에서 들판과 숲으로 갈 수 있는 길이 나 있었다. 쥐드는 순백의 이불이 덮여 있는 침대는 쳐다보지도 않은 채 연한 색깔의 소나무 목재로 된 책상 위에 태블릿을 올려두었다. 새벽 3시까지 그는 사건 보고서와 증언록을 일일이 다시 검토했다. 피해자 가족 구성, 직업, 이웃과의 관계 등. 소피와 아나벨이 일목요연하게 정리해둔 보고서였다. 이제부터 수많은 정보들을 배열한 다음 사건과 관련이 있는지 여부를 따져보는 일이 남아 있었다. 대부분은 아마 가치가 없는 정보들일 테지만 일일이 검토해볼 수밖에 없었다. 사소한 사항. 수수께끼의 해결은 아무도 주목하지 않은 미세한 사실을 발견함으로써 가능하다는 걸 알고 있기에.

'브라질에서 나비가 날개를 펄럭이면 지구 반대편에서는 토네이도가 생긴다지.'

그는 이런 생각을 곱씹으며 자료를 하나씩 일일이 검토했다. 나비가 날개를 펄럭이면……. 향수병……. 그는 긴장을 풀지 않고 경계태세를 유지했다.

어딘가에 있는 작은 틈 하나가 수사를 휘청거리게 만들고 있다.

수많은 불일치와 의문점이 어디로부터 생겼는가? 자신들의 노력과 옹색한 열의를 비웃으며, 고통스러운 지경으로 몰고 가는 자. 르 루에. 그는 실수하는 법이 없었다. 자기 앞의 길 위에 놓인 장애물을 가지고 노는가 하면 미끼를 무시하고 덫을 찾아내어 김빠지게 만들었다.

생트 마르게리트 산부인과를 추적하는 것도 난관에 봉착했다. 자료를 파고들어 보니 르 루에의 타깃 중 일부는 동일한 기증자로부터 정자를 받았으나 전부는 아니었다. 각기 다른 세 개의 유전자 지도가 사용되었다. 세 명의 남자. 그중 어떤 이도 살인범일 수가 없었다. 첫째 용의자는 젊어서 급격하게 암이 발병하는 바람에 사망했다. 다른 두 명은 유럽인으로 몬트리올의 맥길대학교에서 학업을 마치기 위해 왔다가 고국으로 돌아갔다.

이들로부터 정자를 기증받았던 의사들을 심문했으나 헛수고였다. 둘 중 하나는 몇 년 전에 퇴직한 상태였고, 다른 하나는 뱅쿠버에서 의사로 일하고 있었다. 두 사람 다 형사가 제시한 리스트에 있는 산모들에 대해 딱히 이상한 점을 기억하지 못했다. 의사 자크 메스트르는 몬트리올의 조용한 교외에 사냥의 전리품들과 새, 다람쥐, 족제비 등 박제한 작은 동물들의 컬렉션에 둘러싸여 살고 있었는데, 개인적인 서류들과 임신중의 변화뿐 아니라 산모들의 심리 상태, 번민과 기대, 주변과 연관된 사소한 사항까지 기록한 일종의 일지를 보여주었다. 쥐드는 꼼꼼히 그것들을 검토했으나 부부들에 대한 질투나 원한이라고 할 만한 부분은 하나도 발견하지 못했다. 도미니크 나동 팀장이 제시한 가정, 즉 어쩔 수 없이 다른 남자의 정자를 받아야 했던 어느 '아버지'가 아이의 존재만으로도 자신의 무력함과 좌절을 끊임없이 상기하게 되자 아이를 제거하기로 했다는 가정을 뒷받침할 만한 건 아무것도 없었다.

그리고 파트리스 카바나가 있었다. 피해자와 아무런 연결고리가 없지만, 이미 오래전에 죽은 그가 토론토의 프랑스 고등학교 창문 아래에서 발견되었다. 쥐드는 아리안이 찍은 사진과 흑백사진을 나란히 벽에 붙여놓았다. 교도소에서 제공한 흑백사진은 크게 확대되어 많이 흐릿했다.

얼굴은 똑같았다. 쥐드는 신경이 날카로워진 상태로 사진을 뚫어지게 쳐다보았다. 수사의 진전을 방해하고 있는 것이 있었다. 그런데 그게 뭐란 말인가? 그 남자는 나이가 들었다. 흘러간 세월을 생각하면 중년을 훌쩍 넘었을 것이다.

그런데 실제로는 너무 변화가 없었다. 달걀 모양의 얼굴은 피부가 노화된 흔적도 거의 없고 살도 거의 붙지 않았다……. 눈가와 이마에 잔주름이 깊이 패지도 않았다……. 파트리스가 살아 있다면 지금 50세쯤 되었을 텐데 이 정도로 늙지 않을 수 있단 말인가?

'만일 그가 죽어서 땅에 묻혔다면 시신을 조사하도록 요청할 수도 있다. 그 점에 대해서는 의심할 여지가 없다. 그런데 그럴 수가 없다. 화장을 해서 그의 어머니에게 유골이 보내졌으며 그녀는 오래전에 이사를 했다고 했다. 장례식을 맡았던 직원들이 이 사실을 입증할 수 있다. 그렇다면 이 사람이 파브리스 카바나가 아니라면 도대체 누구란 말인가?'

짜증이 났다. 쥐드는 의식 속에 떠오른 추억의 가장자리에 어렴풋한 기억 하나가 맴돌고 있는 걸 느꼈다. 그러나 그것이 무엇인지 포착하지도, 구체적으로 기억해내지도 못했다. 그는 파일을 덮은 다음 가족들이 제공한 사진들을 전부 다시 한 번 펼쳐놓았다. 크리스마스이브의 파티. 가지치기를 마친 정원에서 열린 피크닉. 수영장이나 공기 주입식 풀장에서 고전하고 있는 수영복 차림의 여자아이들. 어른들, 그러니까 아빠나 엄마, 할아버지, 할머니, 베이비시터나 친구들의 손을 잡고 있는 모습. 선물들이 널려 있는 사진. 유치원 파티. 마지막 사진에서는 네댓 살 정도의 어린 로만 라플랑트가 팔을 들고 피라미드 모양으로 쌓아올린 통조림깡통 위로 테니스공을 쳐낼 만반의 준비를 하고 있었다. 어린아이가 집중하는 표정이 보였다. 그녀 쪽으로 몸을 기울이고 있는 부모는 아이를 격려해주고 있었다. 사진 뒤쪽에는 다른 아이들, 그리고 웃으면서 그 장면을 바라보는 다른 어른들이 찍혀 있었다.

쥐드는 사진 앞으로 몸을 바짝 갖다 댔다. 그는 눈을 의심할 정도로 놀라운 사실을 발견했다.

그는 재킷도 버려둔 채 방을 나와 테라스로 갔다. 테라스 한쪽 끝에는 공원 쪽으로 직접 내려갈 수 있는 계단이 있었다. 거기로부터 길 하나가 숲의 중심부, 짙은 안개에 휩싸인 숲 한가운데로 나 있었다.

그는 안개 속을 뚫고 들어갔다.

그 여자아이는 처음에는 솜털 같은 안개덩어리에 갉아 먹혀 흐릿한 실루엣으로 나타났다. 꼼짝 않고 그 자리에 서서 그를 향해 얼굴을 돌렸다. 방금 전, 그는 목소리를 들은 것 같았다. 저 소녀는 누구에게 말하고 있었을까? 주변에 아무도 없었다. 쥐드는 규칙적인 발걸음으로 앞으로 나아갔다. 그는 산책중인 소녀를 겁먹게 할 생각은 전혀 없었다. 그녀는 그가 자기 쪽으로 다가오는 걸 쳐다보고 있었다. 그는 아직도 소녀의 얼굴이 구분되지 않았지만, 상대가 방어태세를 갖추고 잔뜩 긴장하고 있는 게 느껴졌다. 날카로운 통증이 그를 관통했다. 아이들이 물소리와 나무가 주는 평안을 누리며 숲속에서 홀로 고독을 즐길 권리도 없는 이 세상은 도대체 어떻게 생겨먹은 곳인가? 오로르 같은 소녀들이 매일매일 어딘가에서 살해당하는 이 세상은 도대체? 발밑에 보이는 물기를 잔뜩 머금은 나뭇잎들이 여전히 높이 쌓인 눈더미 사이에서 반짝거리며 밟을 때마다 슈우 하는 소리를 냈다. 그와 소녀 사이를 가로막은 두터운 안개 때문에 그의 시야에서 계속 상대가 사라졌다가 나타나기를 반복했다. 그녀는 옆에 블루마린색 두꺼운 스웨터를 들고 있었고 짙은 머리칼은 후드 때문에 부분적으로 가려져 있었다. 손은 긴 소매 속에 숨겨져 있었다. 그녀가 기대고 선 바위는 다갈색이 도는 노란 이끼로 뒤덮여 있어 청바지에 얼룩을 만들었다. 그러나 그녀는 까끌까끌한 바위에 딱 붙어선 채 거기에 섞이길 바라는 듯 살짝 옆으로 이동했다. 그는 그녀가 손을 들어 뺨에 붙은 머리카락을 떼어내려고 했을 때 겨우 몇 걸음 앞에 있었다. 쥐드는 신경이 곤두선 채로 의식적으로 가벼운 태도로 움직였다. 그의 태도 하나만으로 소녀가 소리 지르며 그 자리를 떠날 수도 있었고, 최대한 빠른 속도로 사라져버릴 수도 있었다.

쥐드는 소녀에게서 시선을 돌려 발걸음을 서둘러야 했을지도 모른다. 하지만 그러고 싶어도 그럴 수 없었다. 그는 창백한 달갈형 얼굴에서 시선을 떼지 못했다. 소녀의 이목구비가 조금씩 분명해졌다.

그가 머릿속에서 생각해내기 전에 입에서 먼저 말이 튀어나왔다.

"너구나……. 아리안, 바로 너였어!"

절규에 가까운 소리가 그녀에게 메아리쳤다.

오를레앙 섬, 3월 19일 8시 54분

아리안은 눈을 떴다. 두꺼운 나무덧창 틈으로 햇살이 세공한 둥근 꽃 모양으로 퍼져나가고 있었다. 그녀는 팔을 내밀어 머리맡의 전등을 켜고 베개에 뺨을 댄 채 그대로 누워 있었다. 눈꺼풀을 깜빡일 때마다 꽃 모양의 빛이 형태를 바꾸며 파닥거렸다. 태양은 이미 곳간 지붕 위로 올라갔다. 오전 9시 정도 되었을 것이다. 그런데 이상하게도 아무 소리도 들리지 않았다. 렌도 마르가도 보초를 서지 않았다는 뜻이다. 보통은 할머니들이 부엌을 바삐 움직이며 수선을 피우는 소리가 들릴 터였다. 그들은 며칠간 먹을 요리를 미리 준비해두는 걸 좋아했다. 채식주의자를 위한 라자냐, 닭튀김, 볼로네즈 소스 샐러드 등. 냄비들이 부딪치는 소리, 요리용 화덕에 장작을 집어넣을 때 나는 작은 소리들이 아리안에게는 친숙한 음악이나 다름없었다.

아리안은 이불을 걷고 자리에서 일어났다. 한기가 들었다. 온난현상이 지속되고 있음에도 불구하고 방은 서늘하게 느껴졌다. 집 근처 눈이 녹아내리면서 검게 말라버린 풀로 덮인 커다란 맨홀 뚜껑들이 드러났다. 지붕을 장식했던 고드름들이 녹으며 작아졌다. 아리안은 창문 아래에서 떨어진 물이 양철 양동이 가장자리에 부뒷쳐 퐁당거리는 소리를 들었다. 사람들은 그 양동이에 화로나 화덕의 재를 부은 다음, 여전히 텅 빈 채소밭에 뿌렸다.

아리안은 청바지를 입고 양말을 신고 두꺼운 스웨터를 걸쳤다. 아리안은 봄을 생각했다. 그리고 여름을. 바람이 비단길을 만드는 푸른색 밀밭을. 달콤한 향이 넘실거리는 꽃이 만발한 엄마의 장미나무를. 그리고 왕관에 박힌 보석처럼 반짝거리는 호수를. 샌들 아래에서 바스러지는 소리를 내는 솔방울들을. 17세기 프랑스 출신 소작인들에게 할당된 긴 띠 모양의 농로를 침수시킨 범람하는 강을 생각했다.

강. 오를레앙 섬에서 산다는 것은 강과 함께 사는 것이었다. 아침부터 저녁까지 강의 노래에 귀를 기울이고, 강의 분노와 변덕에 불안해하고, 겨울이 되어 조금씩 얼어가는 강을 바라보고, 해빙이 되는 첫 신호를 이제나저제나 기대하며 살피고, 날이 풀렸다는 징조로서 강물이 자유롭게 흘러내리길 기다리면서.

그리고 여름. 아리안은 과연 여름이 오는 걸 볼 수 있을까? 그녀는 피부를 어루만지는 차가운 물, 이글이글 타오르는 태양, 모래알갱이로 인한 두드러기를 경험할 수 있을 만큼 오래 살 수 있을까? 기차를 탈 때 따라오는 사람이 없는지 뒤를 살피지 않아도 되는 날이 올까? 부모님을 만나 포옹하고 이야기를 나누고, 그렇게 오랫동안 세 사람 사이를 가로막던 침묵을 깰 수 있는 날이 올까?

이제 열여섯 살 생일날 저녁이 되기까지는 36시간 정도밖에 남지 않았다. 하루보다 조금 긴 시간. 그녀는 거의 잠을 이루지 못했다. 눈을 뜬 채로 어둠 속에서 몇 시간이나 누워 있다가, 자기를 둘러싼 가구들과 사물들의 형태가 눈에 들어올 만큼 환해진 새벽에야 두어 시간 간신히 눈을 붙였을 뿐이다. 아리안은 어둠이 두려웠다. 그 사실을 인정하고 싶지 않았지만 어쩔 수 없이 저녁마다 이 사실과 마주했다. 한없이 깊은 암흑이 그녀를 기다리고 있다고 그녀는 생각했다. 거기에 버릇처럼 익숙해져야 할 정도로.

그녀를 둘러싸고 네 사람은 더욱 밀착해서 감시를 했다. 이제 한시도 아리안을 혼자 두지 않았다. 렌과 베스, 클라라와 마르가는 교대로 아리안의 방에서 야전침대에 누워 잠을 잤다. 아리안은 그쪽으로 시선을 던졌다. 침대는 정리되어 있었고 이불이 개어진 상태에 베개도 그 자리에 있었다. 방금 전까지 있었던 건 베스다. 군인인 아버지를 닮아서 그녀는 꼼꼼하게 정리하고 완벽하게 대칭을 이루는 걸 좋아했다. 클라라는 휘몰아치는 풍랑처럼 구겨진 시트를 둥글게 뭉쳐놓고, 렌은 매트리스 아래에 책을 놓은 것도 잊어버리는가 하면, 추위를 많이 타는 마르가는 스코틀랜드산 모포를 여기저기 떨어뜨리고 다녔다. 지금 이 순간 부엌에서 아침식사를 준비하고 있는 건 베스였다. 그녀는 설탕을 넣지 않은 커피잔에 스푼을 넣어 쓸데없이 휘저으며 창문 너머 집을 둘러싸고 있는 전나무 꼭대기를 생각에 잠긴 채 바라보고 있었다. 베스는 아리안에게 코코아를 따라주고 아리안의 빵조각에 버터를 발라주면서 쾌활하게 최근 개봉중인 영화가 어떻고, 옆집 개가 어떻고, 하늘의 색깔이 어떤지 이야기했다. 그리고 눈이 녹아서 강물이 불어났고 이제 얼음이 깨지기 시작할 거라고도 했다. 그들이 함께 공유하고 있는 강박관념에 대해선 한마디도 하지 않았다. 그녀는 그저 벽걸이 달력에서 전날 날짜에 해당하는 한 장을 찢어낸 다음 구겨서 불속으로 던지기만 했다.

아리안은 창문을 열고 습기가 배어 있는 공기를 들이마셨다. 짙은 안개가 지면으로부터 두텁게 끼어 있어 일 미터 앞도 보기가 힘들었다. 위로 올라가면서 안개가 흩어지긴 했다. 푸른 하늘이 잠시 나타났다가 사라졌다.

'날씨가 좋을 거야. 마음껏 누려야지. 넌 시간이 얼마 없어.'

아리안은 긴장했다. 몇 달 동안 라라의 존재를 느끼지 못했다. 르 루에의 다른 희생자들과 자신을 연결하는 고리가 무엇인지 알아내려고 퀘벡행 버스에 오른 뒤로 라라는 나타나지 않았다. 정상으로 돌아가는 신호로 해석될 수 있었다. 그 '정상'이란 것이 그녀의 목숨 또는 적어도 인생의 한 단면이라고 생각한다면 말이다.

미소를 지으며 아리안은 팔을 앞으로 뻗었고, 소용돌이치던 안개가 굴곡이 있는 곳에선 다소 흩어진다는 걸 알아챘다.

"왜 온 거야?" 아리안이 속삭였다.

'널 도와주러.'

'넌 나를 돕지 못해. 아무도 그럴 수 없어. 그가 날 찾아낼 거야.'

'그래.'

'그렇다면 왜……?'

'문을 통과하려면 용기가 필요하거든.'

다시 한 번 아리안은 입술을 달싹였다.

'라라, 넌 고통스러웠니? 너에 대해 아무것도 물어보질 못했어.'

'아니. 난 운이 좋았어.'

'어떻게 그런 말을 해?'

'생각해봐, 사랑하는 동생. 생각해봐.'

덤불숲으로부터 새 한 마리가 날아올랐다. 다소 불안하고 서투른 비상이었다. 지붕 위에서 날카로운 새의 울음소리가 들리더니, 더 멀리 강 쪽으로 이어진 나무가 우거진 곳을 향해 날아갔다. 나무 사이에 구불구불 좁게 난 길은 발코니보다 더 작은 만이 있는 곳까지 연결되어 있었다. 그곳에서는 생로랑 강 위를 연결하는 다리가 보였고, 더 멀리 몽모랑시 폭포가 보였다. 아리안은 이 폭포를 좋아했다. 연무가 구름처럼 낀 사이로 폭포가 쉴 새 없이 쏟아지는 걸 바라보면 마음이 편해졌다. 수백만 년 동안 물은 바위를 마모시켰고 수백만 년 동안 원시적인 힘이 환상적인 장관으로 변모해온 것이다. 남녀노소 모두 이 폭포를 바라보며 폭포가 가진 힘과 아름다움에 감탄을 금치 못했다.

아리안은 자기가 어떤 행동을 하고 있는 건지 의식하지도 못하고 창턱을 성큼 넘었다. 테라스에 발을 얹은 뒤에야 자신이 지금 양말만 신고 있다는 걸 깨달았다. 아리안은 몸을 숙여서 장작이 담긴 바구니 옆에 전날 벗어둔 고무장화를 집었다. 렌의 장화였다. 운 좋게도 그들은 치수가 같았다. 아리안은 작은 집 앞쪽에 위치한 갑문에 점퍼와 장갑을 올려놓았다. 멀리 갈 생각은 없었다. 강변에 잠시 머물며 혼자 있고 싶었다. 자신에 대한 염려와 일상적인 수다, 완곡하지만 걱정 어린 시선에서 벗어나서.

그저 생각을 정리해보고 싶었다.

아리안은 닳아서 반질반질해진 전나무 판자 위에 걸터앉아 장화를 신고 재빨리 자작나무숲을 향해 달렸다. 숲은 움직이지 않는 길고 가는 손가락을 지닌 유령처럼 안개 위로 솟아 있었다. 곧바로 아리안은 자기 발소리밖에 들리지 않는 고치 같은 숲속에 홀로 들어와 있다는 걸 깨달았다. 햇볕이 가득 내리쬐는 오솔길은 수월하게 따라갈 수 있었다. 그녀가 택한 길은 나무들 사이로 뚜렷하게 드러나 있었다. 그런데 갑자기 주변의 풍경이 변했고, 눈으로 뒤덮인 나뭇잎들이 원을 이루며 쌓여 있고 주위를 두꺼운 안개가 베일처럼 감싸고 있었다. 아리안은 백 미터 정도 앞으로 나아갔다가 방향 감각을 잃고 멈춰 섰다. 그녀는 강변 기슭까지 내려갔다가 분명 자신이 한 번도 본 적이 없는 바위를 발견했다. 바위는 균형이 맞지 않는 코에, 눈에는 거품이 잔뜩 끼어 있고 입을 크게 벌려 경고의 표시로 외치거나 뭔가를 갈망하며 울부짖는 얼굴을 연상시켰다. 선사시대나 동화에서 튀어나온 괴물 같기도 했고, 식인귀나 새벽의 첫 미명에 의해 돌로 변한 요정 같기도 했다.

아리안은 가까이 다가가서 까칠까칠한 바위 표면을 손으로 어루만졌다.

"넌 나를 힘들게 하지 않을 거야, 너는." 나직하게 그녀가 말했다.

그녀 안에 있는 이성적인 목소리가 어서 발걸음을 돌려 부엌의 온기 속으로 피하라고 속삭이고 있었다. 그녀는 지난밤에 얇게 성에가 낀 길 위에 찍혀 있는 자기 발자국을 따라 되돌아갈 수도 있었다. 혹은 안개가 걷히길 기다릴 수도 있었다.

아니면 계속 갈 수도 있었다.

아리안은 멀리서 부릉부릉 모터가 작동하는 소리를 들었다. 운하의 얼음을 깨는 쇄빙기의 발동기일 것이다. 하지만 그녀를 둘러싼 작은 숲은 침묵에 잠겨 있었다. 지구의 이 부분에서 인간이 완전히 사라졌다고, 인간과 함께 도시와 도로, 그 밖의 시끄럽고 연속적인 소란함이 전부 사라졌다고 해도 믿을 수 있을 정도였다. 아리안은 그런 침묵이 좋았다. 다정스러운 표정을 지을 필요도 없고 중요하지도 않은 이야기를 늘어놓거나 애써 미소를 지을 필요도 없었다.

그랬다. 그녀는 그곳에 잠시 머물 터였다. 오래 있지는 않을 것이다. 베스나 클라라가 9시 반에는 도착할 텐데 할머니들을 불안에 떨게 하고 싶지는 않았다. 몇 분 동안. 숨을 쉴 수 있을 만큼의 시간. 눈을 감고 잠시 자기 자신을 잊어버릴 만큼의 시간. 아마도 그리 멀지 않은 곳에서 매복하고 있는 그의 존재를 잊을 만큼의 시간. 기회가 무르익기를 그가 기다리고 있다는 사실을 잊을 만큼의 시간이면 충분했다.

렌은 정반대의 생각을 확신하고 있었다. 그녀는 큰 소리로 외치곤 했다. 그들의 계획이 통한 거라고. 시장을 보는 일이 렌의 역할이었는데 그때마다 그녀는 유쾌한 분위기 속에서 마을 아낙네들의 수다를 들었다. 조금이라도 수상쩍거나 평상시와 다른 행동을 하는 사람은 일절 보이지 않았다는 게 그들의 말이었다. 이런 계절에는 관광객들이 많지 않았다. 그들은 다리 쪽으로 차를 타고 와서 섬에서 하루를 보냈다. 조류학자 커플 두 팀이 오래된 사제관의 숙소에서 일주일을 머물렀지만 한 주 뒤 월요일에 다들 떠났다. 클라라와 베스, 마르가, 아리안은 어디를 가든 사람들 눈에 띄지 않으려고 최선을 다해 조심했다. 그런데 렌은 심지어 렌트카 대리점에 등록할 때도 서로 다른 색깔의 브랜드 자동차들을 신청해서 마을 곳곳의 주차장에 차를 주차해두었다.

"이러다간 제임스 본드가 될 것 같아." 클라라가 투덜댔다.

걷는 걸 싫어하는데 몇 킬로미터를 걷고 나서야 차를 이용할 수 있었기 때문이다.

그러나 아리안은 이 모든 것이 아무 소용이 없다는 걸 알고 있었다. 이런 밀담, 이렇게 밤을 새우고 순찰을 도는 행위들은 전부 결국 운명의 날을, 그들과 이별해야 하는 그 순간을 생각하게 만들 뿐이었다. 베스와 렌과 마르가는 운명을 애써 바꿀 수 있다고 낙관적으로 믿었다. 그리고 각자 자기 방식대로 노력하는 중이었다. 흔들리지 않는 낙관주의에 기대어 이번 가을에 로랑티드로 나들이를 가자는 둥 모두 함께 무엇을 할 건지 이야기하고, 겨울에는 오두막을 하나 빌려 캐나다의 알프스로 통하는 몽트랑블랑으로 스키를 타러 가자고 제안하기도 했다. 아리안이 자신은 스키를 타본 적이 없다고 해도, 젊은 시절 지역 대회에서 우승까지 한 베스가 가르쳐주겠다고 대답했다.

클라라만 유독 이런 대화에 끼어들지 않았다. 하루하루 그녀는 더 조용해졌고 다른 사람들이 얘기할 때에도 고개를 끄덕거리기만 했다. 그녀는 밥을 먹다가 도중에 자리를 뜬 적도 있었다. 창밖을 내다보면 성큼성큼 곳간으로 걸어가는 클라라가 보였다. 잠시 뒤 나무 그루터기를 내리찍는 도끼 소리가 메아리쳐 들려왔다.

"뭔가 에너지를 써야 하는 거야." 렌이 설명했다.

"그러고 나면 진정이 되니까." 베스가 덧붙였다.

"신경 쓰지 않아도 돼." 마르가가 결론을 내렸다.

아리안은 대답하지 않았다. 듣고만 있었다. 그리고 나무가 쪼개지더니 가지의 중심에 있는 장밋빛의 부드러운 섬유 부분이 뿌리째 뽑히고 뒤틀리는 걸 지켜봤다. 클라라의 얼굴 위로 흘러내리는 눈물이 미세한 나무톱밥 가루와 섞이는 걸 봤다.

그녀의 눈길에 깃든 슬픔도 봤다.

절망이라는 감정이 전염병처럼 전부를 무너뜨리기라도 할까 봐 클라라는 드러내지 않으려 애썼지만 아리안은 그녀가 느끼는 절망을 봤다.

그랬다. 그렇지만 네 사람은 저항하고 있었다. 용감하게. 어떤 대가를 치르더라도 이 어린 소녀를 보호해주겠다고 결심하고 애정으로 똘똘 뭉친 무리들.

아리안은 한숨을 쉬며 바위에 몸을 기댔다. 바위의 안쪽으로부터 일종의 진동이, 조용하면서도 지속적인 진동이 전달되었다. 속으로 그녀는 라라에게 말했다.

'그날…… 그러니까 내일, 내가 떠나기만 하면 모든 게 해결될 거야. 다리를 건너서 퀘벡이나 다른 어디로 가면.'

'왜? 바보 같은 짓이야.'

'아니야. 그들 중 누구도 나 때문에 죽게 하고 싶지 않아.'

'그럼 지금 바로 도망치는 게 좋겠다. 생일날에는 그녀들은 한 순간도 네 곁을 떠나지 않을 테니까.'

'그렇게 하면 그는 내가 거기 계속 있을 거라고 예상할까? 땅속에 숨어서. 두려움에 숨이 막힌 채 말이야. 무슨 소리가 들리지 않는지 귀기울이면서. 부모님이 얘기하는 걸 들은 그날 저녁, 그들은 한 소녀 이야기를 했어. 그 애는 남자친구와 함께 열여섯 살 생일날 저녁에 집을 나갔대. 르 루에는 그녀를 찾아내지 못했고. 왜냐하면 그 애는 먹잇감처럼 행동하지 않았거든.'

'정말 네가 어디 있는지 그가 알고 있다고 확신하는 거야?'

'응.'

'그렇다면, 그래, 그를 놀래 주자. 하지만 너도 반격할 준비가 되어 있어야 해.'

'누가 보면 내가 은행이라도 터는 줄 알겠다.'

가벼운 웃음이 터져나왔다. 속삭임처럼 조용히. 아까 그 외로운 새의 날갯짓은 어떤 신호였을까?

'굉장한 생각이야. 진짜 굉장해.'

'너, 너무 흥분했어.'

'절대 그렇지 않아. 내 말을 들어봐.'

그 순간, 안개 속에서 실루엣이 하나 튀어나왔다.

오를레앙 섬, 3월 19일 9시 27분

쥐드는 손바닥을 펴서 앞으로 보이게 한 채로 한 발 뒤로 물러섰다.

"진정해라. 난 네가 생각하는 그 사람이 아니야."

아리안의 비명은 멈추지 않고 이어지다가 거친 숨소리와 헐떡거림으로 변했다. 아리안은 팔꿈치와 불끈 쥔 주먹으로 바위를 마구 쳤다. 근육은 긴장되었고, 고개는 어깨 쪽으로 움츠러들었고, 눈은 미친 것처럼 뒤집혔다.

"난 널 결코 해치려는 게 아니야."

아리안은 새된 웃음을 터뜨리며 소리쳤다.

"그 사람도 그렇게 말할 거예요!"

"나도 알아. 그가 어떤 방식으로 행동하는지 안다. 난 경찰이야, 아리안."

쥐드는 흥분해서 청바지 뒷주머니를 뒤졌다. 제발 지갑을 방에 벗어둔 재킷에 넣어두지 않았기를……. 있다. 그는 지갑을 꺼내어 펼쳐서 팔을 뻗어 경찰 신분증을 보여주었다. 여전히 거리를 유지한 채로.

"보이지? 쥐드 보부아르 형사. 퀘벡 경찰청 소속. 나동 팀장 팀에서 일하면서 몇 년 동안 르 루에의 살인사건을 수사중이야. 넌 틀림없이 그의 이름을 알고 있을 거야. 도서관에서 자료들을 봤으니까."

"그걸 당신이 어떻게 알아요?"

아리안의 쉰 목소리가 툭툭 끊어져 들렸다. 하지만 이제 소리치는 건 멈춘 상태였다. 천천히 뺨에 혈색이 돌아오고 있었다.

"내 동생이 너에게 말을 걸었다고 알려줬거든. 적갈색 머리의 여자. 기억나니? 이름은 에글랑틴이야."

"내가 누구인지 그녀가 어떻게 알았죠?"

"그 애는 몰랐어. 하지만 네가 그 사건을 조사하고 있어서 관심을 가질 수밖에 없었지. 우리 누나 오로르가 놈의 첫 번째 희생자였으니까. 오로르 보부아르. 그 이름이 뭘 말하는지 분명히 알고 있을 거야. 자, 보렴."

지갑에서 그는 작은 사진을 꺼내어 그녀 쪽으로 내밀었다.

"우리 누나야."

아리안은 눈을 깜빡거렸다.

"네."

그러고 나서 그녀는 여전히 두려움과 경계심에서 나오는 강경한 태도로 덧붙였다.

"그런데 아무나 그 사진을 가지고 있을 수 있죠."

"네 말이 맞아. 나한테 달리 증명할 게 없구나, 아리안."

아리안은 눈살을 찌푸린 채 그를 뚫어지게 쳐다보았다. 그리고 천천히 말을 이었다.

"보부아르 형사님. 당신이 심문했죠, 클……."

아리안은 말을 꺼냈다가 뒤늦게 실수였다는 걸 깨닫고 입술을 깨물었다. 쥐드가 감정이 실리지 않은 어조로 그녀의 말을 이었다.

"클라라. 카발로스 교수 말이지. 사실이다. 하지만 한 번은 믿어 주렴, 내가 실수하지 않았다는 걸."

"클라라는 아무 짓도 하지 않았어요! 그녀를 내버려두세요!"

"그녀를 괴롭힐 생각은 전혀 없었어. 그녀는 너를 도와준 거야, 그렇지? 나도 그래. 널 돕고 싶어."

"경찰은 다른 아이들을 구하지 못했어요. 그런데 어째서 나는 다를 거라고 생각하는 거죠?"

"널 보호해줄 수 있어. 아무도 접근할 수 없는 장소에 널 숨겨줄 거야. 나와 함께 가자, 아리안. 지금. 내가 있는 호텔이 여기에서 멀지 않아. 내 여자 동료도 있고. 우리가 널 몬트리올로 데려다줄 거고……."

"싫어요!"

그녀는 고개를 흔들었다. 그러고 나서 자기 자신에게 하는 말인 것처럼 중얼거렸다.

"그들은, 그가 나를 발견한 거라고 생각할 거예요."

"누구? 클라라 카발로스?"

"당신하곤 상관없어요."

아리안은 계속 바위에 기댄 채로 옆으로 미끄러지듯 옮겨갔다. 허공에서 바로 몇 센티미터 떨어진 아주 좁은 절벽 위로 난 길로 가려는 것 같았다. 그녀의 소매가 돌의 튀어나온 부분에 걸리는 바람에 그걸 빼려고 팔을 급히 휘둘렀다. 털실 몇 가닥이 끊어졌다.

아리안이 또박또박 말했다.

"잘 들어요. 난 떠날 거예요. 날 따라오지 마세요. 움직이기만 해봐요. 그럼 지금 당장 처음 보이는 농장으로 달려가 당신이 나를 강간하려 했다고 말할 거예요. 당신이 이 지역 경찰에게 사정 설명을 하는 사이에 나는 멀리 달아나 있을 거예요. 그렇게 되면 나는 사람들 눈에 띄게 되겠죠. 그렇게 되길 바라는 건 아니죠?"

"아니야. 하지만…… 아리안, 이성적으로 생각해보렴."

"이성적으로? 무슨 말인지도 모르고 되는 대로 말하시네요. 우리 부모님은 이성적으로 행동했어요. 그들은 당신들 말을 들었고 현명하게 잘 숨어 있었죠. 그런데 다른 아이들의 부모님들은? 그들 역시 무슨 소리는 들리지 않는지, 지나가는 행인들을 뚫어지게 쳐다보고 두려움에 시달리며 몇 년을 보냈겠죠. 그 모든 게 다 무엇을 위해서였죠? 르 루에는 결국 그들을 찾아냈잖아요. 항상 그들을 찾아냈어요. 나는, 그가 나를 찾으러 오는 걸 기다리지 않을 거예요. 혼자서 해결할 거예요. 내 말 알아들었어요? 혼-자-서!"

쥐드는 그녀를 진정시키려고 애썼다.

"알았다, 잘 알아들었어. 네가 원하는 대로 할게. 대신 나한테 한 가지는 약속해줘야 해……."

"아무 약속도 안 할 거예요."

"그러고 싶으면 그러고."

그는 지갑에서 신분증을 꺼내어 가장 가까운 나뭇가지 사이에 끼워두었다.

"나한테 전화해라. 위험한 것 같은 느낌이 들면 전화해줘."

그녀는 황급히 손을 내밀어 신분증을 잡은 뒤 손으로 꽉 쥐었다. 그녀의 눈에는 반항심과 두려움, 그리고 일종의 놀란 기색이 동시에 드러났다.

"움직이지 마요. 내가 어디로 가는지 알려고 애쓰지도 마세요." 아리안이 명령하듯 소리쳤다.

쥐드는 커튼처럼 안개가 짙게 드리워진 강 쪽을 가리키며 말했다.

"이런 안개 속에서는 그렇게 하기 힘들 거다."

"다행이네요."

아리안은 마지막으로 그를 향해 시선을 돌렸다. 그가 자기를 잡기라도 할까 봐 집중해서 그에게 시선을 고정하고 있었다. 하지만 이내 몸을 돌려 도망쳤다. 거의 소리도 내지 않고.

순식간에 푸르스름한 안개가 그녀를 집어삼켰다. 마치 환영이었던 것처럼. 꿈을 꾸고 난 것처럼.

* * *

오를레앙 섬, 3월 19일 10시 14분

"당신 진짜 미쳤군요. 아니면 무책임한 거든지. 아니면 둘 다든지."

유코는 목소리를 높이지도 않았다. 그녀는 두 조각으로 자른 머핀에 정성스럽게 버터를 바르면서도 눈만은 날이 선 칼처럼 날카롭게 그를 쏘아보고 있었다. 쥐드는 핀이나 못에 박힌 듯 따끔거리는 느낌이었다.

'라벨이 붙은 채로 무대에 진열된 컬렉션용 벌레가 된 기분이군. 라벨 제목은 무능력한 경찰.' 쥐드는 속으로 생각했다.

"달리 방법이 없었소." 그가 변명했다.

"물론 그랬겠죠. 그 애를 붙들 수도 있었는데. 나한테 전화를 할 수도 있었잖아요."

그는 꽃무늬가 그려진 식탁보 쪽으로 시선을 내리깐 채 칼을 만지작거렸다.

"그게 수중에 없어서, 내 핸드……."

그녀는 여전히 나직한 목소리로 말했다.

"브라보. 아주 완벽하군요. '난 혼자서 더 일을 잘해서…….'라고 했죠. 지금 장난하는 거예요, 형사님? 그게 그저 선택에 관한 거라고 다들 믿길 바라는 거냐고요? 당신은 팀에 속해서 같이 일할 능력이 없는 거예요. 소통이 불가능한 사람이라고요. 지금 당장 나동 팀장님께 전화해서 이번 사건에서 당신을 제외시켜달라고 할 거예요. 당신의 경찰직을 빼앗을 수 있다면 그렇게 할 거예요. 당신이 있어야 할 자리는 먼지 쌓인 책들이 가득한 도서관이에요. 아무도 읽지 않는 대학의 바보 같은 논문들을 써내는 것. 당신은 정말 나를 실망시켰어요. 그 누구보다도 더."

그녀는 말을 하면서 점점 더 격분했다. 종업원이 그들의 자리로 커피포트를 들고 다가오자 유코는 손짓을 해서 돌려보냈다.

"당신이 어떤 제도적 혜택을 누렸는지 내가 모를 거라고 생각해요? 불쌍한 어린 쥐드! 누이가 살해당했어! 그러니까 우리는 이 불행한 소년을 범죄 현장에서 떨어뜨려놓아야 해. 거기에 대한 트라우마가 있을 테니까. 당신은 죽은 소녀들의 사진만 보았죠. 아버지 같은 나동이 당신을 위한 모든 더러운 일들을 대신해주었을 테고. 당신 뇌가 지닌 가능성의 절반을 박탈했다는 의미죠. 원래는 더 잘 돌아갔을 뇌를 말이에요. 그걸 인정할 수밖에 없군요. 팀장도, 아니 당신도 이런 결과를 아주 잘 예상하지 않았나요?"

"무슨 말을 하고 싶은 거요?" 그가 감정이 실리지 않은 목소리로 물었다.

"당신은 그 사실을 아주 잘 알고 있었다고요."

그녀가 커피잔을 조심스럽게 테이블 위에 내려놓고 그에게로 몸을 기울였다.

"당신 때문에 얼마나 많은 소녀들이 죽었는지."

* * *

오를레앙 섬, 3월 19일, 11시 12분

안개가 걷히고 있었다. 햇살이 구름을 뚫고 강 위에 내려앉아 녹기 시작한 살얼음을 황금빛으로 물들였다. 살얼음에 금이 가더니 심지를 따라 붙는 불씨처럼 순식간에 별 모양으로 균열이 생겼다. 레이스 모양의 금들은 다른 쪽 연안까지 조금씩 확대되고 있었다. 운하 위에 거대한 얼음덩어리들이 춤을 추고 있었다. 바람이 불어 아직 헐벗은 나무 꼭대기를 흔들었고 날카로운 얼음조각들이 강변 도로 위로 후드득 떨어졌다.

작은 숲 뒤에 숨어 있는 듯 주차된 렌터카의 반짝거리는 차체에는 아직도 광택을 낸 흔적이 남아 있었다. 얼음조각들이 쇳소리를 내며 자동차 지붕에 맞아 튀어올랐다. 자동차 안에 있던 르 루에는 천천히 쌍안경의 중앙 톱니부분을 돌렸다. 숙소를 둘러싼 산책용 회랑의 모습이 또렷이 눈에 들어왔다. 실루엣이 하나 나타났다. 흰 모직 재킷에 청바지를 입은 젊은 여자의 실루엣. 그녀는 여행가방을 메고 손에는 작은 손가방을 들고 있었다. 집 안에 있는 사람에게 뭐라고 말하려고 몸을 돌리더니, 눈에 띄게 초조한 태도로 머리를 흔든 다음 나무 계단을 급히 내려갔다.

쌍안경은 열려 있는 프랑스창 쪽을 향하고 있었다. 몇 분이 흐른 뒤 한 남자가 시야에 잡혔다. 그 역시 가방을 메고 있었는데 문짝을 밀어 문을 닫기 위해 발치에 가방을 내려놓았다. 그는 잠깐

부동자세로 서서 어깨를 으쓱하더니 역시 호텔 투숙객들을 위한 주차장 쪽으로 향했다. 늘어선 나무들에 가려져 그들은 잘 보이지 않았다.

르 루에는 노래를 흥얼거렸다. 노래 후렴처럼 단순하게 반복되는 곡조였다. 우리 쥐드 씨. 사람들은 그가 난관을 극복해내리라고 철석같이 믿었을 것이다. 세상에, 그런데 그는 작정이라도 한 것처럼 그들의 기대를 배신했다. 그의 여자 동료에게도 마찬가지였다. 함께 오를레앙 섬에 머무르고 있었으니 흥미로운 증인을 목격했다는 말을 꺼내는 건 어렵지 않았을 텐데. 숲속 통나무집 안내소에서 신호를 보내는 것만으로도 충분했을 텐데. 물론 익명으로. 호출이 장난전화로 받아들여질 위험도 있었으나 그럴 가능성은 적었다. 유코 오카다는 그에게 반했을 뿐 아니라 자신만만한 성향의 여자였기 때문이다. 쥐드의 멋진 외모, 남들과 다른 관점, 그 모든 것들이 분명 그녀를 매혹시켰을 것이다. 그녀는 쥐드가 형사라는 직업의 특성상 갖게 된 고도의 경계심을 어느새 망각하고 있었다. 그러나 르 루에는 유코가 자기 동료에게 이런 말을 결코 하지 않으리라는 걸 알고 있었다. 그녀는 그를 놀라게 하고 그의 경탄을 불러일으키고 그의 마음을 사로잡고 싶은 것이다…….

그녀가 후회할 날도 멀지 않았다. 물론 당장은 아니다. 그녀가 스스로 게임을 이끌고 있다는 착각에 계속 빠져 있기를! 나동 팀장이 패배해서 수치스러워하는 광경을 지켜보는 것보다 더 흥미로운 일도 없을 것이다.

네 명의 여자들은 건드리지 않을 것이다. 그녀들은 르 루에의 관심 대상이 아니었다. 요컨대 그녀들은 게임을 흥미롭게 만드는 요소에 지나지 않았다. 그들을 멀리해야 했다. 경찰의 도움으로 이것 역시 곧 해결될 것이다.

하지만 아리안의 죽음이 피날레를 장식할 것이다.

퀘벡, 3월 19일 15시 54분

"이 사진을 보시죠. 이걸 보세요."

쥐드는 도미니크 나동의 위협적인 표정은 무시하기로 마음먹은 것처럼 보였다. 그가 팀장을 향해 태블릿을 건네고 화면 왼쪽 한 지점을 가리켰다.

"보이네. 그래서?"

위압적인 어조였다.

"그 사진을 이 사진과 비교해보십시오."

쥐드는 책상 위에 파트리스 카바나의 사진, 그리고 고등학교 창문에서 아리안이 찍은 사진을 올려두었다. 나동 팀장은 사진들을 힐끔 건성으로 쳐다보았다.

"여자 하나, 남자 하나. 둘 다 갈색머리군. 그래서?"

"잘 살펴보세요."

도미니크 나동은 어깨를 으쓱했다.

"가족 같은 분위기가 나는군."

"그 이상입니다. 잠시만 기다리세요."

쥐드가 자리에서 일어났으나 유코의 행동이 더 빨랐다. 그녀는 태블릿에 뭔가를 입력하더니 인쇄모드를 작동시켰다. 그리고 파트리스 카바나의 사진을 손가락 사이에 들고서 두 개의 유리문 사이에 놓인 프린터 쪽으로 향했다. 유리문이 열린 순간 밀폐된 사무실 안으로 웅성거리는 소리가 들려왔다. 창 뒤편에서 다른 경찰들이 그들에게 시선도 주지 않고 업무에 열중하고 있었다. 각자 자기가 맡은 급한 일들이 있었다. 도미니크 나동이 지휘하는 작전을 위해 형사들이 모두 동원되었다. 그는 전권을 가지고 있었지만, 르 루에가 결국 경찰의 수사망에 걸려들 것이라는 믿음 하에 퀘벡 경찰청에 불어온 열기는 곧바로 수그러들고 말았다. 그 유명한 팀장은 큰 체구가 거의 잠겨 보이지도 않을 만큼 안락의자에 무기력하게 푹 파묻혀 앉아 있었다. 그는 전화통화를 하거나 팀에게 지시할 때도 건조한 목소리에 제스처도 없이 말했다. 이따금 두통으로 고생하거나 지긋지긋한 숙취에서 깨려고 노력하는 것처럼 이마에 두툼한 손을 갖다 대곤 했다.

연수생들조차 그를 쳐다보지도 않으려고 조심했다. 그것이 아마 그가 바라는 것이리라. 실내장식의 일부처럼 이목을 끌지 않고 집중할 수 있는 시간.

"여기 있습니다."

유코가 A4 사이즈로 확대된 사진 세 장을 들고 왔다. 그녀는 도미니크 나동 앞에 그것들을 펼쳐놓았다.

"쥐드 형사가 맞았습니다. 이번에는요. 똑같은 얼굴이에요. 동일한 사람. 정확합니다." 그녀가 약간 쉰 목소리로 말했다.

팀장은 눈살을 찌푸리며 고개를 숙이더니, 어린 로만 라플랑트의 사진을 들여다보았다. 그리고 그녀 뒤로 유치원 안뜰에 모인 어른들을 찍은 다소 흐릿한 부분을 엄지손가락으로 짚었다.

“이 여자가 도대체 누구지?”

“사진 상으로 보면 어딘가로 가고 있네요. 몸이 향한 방향을 보면 그래요. 누군가 그녀를 불러서 그쪽으로 고개를 돌렸어요.” 소피 생 로랑이 말했다.

“아마도 사진에 찍히고 싶지 않았던 모양이죠.” 쥐드가 덧붙였다.

얇은 원피스에 흰 가죽끈이 달린 샌들을 신은 여자는, 입가에 함박 미소를 띠고 로만을 격려해주는 남자의 어깨 뒤로 살짝 모습이 보였다. 그녀의 땋은 갈색 머리는 팔 아래까지 구불거리며 흘러내렸다. 그녀는 손을 들어 얼굴을 가리려 했다. 손가락이 그녀의 턱을 살짝 가렸는데 길고 가는 손가락에는 아무 반지도 끼고 있지 않았다.

“로만의 부모에게 즉시 전화해보겠습니다. 이건 절대 우연의 일치가 아닙니다.” 유코가 중얼거렸다.

“사진을 복사해서 다른 부모들에게도 보내. 아리안의 부모에게도.” 도미니크 나동은 눈을 들지도 않고 이렇게 답했다.

“그래서 아리안은 어떻게 되었습니까?” 소피 생 로랑이 물었다.

“드니와 아나벨이 현장에 있어. 그들은 그 섬을 샅샅이 조사할 걸세. 자네도 그쪽에 합류하게, 소피. 그 아이를 찾아. 찾아서 데려와. 그 애를 안전하게 데리고 있어야 해. 그게 가장 시급한 일이야. 우리에겐 몇 시간밖에 없네. 자네에 대해서는…….”

팀장이 갑자기 쥐드 쪽으로 몸을 돌리는 바람에 앉아 있던 의자의 용수철이 삐거덕거리는 소리가 났다.

“……자네를 이번 사건에서 제외시키겠네. 직위박탈일세. 지금 당장. 내가 미리 말했었지. 여러 차례. 자네는 혼자 일탈 행동을 했어. 자네에 대해 악감정은 없어. 이번 사건의 해결을 위해 결정적인 단서를 찾으려고 그런 거겠지. 하지만 자네는 사건을 객관적으로, 중립적으로 대하는 게 불가능해. 오늘 아침 자네의 행동이 그걸 입증하지. 그래서 나는 최대한 악영향이 없도록 처리하려 하네. 이해하겠나?”

쥐드는 한마디도 대꾸할 수 없어 고개를 끄덕였다. 도미니크 나동이 그에게 손을 내밀었다.

“권총을 반납하게.”

권총 케이스도 쥐드에게 무거워 보였다. 그의 손가락이 천천히 펼쳐지더니 잠시 긴장을 하며 망설였다. 팀장의 손을 꽉 잡아야 하나? 친밀하게 손바닥을 부딪쳐야 하나? 아니면 가볍게 스쳐야 하나? 그는 잠시 자기 손을 뚫어지게 쳐다보았다. 비어 있고 펴져 있는 무장 해제된 손. 낯선 이방인의 손.

그는 발걸음을 돌려 방에서 나갔다.

* * *

오를레앙 섬, 3월 19일, 17시 54분

아리안은 숨을 헐떡이며 제방 위에 무릎을 꿇고 주저앉았다. 주변에는 강물에 쓸려온 쓰레기 사이로 나뭇조각들이 흩어져 있었다. 그중 축축한 모래 속에 일부가 파묻힌 나뭇조각은 세이렌과 같은 형태를 하고 있었다. 우아하게 말고 있는 긴 꼬리, 까탈스러운 고양이 같은 콧방울. 그녀는 그걸 잡고 눈앞까지 올렸다.

"날 보호해줘." 아리안은 이렇게 속삭였다.

아까 그 작은 집의 부엌에서 식사를 마치고 설거지를 할 때 차의 엔진소리가 들렸었다. 베스와 클라라는 생트 마르게리트 병원 기밀서류에 접근 가능한 비서에게 접근해서 합리적인 액수를 제시하자는 이야기를 하고 있었다.

"난 생트 카트린의 레바논 레스토랑에 그녀를 세 번 초대했어, 지루해 죽을 것 같은 컨퍼런스에도 그녀를 따라 세 번이나 참석했고. 그렇게 해서 알게 된 결론이 현찰이면 오케이라는 거라니!" 베스가 불평을 쏟아놓았다.

"그녀가 얼마를 원했어?" 클라라가 물었다.

"그게 문제야. 솔직하게 얘기를 안 하더라고. 아양을 떨면서 우회적으로 말하는데, 그런 착한 척하는 유형의 여자는 진짜 끔찍해!"

갑자기 아리안의 손에서 행주가 떨어졌다. 조용하면서도 가볍게 사각으로 접힌 흰 행주가 닳은 타일 위에 채 닿기도 전에 경첩

이 삐걱거리며 헛간 문이 부서졌다. 아리안은 달려갔다.

숲으로 가야 했다.

섬을 둘러싼 길 쪽으로.

다리가 있는 곳. 덫에서 벗어날 수 있는 유일한 출구. 그곳에서는 히치하이킹을 할 수도 있을 것이다.

아리안은 나무로 뒤덮인 곳에 들어서자마자 속도를 늦춰 커브길로 접어들었다. 길을 따라가니 장작을 준비하는 헛간 뒤편이 나왔다. 거기에서 그녀는 작은 집 쪽을 바라보는 시선을 발견하고 그 자리에 얼어붙었다. 한 남자와 여자가 금속광택이 나는 회색 소형차에서 내리고 있었다. 둘 다 사복 차림이었다. 남자는 거구의 몸집에 검은 피부였고 여자는 약간 통통하고 짧은 금발머리였다. 아까 강가에서 마주친 경찰은 보이지 않았다. 그러나 아리안은 그들이 경찰이라는 걸 알아차릴 수 있었다. 주위를 탐색하고 고개로 신호를 주고받으며 소리를 죽인 채 낮은 층계 쪽으로 향하는 태도를 보면 알 수 있었다.

'클라라와 베스가 그들을 지체하게 만들겠지. 나에게 시간을 좀 벌어줄 거야.'

아리안은 발밑에서 나뭇가지가 밟히는 소리가 나지 않도록 조심하면서 달리기 시작했다. 십 분 넘게 강의 제방을 따라가던 그녀는 잠시 멈춰 호흡을 가다듬었다. 그러고 나서 서쪽으로 향하는 옆길로 빠졌다. 숲이 환해지더니 느릅나무, 단풍나무, 헐벗은 나무들의 행렬 사이로 최근에 벌목을 한 흔적들, 그루터기와 널빤지 등이 널려 있는 게 보였다. 하지만 아직 하얗게 눈으로 덮인 잡목들이 빽빽하게 들어차 있어 시야가 완전히 트이지는 않았다.

작은 도랑을 하나 건넌 뒤 아리안은 고개를 들고 잠시 그대로 있었다.

조금 떨어진 도로에 차가 주차되어 있었다. 나뭇가지 사이로는 도로의 극히 일부, 커브 부분밖에 보이지 않았다.

아리안은 조심스럽게 몸을 낮췄다. 아무도 보이지 않았다. 차문은 열려 있었고 계기판 위에 놓인 자동차 키가 보였다.

아빠의 목소리가 마치 지금 그녀 옆에 있는 것처럼 또렷하게 머릿속에서 울렸다.

'침착하게 해, 아리안. 핸들에 너무 매달리지 마. 제발, 브레이크를 무턱대고 밟지 말고! 차는 민감하단다. 예민해. 그러니까 운전할 때는…… 두 손가락과 발가락으로 하듯이. 알겠지?'

아빠의 그 말에 두 사람은 동시에 웃음을 터뜨렸었다. 지난여름, 위니페그 북부 어딘가에서 있었던 일이다. 호숫가 근처의 외딴 집에서 3주를 보냈다. 숲을 가로질러 수많은 길이 나 있었고, 파트릭은 딸에게 운전을 가르쳐주기로 마음먹었다. 지루함을 견디다 못한 아이가 그 근방을 구경하겠다며 밖으로 나갈까 봐 걱정이 되었기 때문이다. 아리안이 활동할 수 있는 구역은 정해져 있었다. 목소리가 안 들릴 정도로 멀리 가면 안 되고 창문에서 볼 때

부모님의 시야 안에 있어야 했다. 처음으로 아리안은 항의했다.

"난 아기가 아니라고요! 도대체 뭘 두려워하는 거예요? 내가 매력 넘치는 회색곰이라도 만나서 돌연변이를 낳기라도 할까 봐?"

아리안은 아빠의 미소, 눈은 웃지 않는 억지스러운 그 미소를 또 보게 되었다. 파트릭의 눈은 언제나 궁지에 몰린 사람, 쫓기는 사람의 눈이었다.

"제대로 맞혔구나, 얘야. 아빠가 진짜 웃기지?"

그는 딸의 뺨을 어루만졌다. 아리안은 아빠가 눈물을 참고 있는 걸 깨닫고 깜짝 놀랐다.

"곧 설명해줄게, 아리안."

"곧? 그게 언제예요?"

"아주 곧. 조금만 기다리렴."

아리안은 정신을 바짝 차리고 안개를 헤치며 앞으로 나아갔다. 온갖 소음이 들려왔지만 전혀 신경 쓰지 않았다. 잘 휘는 가지에 앉은 새의 지저귐, 멀리서 들려오는 차들이 지나가는 소리, 그리고 아리안 자신의 숨소리까지. 신발 아래 이끼가 밟히며 부드럽게 따닥따닥 소리가 나기도 했다.

아리안은 몸을 낮추고 차가 있는 곳으로 돌아가서 운전석에 몰래 올라탔다. 새 차에 가까운 렌터카였다. 검은색 가죽 손가방이 뒷좌석에 둘둘 말린 모포와 함께 놓여 있었다. 아리안은 슬며시 차문을 닫고 차키를 돌렸다. 곧 시동 걸리는 소리가 들렸다.

'좋아. 이제 심호흡을 하고 거기로 가면 되는 거야.'

조수석에서 아리안은 챙이 달린 검정 모자와 스카프를 발견했다. 아리안은 스카프는 목에 두르고, 머리카락을 끌어모아 높게 포니테일로 묶은 다음 모자를 써서 고정시켰다. 백미러로 고개를 들어보니 두려움에 가득 찬 자기의 시선이 보였다. 어떻게 해서든 표정을 바꿔야 했다. 입꼬리를 올리고 눈썹을 쳐지게 만들었다. 두려움보다는 오만한 표정이 나을 것이다. 두려움에 떨고 있다가는 꼭 실수를 한다.

이제 실수를 해서는 안 되었다.

다리 근처에는 차들이 많아 혼잡했다. 아리안은 액셀에서 발을 떼면서 느리게 앞서 가는 사륜구동차를 따라갔다. 히터를 최대한으로 올렸지만 식은땀이 등을 타고 흘러내렸다. 다행스럽게도 '빌려온' 차는 오토매틱 방식이었다. 아리안은 기어를 바꾸려고 신경 쓰지 않아도 됐다. 그녀는 도로에서 별 말썽 없이 핸들을 돌리고 적정 속도를 유지하며 여유로운 태도를 잃지 않으려 노력했다.

"손가락 두 개와 발가락으로 하듯이. 손가락 두 개와 발가락." 이를 악물고 이 말을 계속 반복했다.

아리안을 뒤따라오며 "도둑이야!"라고 외치는 사람은 없었다. 그녀는 모피를 껴입은 실루엣을 볼 거라고 생각했으나 렌터카 운전자는 나타나지 않았다.

"그 사람이 나 때문에 불편을 겪지 않으면 좋겠는데. 아마 나중에 가서……." 아리안이 큰소리로 말했다.

그때 라라의 목소리가 들렸다.

'오, 그만, 착한 성녀 아리안은 그만 둬. 제대로 좀 할 수 없어? 다리 초입에 진치고 있는 경찰들이나 신경 쓰라고.'

아리안은 있는 힘을 다해 핸들을 꽉 잡고 앞유리창 쪽으로 몸을 숙였다. 제복 차림의 경찰관 둘이 흰색과 푸른색의 소형트럭 근처에 서서 차들이 지나가는 걸 지켜보고 있었다. 키가 작은 쪽은 차에 탄 사람들을 유심히 살펴보고 다른 사람은 번호판을 보고 있었다.

'그들은 널 찾고 있다고. 창문 내려.'

'왜?'

'내 말대로 해. 그들은 자기들이 찾는 아이가 스스로 운전을 할 거라는 생각은 못할 테니까. 팔을 내밀어서 그들에게 인사를 하라고.'

'미쳤어? 그랬다가는 바로 눈에 띄게 될 거야!'

'정반대야. 자! 손을 흔들어줘. 미소도 활짝 짓고. 더 잘할 수 있지? 노력해봐.'

아리안은 입가에 미소를 지은 채 라라의 명령에 가까운 목소리에 따랐다. 첫 번째 경관이 그에게 인사를 보냈고 다른 한 명은 성가시다는 태도로 어깨를 으쓱하며 다리 쪽을 가리켰다.

"어서 가세요, 아가씨!"

아리안은 고개를 끄덕이고 나서 신중하게 액셀을 밟았다. 그녀 뒤로 스테이션왜건이 갓길에 차를 대는 게 보였다. 아리안은 그 차에서 체격 좋은 여자가 내리는 걸 보았다. 그녀는 열네 살쯤 되어 보이는 금발의 소녀를 데리고 있었다. 경찰들이 그들을 둘러쌌다.

'앞을 봐야지.'

그때 빗방울이 후드득 앞유리창을 때리기 시작했다. 도시가 안개에서 벗어나고 있었다.

퀘벡, 3월 19일 18시 20분

쥐드는 뒤프랭 테라스를 따라 한 방향으로 걷다가 이내 방향을 틀었다. 두꺼운 옷을 입은 관광객 몇 사람이 샤토 프롱트낙 앞에서 사진을 찍고 있었다. 그들이 쓴 색색의 우산들이 줄무늬 모양으로 빗물이 고이는 돌바닥 위에서 활기차게 움직이며 반점을 만들어내고 있었다. 야외 음악당 근처에는 삯마차가 한 대 대기중이었다. 가죽 눈가리개를 한 말이 고개를 숙인 채 졸고 있었다. 노점상의 손에 들린 풍선다발은 끈에 매달린 채 사로잡힌 새처럼 가볍게 흔들리고 있었다. 방금 부모가 사준 풍선을 놓쳐버린 아이가 하늘을 바라보며 달려갔다. 노란 풍선이 강 쪽으로 빠른 속도로 날아가자 아이는 멈춰 서서 실망감에 찢어지는 듯 소리를 질렀고 이내 울음을 터뜨리고 말았다.

쥐드 역시 풍선이 날아간 쪽을 눈으로 쫓고 있었다. 그날 오후에는 길게 금이 간 얼음덩어리 위로 구름을 비집고 나온 햇살이 내려앉았다. 절벽 위의 어퍼타운은 평화가 감돌고 있었지만, 서서히 압력을 받은 생로랑 강의 얼음판은 갑작스럽게 큰소리를 내며 우지끈 내려앉기도 하고, 피시식 소리를 내며 일시적으로 눈보라를 일으키기도 했다. 반짝거리는 강물이 점점 불어나 여기저기서 수정으로 된 감옥을 깨고 나왔고, 깨진 얼음덩어리들은 잠시 빙빙 돌다가 기슭에 부딪치며 다시 느리게 회전을 계속했다.

쥐드는 자기 내부에서도 이와 같은 해빙이, 이러지도 저러지도 못하는 상태가 벌어지는 걸 느꼈다. 여러 이미지들이 의식을 덮쳐오더니 서로 떨어지며 떠다니다가 포개지기도 하고 흩어지기도 했다. 부엌 탁자 앞에 앉아 수업 노트를 펼쳐놓고 타르틴을 베어 문 에글랑틴. 퇴직 후 부쩍 얼굴이 지치고 늙어버린 제복 차림의 아버지는 수심과 고통으로 인한 주름이 상처처럼 그의 이마에 새겨져 있었다. 그리고 두려움에 헐떡이며 바위에 기대어 서 있던 아리안. 권총을 달라며 손을 내밀던 나동 팀장. 유령기차에서 어깨까지 머리카락을 늘어뜨리고 있던 오로르 누나. 가는 팔과 망아지처럼 긴 다리, 그녀의 미소와 목소리.

'날 따라와, 쥐드. 여긴 위험하지 않아.'

"아, 그래. 누나. 내가 그걸 알았다면. 내가 알기만 했어도……."
그가 나직하게 내뱉었다.

여자 하나가 그와 거의 발맞춰 걷다가 고개를 돌려 호기심에 가득 찬 표정으로 그를 쳐다보았다. 그도 그녀에게 시선을 돌렸다. 그녀가 거북한 표정으로 눈을 내리깔았다.

르 루에. 그가 코앞에 와 있었다. 쥐드는 그의 존재를 느낄 수 있었다. 얼굴 없는 적이 오랫동안 자신을 가리고 있던 베일을 천천히 벗고 있었다. 그 여자는 파트리스 카바나와 꼭 닮지 않았는가……. 파트리스 카바나 본인일까? 죽음의 왕국에서 살아서 돌아온 것인가?

아니면 가짜로 죽음을 꾸며내거나 가장한 것인가? 누구와 공모해서? 가족 중에 이를 눈감아준 의사나 경찰이 있는 걸까? 그렇다면 화장되거나 매장된 건 누구의 시신인가? 오열하는 어머니, 할머니, 친구와 이웃 친지들의 조의는 어떻게 된 걸까?

경찰청의 각 전담반에서는 수사가 계속 진행중이었다. 쥐드를 제외시킨 채. 가슴속 깊은 곳에서 그는 초조함과 좌절감이 부글거리는 걸 느꼈다. 그들은 지금 자기가 모르는 어떤 사실을 알아냈을까?

원래대로라면 그는 몬트리올로 돌아갔어야 했다. 하지만 아리안이 여기 있었다. 그는 그 아이를 보호해주고 싶었다. 세상의 온갖 악으로부터 지켜주고 싶었다. 오로르처럼.

오로르를 위해.

갑자기 돌풍이 풍선다발 위로 휘몰아치더니 남아 있던 마지막 행인들마저 쫓아버렸다. 삯마차의 마부가 말에 올라타서 채찍으로 말의 목을 후려쳤다. 말이 무거운 걸음을 내딛었다. "너무 느려, 너무 느려." 포장도로 위를 달리는 말발굽 소리에 맞춰 그가 이렇게 말했다. 날씨가 잿빛으로 흐려지고 있었다.

무기력에 빠져 있던 쥐드는 청바지 뒷주머니에서 살짝 진동이 울리자 정신이 번쩍 들었다. 에글랑틴이었다. 그녀가 빠르게 말을 꺼냈다. 쥐드가 한 번도 들어본 적이 없는 하이톤 목소리로.

"오빠."

"그래."

"아직 퀘벡이야?"

"나도 어딘지 잘 모르겠다. 부분적으로는 거기야."

저쪽에서 웃음이 터져나왔다가 금방 그쳤다.

"오빠의 어떤 부분이? 귀는 아직 거기 있으면 좋겠네. 잘 들어봐. 오빠가 말한 향수…… 오로르 언니의 향수 말이야. 그거 찾았어."

"그래서?"

"결국 찾아냈다고. 다락방을 말도 못하게 뒤진 끝에. 뚜껑은 없었고. 그래서 향은 남아 있지 않았어."

"그건 중요하지 않아. 평범한 향수병이야, 아니면 조향사가 만든 향수? 내 말은……."

"무슨 말인지 알아. 원래 잉크나 물감이 들어 있었던 병이 분명해. 라벨에 글자가 적혀 있고. 필체는 알 수 없어. 어린애들이 한 것처럼 글자들을 붙여 만들었거든."

쥐드는 눈을 감았다.

"그래서 라벨에 뭐라고……."

그가 속삭였다. 마음을 비운 상태였다. 아니면 확신에 찬 느낌일지도 모른다.

"거기에는 '영원한 사랑의 묘약'이라고 쓰여 있어. 내 기억으로는 그건 선물……. 제기랄! 이름을 잊었네……. 오로르 언니가 처음 다닌 유치원 선생님이 준 선물이었어. 내가 태어나기도 전에. 나한테 언니가 한번 보여주었거든."

쥐드의 기억력은 그를 배신하지 않았다. 그는 감정을 억누르면서 쉰 목소리로 물었다.

"향수병은 만지지 않았지?"

"난 바보가 아니에요, 오라버니. 장갑 끼고 만졌어. 그게 뭐든 지워지지 않도록."

"새 비닐봉지 안에 넣은 다음 그걸……."

"이미 알고 있어. 나동 팀장님한테, 바로."

"셀린에게 물어봐. 내가 그에게 전화를 해둘게. 그녀라면 연락을 받을 거야. 에글랑틴?"

"응?"

"내 생각에 놈을 잡은 것 같아."

* * *

퀘벡, 3월 19일, 20시 05분

아리안이 대머리 쥐라고 불렀던 그 역시 퀘벡을 어슬렁거리고 있었다. 강을 따라서. 어퍼타운의 구시가지 골목길 사이를. 그는 생트푸아 길 근처로 올라가서 생드바타유 공원을 가로질러갔다.

나뭇가지 위에서 바닥으로 타닥타닥 떨어지는 비를 피하려고 하지도 않았다. 그의 신발은 너무 얇은 소재로 만들어져 녹은 눈이 새어들었다. 흠뻑 젖은 그는 캅디아망 절벽 근처에서 정지한 다음, 김이 서린 안경을 벗어 셔츠 자락으로 닦아냈다. 그는 긴 코를 실룩거렸고, 목은 잔뜩 긴장한 채로 좌우를 돌아보았다. 마치 지평선을 찾으려는 것 같았다.

그는 시계를 쳐다보았다. 그의 인생에서 가장 중요한 약속까지 아직 15분이 남아 있었다.

악마가 계획대로 일하고 있음을 그는 알고 있었다. 도서관에서 그 아이, 그 소녀, 빛이 나던 아이, 막내였던 그 아이를 본 뒤 그는 깨달았다. 자매들 가운데에서도 그 아이의 이미지가 머릿속을 떠나지 않았다. 겨우내 그는 자신을 갉아먹은 두려움과 수치심, 죄책감에 떨며 숨어 있었다. 그는 많은 걸 폭로할 수 있었다. 그가 본 그대로를. 그가 추측한 그대로를. 아무도 대머리 쥐에게 관심을 가지지 않았다. 그가 다가가도 비밀을 숨기지 않았다. 그는 비굴한 그림자, 기계보다는 나을지언정 인간보다는 못한 비굴한 노예에 지나지 않았다. 그는 그동안 내내 그림자 속에 숨은 채 수많은 자료들을 모으고, 검증하고, 확인했다.

그가 수집한 것들의 의미를 전부 파악할 수는 없었으나 그는 쥐구멍으로부터 빠져나올 만큼은 알게 되었다. 뒤지고, 몰래 감시하고, 가장 높은 울타리에 올라가 망을 보고, 어떤 자동차들의 주행

거리를 알아내고, 어느 집 근처를 왕래하는 사람들을 관찰하며 기록했다. 병원에서 가장 가까운 카페로 옛 동료들을 불러내 질문을 던지고, 심지어 오래된 파일들을 읽어보기도 했다. 그는 시트와 병원복을 보관하는 방의 열쇠를 아직 가지고 있었다. 이것은 그만의 비밀이었다. 문이 열리게 만드는 '열려라 참깨' 같은 마법의 주문이었다. 그가 가진 아주 미약한 권력의 일부였다.

그것은 그를 다른 남자로 만들었다. 떨지 않고 권력을 행사하도록, 정당한 복수를 감행하도록.

아리안의 메모

퀘벡, 3월 19일, 20시 40분.

자동차의 글러브박스에서 노트를 하나 발견했다. 푸른색 표지의 스프링노트였다. 아무것도 적히지 않은 새 노트, 볼펜과 묵직한 안정감이 느껴지는 만년필도 있었다. 그걸 보자마자 '신중히 말하다'라는 표현이 떠올랐다. 정확히 상황에 맞는 말이다. 느리게 글을 써본다. 조금 어려웠다. 특별히 쓸 말은 없었지만 종이 위에 아무 말이나 써내려가니 좀 진정이 된다.

내일, 아니 몇 시간 뒤면 내 생일이다. 아마 내 인생의 마지막 날이 될 것이다. 나를 보호해주려 했던 모든 사람들로부터 나는 도망쳤다. 나 때문에 죽게 만들기는 싫었다. 나는 부모님을 사랑하고 클라라와 마르가, 베스와 렌 할머니를 사랑한다. 그리고 마치 나를 이해한다는 듯이 나를 놓아준 그 이상한 경찰에 대해서도 따뜻한 애정을 느꼈다. 깜깜한 밤의 장막에 둘러싸여 혼자 있는 지금 그의 얼굴이 떠오른다. 그의 눈도. 아주 멋진 눈이다. 해피엔딩으로 끝나는 동화 속 매력적인 왕자님이 될 만한 그런 눈.

하지만 나는 동화를 믿지 않는다, 사랑의 힘도 믿지 않는다. 그보다 강력한 것이 증오의 힘인 것 같다.

르 루에가 내 앞에 나타나면, 그는 분명 날 찾아올 텐데, 그때 나는 그에게 요구할 것이다. 왜 그가 이런 짓을 했는지 설명해달라고 할 것이다. 이유도 모르고 죽음을 맞고 싶지는 않으니까.

나는 공원 끝에 있는 이름 모를 나무 아래 주차했다. 차 지붕 위로 가지가 늘어져서 피난처 같은 기분이 들어서였다. 날씨는 그다지 춥지 않았다. 어깨에 모포를 둘렀다. 모포에는 향수 냄새가 배어 있었다. 내가 맡아본 적이 있는 향이었다. 기분이 편안해졌다.

21시

아리안은 뒷좌석으로 팔을 내밀어 검정 가죽 손가방을 집었다. 가방은 가벼웠다.

'렌터카 계약서 같은 게 들어 있겠지. 훔친 차라도 좀 알아두는 게 좋을 거야.' 아리안은 생각했다.

그녀는 실내등을 켜고 가방을 열었다. 바로 근처에서는 차 안이 보일 수도 있는 상황이었지만 개의치 않았다. 아리안은 일종의 마비 상태에 빠졌다. 처음부터 그녀는 나쁜 선택지를 골라왔다. 자신이 살짝만 움직여도 일이 잘못되어버린다는 것도 모른 채 거미줄에 걸린 파리처럼 펄떡거렸던 것이다. 그녀는 태어날 때부터 자기 뒤를 쫓아온 보이지 않는 약탈자에게 끊임없이 신호를 보낸 격이었다.

손가방에는 달랑 종이 한 장이 들어 있었다. 상단에 샤토 프롱트낙 호텔의 주소와 이름이 찍힌 편지지였다. 그녀는 손가락으로 그걸 집어들었다.

'아침에 만난 그 경찰과 함께 있는 편이 좋았을 텐데. 그는 나를 도와주려 했는데. 왜 그 사람 말을 안 들었을까? 내가 원한 건……. 나도 이제 모르겠어. 너무 피곤하고…… 지쳐버렸어.'

호텔 예약증이었다. 날짜는 오늘 저녁이었다.

'그 경찰이 너를 도와줘? 웃기지 마! 그는 널 미끼로 이용하려고 했어. 넌 말뚝에 묶인 채 정글로 나온 어린 양이나 마찬가지라고! 양의 울음소리는 주위를 배회하는 호랑이들의 주의를 끌지. 결국 양은 뼈만 남을 뿐이야. 그런 이야기라고. 사냥꾼들은 호랑이한테만 관심을 갖는 거야. 움직여, 아리안. 너의 최고의 친구는 너야. 그리고 나. 하지만 나는 중요하지 않을 수도 있어.'

'닥쳐! 닥치라고. 네 말은 더 이상 안 들을 거야. 이제 안 들을 거라고. 꺼져버려, 라라!'

646호실. 예약자 이름은 아리안 프뤼당.

들고 있던 종이가 덜덜 떨렸다. 쓰여 있는 글자가 겹쳐 보일 정도였다. 아리안은 잘못 읽었나 해서 종이에 눈을 가까이 댔다. 진짜 그 이름이었다. 종이를 뒤로 돌려보니 포스트잇이 한 장 붙어 있었다. 그녀는 거기에서 엄마의 필체를 알아보았다.

최대한 빨리 이리로 와서 만나자꾸나.
절대, 다른 사람한테 알리면 안 된단다.
엄마가

아리안은 손가락 끝으로 이 세 줄의 글자를 짚어나갔다. 입술이 달싹거리며 단어 하나를 나직하게 뱉어냈다.
"엄마."

그녀는 언제 그 사실을 알았을까? 계단에 첫 발을 내디뎠을 때? 호텔로 들어가는 거대한 유리 회전문을 통과했을 때? 반짝거리는 물방울이 후광처럼 맺힌 여러 개의 거울에 반사된 자신의 실루엣을 봤을 때? 아니면, 잠시 후 고개를 들고 경계를 늦추지 않은 눈으로 조그만 탑이 솟아 있는 지붕 쪽을, 밤에도 환하게 조명이 켜진 채 열려 있는 수십 개의 창문을 바라보았을 때?

예약사항을 확인한 호텔 직원은 젊은 금발의 남자로 네 개의 핀으로 제복을 팽팽하게 고정한 차림이었다. 아리안은 적어도 그에게 646호실에 자기보다 먼저 올라간 사람이 누구인지만이라도 물어봤어야 했다. 하지만 그가 건네는 마그네틱카드만 받아들었을 뿐이다.

"마지막 층입니다. 이 호텔에서 전망이 가장 좋은 방이죠. 진짜 운이 좋군요."

그 말이 메아리처럼 울렸다. 몬트리올 거리에서 마주쳤던 낯선 여자가 한 말이었다. "진짜 운이 좋았구나."

"네. 저도 알아요." 아리안이 대답했다.

아리안은 로비 반대편 끝에 멀찌감치 떨어져 있는 승강기로 향했다. 대리석으로 된 복도가 끝도 없이 계속되는 느낌이었다. 아리안은 마음을 바꿔 왼쪽 방향으로, 두꺼운 빨간색 양탄자가 깔린 계단 쪽으로 향했다. 한 손으로 난간을 붙잡고 천천히 계단을 올라갔다. 왁스칠이 된 나무 난간은 휘어 있었다. 전등이 환하게 불을 밝히고 있었다. 층계참마다 쿠션이 놓인 긴 의자가 있었지만 사람들이 앉았던 흔적은 없었다. 문은 닫혀 있었다. 영업이 끝난 식당들에서 작은 소음이 들려왔다. 그릇 부딪치는 소리, 웅성거리다가 간간이 웃기도 하는 사람들의 목소리.

생생한 활기가 있었다. 바로 옆, 그곳에. 그녀의 발치에. 그리고 더 올라가면 무엇이 기다리고 있을까?

천천히, 아주 천천히 올라갔다. 한 걸음 한 걸음이 중요했다. 한 발 내디딜수록 더 편해졌다. 수개월. 지난 수개월 동안 지속되어 온 시간들. 가출 후 몸을 숨기고, 무슨 일이 일어날까 상황을 예측하고 예견하고 그러면서도 두려움에 떨었던 시간들.

잠들지 못하고 지새운 지난 수개월 간의 밤들.

사나운 맹수처럼 점점 더 무시무시해진 지난 수개월 간의 두려움. 아무것에도 익숙해질 수 없었던 그 시간들!

이제 다 끝났다. 아리안은 심호흡을 한다. 이제 마음이 가벼워진 느낌이다. 맨 위층에 도착하면 그녀는 마음껏 숨을 쉴 수 있고 평화를 누릴 수 있을 것 같았다. 아리안의 기억들은 하나씩 떨어져나가고 있었다. 식사 시간, 놀이와 파티, 논쟁, 흥분, 좋은 평가와 나쁜 평가들, 선물들, 슬픔과 반항, 사랑하는 얼굴들, 앨범에 모은 사진들, 모아두었지만 어느새 잃어버리고 만 수집물들, 가져오면 금방 말라버린 소량의 실험약품들.

그녀는 지금 혼자다. 구불구불 계속 이어진 계단을 올라가는 동안 완벽하게 혼자다. 그 계단은 어느새 긴 복도로 이어지고 거기에도 똑같은 진홍색 양탄자가 깔려 있어 발소리를 묻어버린다.

노란색 네모난 종이 위에 적힌 건 분명 엄마의 필체였다. 하지만 그곳, 복도가 끝나는 곳 마지막 문 저편에서 그녀를 기다리고 있는 사람은 엄마가 아닐 것이다.

그녀는 알고 있다. 이런 확신이 어디서 나온 것인지 알 수 없지만.

문 앞에서 그녀는 멈춰 서서 문을 두드리려고 손을 든다.

그럴 필요도 없다.

그녀를 기다리고 있지 않겠는가?

카드를 넣는다. 찰카닥. 문손잡이를 돌린다.

천천히 문이 열리고 어두운 방이 모습을 드러낸다.

퀘벡, 3월 20일, 3시 12분

"마리자 카바나."

도미니크 나동은 술을 마신 사람처럼 힘에 겨운 무거운 말투로 말을 시작했다. 누가 보면 술에 취해 쓰러져 사무실 의자에서 뒹굴었다 해도 믿을 정도로 바지의 엉덩이 부분이 불룩 튀어나와 있었고 눈에는 핏발이 섰고 꾀죄죄한 얼굴에는 수염이 무성했다. 그의 주위에는 빈 커피잔들이 쌓여 있었는데 구겨지거나 발 아래 나뒹굴고 있는 것도 있었다. 탁자 위도 엉망이었다. 바닥에도 잔뜩 널려 있었다. 그의 주위로 드니, 아나벨, 유코, 소피가 눈을 부릅뜨고 서 있었다. 드니는 입가에 부자연스러운 미소를 띤 채 반복적으로 빰을 부비고 있었다. 소피는 머리카락을 만지작거리고 있었다. 아나벨은 구겨진 스커트 자락의 무릎 부분을 매끄럽게 펴고 있었다. 유코만 유일하게 방금 욕실에서 나온 것처럼 단정하고 깔끔해 보였지만, 주름진 양미간에 여러 차례 손을 갖다 대고 있었다.

유리 칸막이벽 반대편에서는 경찰관들이 침묵을 지키고 피곤에 찌든 행색으로 대기하고 있었다. 일제히 같은 곳을 쳐다보고 있었다.

벽 위를. 벽에 붙은 얼굴을. 똑같은 얼굴 하나에 시선이 고정되어 있었다.

팀장이 다시 입을 열었다.

"마리자 카바나. 마리 데르방, 루이자 안나 칼슨, 외제니 나르델리라는 이름으로도 알려져 있지. 아리안의 부모가 1년간 그녀를 베이비시터로 고용한 적이 있고, 로만의 부모는 2년간, 엘자 푸르망의 부모는 8개월간 고용했다고 한다. 베아트리스와 나타샤의 집에서는 그녀를 모른다고 대답했고. 조사 결과 어린 오로르 보부아르가 다니던 유치원에서 마리자 카바나라는 이름으로 교사로 일했다고 한다. 여섯 명 중 네 명의 소녀와 그녀는 연관이 있었던 거다. 쥐드의 여동생이 보내온 향수병과 아리안의 방에서 발견된 향수병을 조사하면 이러한 연관성이 증명될 것으로 보인다. 마리자는 자기가 돌보던 소녀들에게 그 향수를 줬다. 범죄 현장에서 발견된 향수와 똑같은 건지는 확인이 필요하다."

나동 팀장은 일어나지도 않고 게시판이 있는 곳으로 의자를 밀고 갔다. 의자의 바퀴와 그의 발까지 다섯 개의 바퀴가 요란스럽게 끼익거렸다. 팔걸이를 잡고 있던 손을 떼고 그는 각 사진들을 다시 검토한 다음 중앙에 있던 사진을 손가락으로 가리켰다. 건물 정면의 칠이 벗겨진, 노르스름한 푸른색 덧창 달린 작은 집 앞에 세 사람이 서서 찍은 사진이었다. 팀장이 설명을 이어갔다.

"파트리스, 그의 쌍둥이 여동생 마리자, 그리고 그들의 어머니인 알마. 세 사람 다 판박이처럼 닮았지."

소피 생 로랑이 덧붙였다.

"남녀 쌍둥이인 경우라도 흔히 있는 일이죠."

"난 이들이 닮았다는 말을 하려는 게 아니네. 어머니 쪽을 보라고. 세상에, 자네들은 전부 눈에 뭐라도 씐 건가!"

이번에는 아나벨이 사진에 코가 닿을 정도로 바짝 다가갔다.

"아리안." 그녀가 중얼거렸다.

"맞아. 그리고 나머지 다른 소녀들도."

알마 카바나는 자녀들의 손을 잡아끌고 있었다. 살짝 앞으로 몸을 기울인 그녀의 얼굴에는 미소라곤 찾아볼 수 없었다. 그녀는 원망스러운 표정으로 사진에는 찍히지 않은 사진사를 쳐다보고 있었다. 그녀 뒤로 블라우스 차림의 더 나이든 여자의 흐릿한 이미지가 찍혀 있었다. 도미니크 나동은 광택이 도는 사진을 검지로 두드렸다.

"그들의 할머니가 어린 마리자와 파트리스를 길렀지. 엄마인 알마는 사진 속 태도에서 보이듯이 양육에 전혀 관심이 없었지. 뭐 놀랄 일도 아니지. 쌍둥이를 낳았을 때 그녀는 아직 어린애에 불과했으니까. 열여섯 살이었네. 이걸 주목해야 해. 사진 속 나이는 스물셋이나 스물넷으로 보이네만. 이제 아리안이 곧 그 나이, 열여섯 살이 될 걸세. 이 소녀들 중 누구에게라도 일어날 수 있는 일이지. 머리색이 같고 외모도 윤곽도 비슷하지."

그는 한숨을 쉬고 이야기를 이어갔다.

"그녀를 설득하는 일이 무척 힘들었네. 특히 전화로 이야기했기 때문에. 그녀는 자기 아들의 죽음이 경찰 탓이라고 생각하고 있어. 딸과는 지금 전혀 만나지 않고 있지. 뒤늦게 죄책감을 느끼고 있더군. 뭐 통상적인 일이지. 그녀는 나한테 한바탕 욕설을 퍼부었지만 결국 입을 열도록 유도심문을 할 수 있었네."

그가 거칠게 의자를 회전시킨 바람에 의자 용수철에서 다시 한 번 끼익거리는 소리가 났다.

"그녀 말로는 파트리스는 정자를 제공한 뒤 죽었다는 거야. 사설 클리닉에서. 그는 당시에 성인이 아니었고 돈 몇 푼 벌기 위해 그걸 팔았던 것으로 보이네. 당시는 인공수정이 막 시작된 시기였지. 그래서 법적으로는 적어도 합법적이었네. 어쨌든 그걸 더 길게 얘기할 건 없고."

팀장은 말을 잠시 멈췄다가 다시 이어갔다.

"자네들도 알다시피, 동일한 기증자의 정자로 태어난 아이들이 같은 지역에 사는 걸 방지하기 위해 정자 제공센터에서는 세 번째 인공수정부터는 그 표본들을 각기 다른 지역으로 떨어뜨려놓게 되어 있네."

"파트리스의 경우도 그래서 생트 마르게리트 산부인과에서 발견된 거군요." 드니가 결론지었다.

"그런데 잠재적으로 같은 유전자를 가진 아이들 리스트를 어떻게 알 수 있었을까요?" 소피가 물었다.

"마리자 카바나는 생트 마르게리트 산부인과에서 일했어요. 어시스턴트로요. 간호사 공부를 시작하긴 했지만 시험에는 떨어졌어요." 유코가 대답했다.

유코는 손에 들고 있던 파일 묶음을 살펴보며 덧붙여 말했다.

"마리자는 몇 달 간 전화응대 업무를 했다가 나중에는 서류정리 작업도 했어요……. 그다음은 말 안 해도 아시겠죠."

침묵이 흐르더니 무거운 대기 시간이 이어졌다. 도미니크 나동은 계속 사진을 쳐다보고 있었다. 너무 유사한 두 개의 얼굴. 마리자의 갈색 땋은 머리, 파트리스의 구릿빛에 가까운 곱슬머리. 그들의 빈약한 어깨는 똑같은 줄무늬 폴로셔츠에 가려져 있었다. 카메라를 주시하는 소년의 푸른 눈, 눈부신 미소, 쌍둥이 오빠 쪽을 보고 있는 소녀의 더 진한 빛깔의 눈.

"그녀는 지옥 같은 인생을 살았던 것 같군." 그가 나직한 목소리로 말한 뒤 고개를 돌렸다.

아나벨은 깜짝 놀란 표정을 지었다. 반박하기 위해 그녀가 입을 떼려 하자 얼른 팀장이 질문을 던졌다.

"코멘트는 나중에 하게. 자네들이 섬에서 데려온 여자 둘은 지금 어디 있지?"

드니 디에메가 고갯짓으로 옆방으로 연결된 문을 가리켰다.

"바로 옆 취조실에 있습니다."

"그녀들은 어린애가 어디 갔는지 진짜 모르는 건가?"

"네. 그들도 알고 싶어했습니다. 무척 불안해하더군요."

"그녀들만 그런 게 아니지."

"제가 다시 말해보겠습니다. 무슨 일이 있어도 아리안을 찾아야 한다고요. 몇 시간 후면 너무 늦는다고."

"그 여자의 행방 역시 알아내야 합니다." 아나벨이 이를 꽉 물고 내뱉었다.

팀장이 자리에서 일어났다. 푹 꺼져 있던 사무용 의자가 비스듬히 올라왔다가 그가 발로 밀자 주저앉았다.

"아리안과 마리자는 같은 장소에 있을 거야. 제시간에 도착하길 빌자고." 팀장이 말했다.

* * *

퀘벡, 3월 20일, 5시 53분

남자는 벤치까지 오느라 거의 초인적인 몸부림을 친 게 분명했다. 핏자국이 오솔길의 갈색 바닥에 어지럽게 떨어져 있는 것으로 보아 알 수 있었다. 총에 맞은 개처럼 눈을 감고 누운 채로 그는 배를 잡고 천천히 헐떡이고 있었다. 안경이 코를 따라 흘러내려서 한쪽 다리만 위태롭게 걸려 있었다. 쥐드가 그의 곁에 무릎을 꿇고 앉아 맥을 짚자, 그는 눈을 깜빡거리며 몸을 조금 떨었다.

"움직이지 마세요. 구급차를 부를 테니." 쥐드가 말했다.

그는 한 손으로 구급차 번호를 누르고 있었다. 그러나 부상을 당한 남자는 그의 팔을 힘껏 붙잡았다.

“소용없소. 끝났어……. 나는 끝났소. 바로 그녀가…… 그녀를…… 해야 해. 마지막 날…… 말해줘…… 경찰에게…….”

쥐드는 깜짝 놀랐다. 그가 남자의 얼굴에 자기 얼굴을 갖다 대고 물었다.

“경찰 누구를 말하는 거요?”

“몬트리올의 그 젊은 경찰…… 생트 마르게리트 병원……에 갔던…… 그에게 말해야 해…….”

그가 심한 발작을 일으키며 몸을 떨었다.

“난 죽을 거요. 난…… 이제. 그 아이, 소녀. 오늘 저녁이요. 난 알고 있소. 르 루에는 항상 살인을…… 저녁마다.”

눈물 두 방울이 그의 뒤틀린 턱까지 흘러내렸다.

“내 주머니를…… 보시오.”

쥐드는 피가 배어든 주머니 안에 손을 넣었다. 접힌 종이가 잡혔다. 축축했다.

대머리 쥐가 마지막 남은 힘을 다 쥐어짜서 작은 소리로 말했다.

“주소요. 그가 그들을 데려가는 곳. 거기로 데려가서…… 오늘 밤. 난 그들을 보았소. 그들을 따라가려 했는데……. 그러고 싶었는데……. 나를 막아서……. 나는 원했…….”

그의 머리가 딱딱한 나무 바닥 위로 떨어졌다. 그의 뒤틀린 얼굴을 앞으로 돌렸을 때 안경알 너머로 빛이 스치는 게 보였다.

* * *

퀘벡 근교, 6시 07분

그녀는 떨고 있었다. 바깥보다 더 추웠다. 춥고 깜깜했다. 동굴 속일까? 계단을 내려왔었나? 기억이 나지 않았다. 호텔로 들어가서 진홍색 양탄자가 깔린 계단을 올라갔고…… 그런 다음 모든 게 혼란스러워졌다. 그녀는 뭔가를 마셨다. 입술이 커피잔이나 유리컵 끝에 닿는 느낌이 났다. 테두리가 두꺼운 잔이었다. 미지근한 액체의 달콤한 맛. 메스꺼운 맛을 감추려는 듯 너무 달았다. 그 이후 그녀는 자기 몸이 어딘가로 옮겨지는 걸 느꼈지만 마치 유체이탈을 한 것처럼 자신이 육체로부터 분리된 듯한 기묘한 감각에 사로잡혔다. 영혼이 여기저기로 떠다니고 있었다. 그 섬에, 숲 한가운데에. 영혼은 이끼로 뒤덮인 바위 주위를 돌았다. 폭포로 뛰어들어 하나의 물방울이 되었다가, 빛을 받아 몽롱한 가운데 무로 변해가는 여정 속에 들어가 있는 것 같았다.

그리고 지금에 이르렀다. 꿈을 꾸었던 걸까? 아리안은 집중해 보았지만, 과거와 현재가 섞이고 이미지들이 바구 뒤섞였다. 검은색 비단 망토, 그녀의 열을 내려준 부드러운 손, 베이비시터의 흥얼거리는 듯한 목소리, 익숙한 향기, 목소리가 뭐라고 했지?

"그녀는 네 아이야."

그리고 이어지는 말.

"너무 늦으면 안 돼."

퀘벡, 7시 01분

일렬로 늘어선 책상들은 어슴푸레한 회색 빛 속에 잠겨 있었다. 소파에 웅크리고 누운 나동 팀장은 요란하게 코를 골고 있었다. 그는 부하들에게 "한 시간이야. 한 시간 있다 나를 깨워주게. 정확히 한 시간 뒤에."라고 부탁하고 잠든 터였다. 셔츠 자락이 구겨진 조끼 사이로 삐져나와 있었다. 블라인드로 가려진 창유리 너머 안쪽에서 그의 팀원들이 일하고 있었다. 스탠드가 탁자 위에 직사광선을 둥글게 쏘며 구겨진 종이뭉치와 볼펜, 키보드 모퉁이, 반달 모양의 이 자국이 나 있는 먹다 만 샌드위치를 비추고 있었다.

"젠장, 이렇게 진전이 없는 상태라니, 끔찍하군!"

유코가 수화기를 턱과 어깨 사이에 끼고서 드니 디에메를 나무랐다.

"좀 작게 소리칠 수 없어요? 통화 내용이 안 들리잖아요."

그리고 통화를 하던 상대에게 이렇게 덧붙였다.

"네, 부인. 그렇게 적었습니다. 감사합니다."

그녀는 수화기를 내린 뒤 살짝 찡그리며 목을 문질렀다.

"마리자 카바나는 적어도 4년 전에 지구상에서 증발한 것 같아요. 그녀의 최근 주소를 갖고 있지만 아무런 수확도 없을 것 같아

걱정이네요."

"진짜 사람 괴롭히는군." 아나벨이 책상다리를 하고 앉아서 입에 연필을 문 채 말했다.

"내 말이! 내가 하나 알려줄까? 오늘 저녁 그 여자애가 죽을 거라고. 그리고 우리는 영원히 끝나지 않을 사건 때문에 죽도록 계속 일해야 할 거야!" 드니가 폭발했다.

"형사님을 위해 한마디 할까요? 전 진짜 죽도록 일한다는 느낌은 안 드는데요. 24시간 전부터 한숨도 못 잤지만요!" 유코가 반발하듯 말했다.

"쥐드를 내쫓은 건 바보 같은 짓이었어. 고양이 손이라도 빌릴 판에. 그는 우리 팀에 꼭 필요한 사람이었다고. 자네가 그 자리에 있었다 해도 그 애를 막지 못했을 거야. 안 그런가, 유코 경사?"

"진짜 사람 괴롭히는군." 아나벨이 똑같은 말을 반복했다.

마침 들어오던 소피가 손에 명단을 들고 끼어들었다.

"싸우지들 마세요. 다른 이름들을 확보했어요. 생트 마르게리트 병원에서 태어난 다른 여자아이들이에요. 그들의 부모는 편지를 받았다고 알린 적이 없어요. 린 로슈포르, 마리 클레망, 뤼시 질, 라라 로셰트, 오딜 라프랑스, 가엘 쿠르트망슈. 르 루에는 아마 이 소녀들의 집에서도 베이비시터로 일했을 거예요."

유코가 눈살을 찌푸렸다.

"라라 로셰트? 뭔가 있는 것 같아요. 그 애는 몇 개월 전에 조사한 청소년 실종자 명단에 없었던 것 같아요. 제가 전 부임지에서 이동하기 직전에 조사했거든요. 확인해볼게요."

"오케이. 하지만 내가 말한 그대로일 거야. 여자애들이 한둘이어야지. 유코 경사는 지치지도 않아?" 아나벨이 중얼거렸다.

아나벨은 무릎을 세워 두 팔로 감싸안으며 말했다.

"제 생각에, 초반에 우리는 그가 아이들을 선택했다고 보고 접근했죠. 특히 여자아이들의 신체적 특징을 보고. 그런데 지금 보니 희생자들은 전부 같은 유전자를 갖고 있는 걸로 확인되었어요. 서로 다른 세 개의 신분으로 등록되었음에도 불구하고 말이죠. 우리는 병원에서 출산한 엄마 쪽 기록들을 면밀히 조사했어요. 남자아이가 하나도 없어요. 단 한 명도! 마지막까지 살아남은 아이들은 전부 하나같이 딸로 태어났어요. 전 이해가 전혀 안 되는데요. 이게 가능한 일이라고 보세요?"

"남자아이들만 낳는 부부도 있으니, 뭐 여자애들도 그럴 수 있지요." 소피가 말했다.

"부부인 경우엔 그렇죠. 하지만…… 어머니는 다 다르잖아요! 진짜 말도 안 되는 우연인데……."

"잠깐, 잠깐만. 경사 말이 맞아! 제대로 찾은 거야! 그 등록장부가 어디 있지?" 드니가 소리쳤다.

"여기 복사본이 하나 있어요." 유코가 가리켰다.

그녀는 푸른색 대형 봉투를 열고 복사된 서류 쪽으로 몸을 숙였다. 몇몇 이름에는 따로 표시가 되어 있었다. 그녀는 재빨리 하나하나 넘기다가 그 중 하나를 꺼내 유심히 살펴본 후 다시 넘기고 살펴보기를 되풀이했다. 유코가 고개를 들었을 때 두 눈이 빛나고 있었다.

"새를 잡아먹기 직전의 코브라 같군. 자, 어서 말해봐. 애태우지 말고!" 드니가 말했다.

"아나벨 말이 맞아요. 파트리스 카바나의 정자로 인공수정을 시도한 여자 중 두 케이스는 낙태를 했어요. 그 케이스의 태아는 모두 남자애였구요."

* * *

퀘벡, 8시 30분

클라라 카발로스가 담뱃갑에서 마지막 담배를 꺼내 불을 붙였다. 그녀는 담뱃갑을 구긴 뒤 차 뒤로 던져버렸다.

"거리낌이 없네." 베스가 내뱉듯이 말했다.

"청소를 할 만한 상황이 아니라고." 클라라가 길게 담배연기를 내뿜으며 한숨을 쉬었다.

"그래서 밤에 잠을 못 자는 거라고."

"맞는 말이야. 내가 내 쓰레기통과 작은 빗자루, 먼지떨이를 갖고 밖으로 나가는 경우가 아니라면 말이지. 그럼 경찰이 나를 발견할 거야."

“어떻든 간에 결국 그들은 당신을 발견할 거야.”

“확신할 순 없어. 그들은 이곳을 빠져나가면서 흔적을 남길 거야. 진짜로. 그리고 내가 장담하건대 그들은 뒤도 돌아보지 않고 갈 거야.”

“그래서 진짜 경찰을 따라갈 셈이야?”

“응, 그럼.”

그녀가 손가락을 벌려 짧은 머리칼을 쓸어넘기자 닭벼슬처럼 머리칼이 섰다. 눈가에는 다크서클이 짙게 내려와 있었고, 피부는 타박상을 입은 것처럼 푸르스름한 납빛이었다.

“아리안이 그 미친놈이랑 같이 있어. 살아있는지 죽었는지도 모른다고. 하지만 놈이 아리안을 아직 살려놓았을 가능성이 조금이라도 있다면 이렇게 손을 놓고 앉아서 기다릴 순 없어……. 그걸 기다리면서…….”

그녀의 목소리가 갈라졌다.

“어떻게든 행동하고 싶어. 거기 가서.”

그녀는 의자 아래로 왼손을 넣어 마대로 싸고 끈으로 묶은 물건을 꺼냈다.

“르 루에와 대면하겠어. 그도 나를 보게 될 거야……. 아, 그래, 그가 나를 보게 될 거야. 내 말을 믿고 나한테 맡겨.”

* * *

퀘벡 근교, 9시 44분

쥐드는 비바람이 휘몰아치는 좁은 도로를 맹렬한 속도로 차를 몰고 갔다. 갑작스러운 소나기가 앞유리창을 강타하고 있었다. 퍼붓는 폭우 사이로 얼핏 호수가 보였다. 우중충한 번개가 한순간 내려치다가 사라졌다. 잘게 찢긴 구름들이 언덕을 가리고 있었다. 타이어가 빙판이 되어버린 도로 위에서 끼이익 소리를 냈다.

"더 빨리, 더 빨리."

그는 모든 걸 걸더라도 보호하러 달려가야 한다는 생각밖에 없었다. 오로르. 그리고 아리안을. 그녀들은 하나의 여자아이로 겹쳐졌다. 그 애들은 어른이 될 권리가 있었다. 어른이 되어서 다른 사람들처럼 고통을 경험하고, 그만큼의 기쁨도 느끼고, 분노하거나 피로해지거나 아프거나 행복해지거나 몰두하며 살아갈 권리가 있었다!

그가 성공한다면, 그 역시 다시 살아갈 수 있을 터였다.

그가 퀘벡에서 렌트한 차에는 GPS가 부착되어 있지 않았다. 렌트카 회사 직원은 대신 그가 길을 찾아갈 수 있도록 아주 자세한 지역 관광지도를 제공했다.

작디작은 푸른색 점.

그 주위에 숲이 있었다. 세상과 떨어져 은둔하기에 이상적인 장소이자 호기심 어린 시선을 피할 수 있는 곳이었다.

쥐드는 속도를 늦추지 않고 정문을 지나쳐갔다. 그리고 개발용 벌목이 진행중인 것으로 보이는 비포장도로로 방향을 틀어 3백 미터 떨어진 곳에서 잠시 차를 멈췄다. 그는 가능한 한 멀리 떨어져 있는 나무 아래로 이동한 다음, 차에서 나왔다. 문을 닫은 뒤 잠그지는 않았다. 도로 위에는 다른 차들이 보이지 않았다. 쥐드는 자동차 키를 주머니에 넣고 일정한 보폭으로 걷기 시작했다.

그는 울타리의 높이를 가늠해보며 주변을 따라 걸었다. 전선으로 연결된 감시카메라가 보였다. 이 집은 은행보다 보안이 더 철저했다. 값비싼 보석이나 엄청난 돈이 숨겨져 있을지도 모른다…….

아니면 전혀 다른 어떤 것이.

이 벽 뒤에 무엇이 있을까? 아니면 누가 숨겨져 있을까?

정문에서 3백 미터 거리까지 오리나무, 자작나무, 들장미나무 덤불과 얽혀서 철책이 단단히 박혀 있었다. 그런데 큰 나무 아래 작은 초목들은 한동안 성장을 멈춘 것처럼 보였다. 일부러 그렇게 해놓은 것임을 쥐드는 알아차렸다. 대저택 주변은 도로 옆이 아니면 접근하기 힘들게 되어 있었다.

그래서 도로 옆을 수색해야 했다.

쥐드는 재킷 깃을 세운 뒤 가시덤불이 무성한 바닥에 납작 엎드렸다. 가시가 옷에 달라붙고 손과 얼굴을 할퀴었으며 소매 안으로 들어왔지만 아랑곳하지 않았다. 그는 혼란스러운 꿈속에서 해골 모양을 한 끈질긴 한 무리의 적에게 둘러싸여 전투를 치르는 기분이 들었다. 그들의 가느다란 팔과 다리가 그를 붙잡고 세게 조이는 것 같았다.

'거기가 어딘지 찾아낼 거야. 한 치의 오차도 없이. 그 점에 대해선 전혀 의심하지 않아. 공원에서 본 그 남자는 아마 이야기를 꾸며냈겠지. 좌절해서 벼랑 끝에 몰린 아버지일지도 몰라. 누가 알겠어? 우리 팀을 잘못된 길로 내몰 수는 없어. 확실한 뭔가를 발견하면, 그래, 그때 그들을 부르면 되는 거야. 내가 먼저 가서 그들을 기다리면 돼. 이미 현장에 가 있는 한, 나동 팀장도 나를 돌려보내지 못하겠지.' 쥐드는 속으로 되뇌었다.

의식 속에서 이것이 자기 혼자 뛰어들어도 되는 이유라고 단단히 믿고 있었다. 이건 단독행동이 아니라고.

르 루에를 체포하기 위한 것일 뿐.

아마도 이해할 것이다.

멀찍이 떨어진 곳에 쥐드가 찾던 것이 보였다. 잡목림이 빽빽하게 우거진 곳에 견고한 옛 돌벽과 연결된 울타리가 보였다. 돌벽은 훈련받은 등반가 정도면 올라갈 수 있는 높이였다. 카메라도 설치되어 있지 않았다. 그는 속도를 늦췄다. 그리고 고개를 숙이고 두 손으로 무릎을 짚은 채 숨을 몰아쉬었다. 폐가 불타는 것 같았다. 바지 아랫부분은 흠뻑 젖었고 손목은 뾰족한 검은 가시의 집중공격을 받았다.

가시덤불. 범죄현장마다 발견된 그 가시덤불이었다. 아마 이 나무에서 잘라 쓴 것이리라. 손쉽게 다시 자라는 식물은 어디에도 없다. 이곳 주인은 가시덤불을 자르거나 트레일러에 싣고 가는 행동을 전혀 용서할 수 없을 것이다.

"물론이야. 물론 그렇지. 그런데 정신분석가들은 살인범을 도시에 사는 사람이라고 단정했었지. 우리는 그 말을 믿었고. 온순한 어린 군인들처럼. 머저리들!"

철조망 두 줄이 벽을 뒤덮고 있었다. 쥐드는 재킷을 벗어 허리에 두른 뒤 소매를 묶고 벽을 타기 시작했다. 꼭대기에 충분히 널찍한 공간이 있어 무릎을 올려놓을 수 있었다. 한 손으로는 재킷을 벗어서 철조망 위에 깐 다음 무게를 지탱하며 철조망을 넘어섰다. 벽돌에 박혀 있던 끝이 고리 모양인 못이 살짝 삐걱거리더니 구부러졌다. 쥐드는 이것을 붙잡고 울타리를 넘어 벽의 반대편으로 돌았다. 위험을 무릅쓰고 뛰어내렸을 때 다행스럽게도 나뭇잎더미와 두텁게 쌓인 눈이 지지대가 되었다. 그는 바닥에 굴렀다가 다시 일어났다. 스웨터 한 쪽이 찢어진 것 외에 다른 피해는 없었다.

주위에는 침묵이 깔려 있었다. 아침 안개로 인해 나뭇가지 위에 진주 같은 서늘한 물방울이 맺혀 있었다. 다람쥐 한 마리가 나무둥치를 뛰어넘더니 쥐드의 머리 위를 스쳐 지나갔다. 개 짖는 소리가 들리는지 귀기울여보았으나 들리지 않았다. 개가 없다면 다행이었다. 집 근처로 접근할 때 방해물은 없다.

그는 신중하게 길을 따라가면서 잎이 무성한 나무를 골라 그 뒤에 숨었다. 도로에는 건물이 하나도 없었다. 건물은 호수 주변 분지, 숲이 듬성듬성해진 곳에 있을 것이다. 그의 생각은 틀리지 않았다. 일백 미터 거리에 자갈이 깔린 산책로가 보였고 좁은 커브길을 지나니 포장도로가 눈에 들어왔다. 정원은 황폐했지만 산책로는 고급 호텔이나 골프 클럽에 딸린 것처럼 그럴싸하게 조성되어 있었다. 단 식물이 우거지지 않아 다소 휑했고, 여기저기 설치된 태양열 가로등이 흐릿한 빛을 발산하고 있었다.

쥐드는 나무 뒤에 몸을 숨긴 채 계속 앞으로 나아갔고, 이내 빗물막이가 늘어져 있는 커다란 지붕 아래, 호수와 인접한 회랑을 발견했다. 더 좁은 또 다른 회랑은 현관문 양편으로 연결되어 있었다. 이 회랑은 바닥이 눈에 띄게 경사져서 울창한 서양삼나무가 심어진 비탈에서 훤히 내려다보였다. 쥐드는 주위를 둘러보았지만 아무도 없었다. 몸을 숙이고 산책로를 건넌 다음, 엎드린 채 나무 울타리 뒤로 몸을 던졌다. 그곳에서는 낮은 층계가 보였다. 회랑으로 연결된 방들이 보이기도 했다. 차 한 대가 도착하자 그는 덤불에 몸을 숨기고 무슨 소리가 들리는지 귀를 기울였다.

호흡을 가다듬으며 그는 나뭇가지를 벌려 시야를 확보했다.

창 세 개가 처마 밑으로 줄지어 보였다. 첫 번째 창은 커튼에 가려져 있었다. 두 번째 창 너머로는 책들이 가득 꽂힌 떡갈나무 책장이 보였다. 자주 정리한 듯 책들이 가지런히 꽂혀 있었다. 장식적인 효과를 내기 위해 책의 크기가 조화롭게 장정별로 맞춰 선택된 것 같았다. 책등은 금박장식이 되어 있어 어둠 속에서도 은은하게 빛나고 있었다. 장식품들이 가득 놓여 있는 탁자 하나, 장미꽃잎이 가득 담긴 술잔이 올려진 작은 원탁, 소화기가 보였다. 더 뒤쪽에는 진주가 박힌 회색 공단으로 덮인, 다리가 휜 안락의자가 보였다…….

쥐드는 그 자리에 얼어붙었다. 여자가 거기 앉아 있었다. 여자의 머리카락, 완벽하게 손질된 반들반들한 짙은 금발 머리와 꼬고 앉은 다리만 보였다. 그녀는 세련된 하얀 스타킹 위에 끈 달린 반짝거리는 단화를 신고 있었다. 다리 한 쪽 끝이 양탄자 위에 드러누운 커다란 개의 허리 위에 닿아 있었다.

여자와 개는 둘 다 움직이지 않는 부동자세였다.

당황한 쥐드는 무성한 덤불 뒤에 몸을 숨긴 채 목을 쭉 빼고 쳐다보았다. 그의 시선이 건물 정면을 왔다 갔다 하다가, 세 번째 창에서 멈췄다. 그곳에는 전등이 켜져 있었다. 전등 빛이 조각이 새겨진 나무 악보대를 비추고 있었고 그 위에는 악보가 펼쳐져 있었다. 누군가 하프를 연주하는 소리가 들려왔다. 시냇물이 흐르는 소리처럼 유려하고 부드러운 연주가 계속되었다. 쥐드는 팔꿈치로 바닥을 짚고 좀 더 멀리 기어갔다. 키 큰 화분 때문에 하프 연주자는 가려졌으나 손은 또렷이 보였다.

반지를 여러 개 낀 손질이 잘된 섬세한 두 손이 하프 현에 닿아 있었다.

그러나 손은 움직임이 없었다.

웅크리고 있던 쥐드가 덤불 근처에서 일어나 천천히 회랑 쪽으로 다가갔다. 마음을 위로하는 하프 연주 외에는 아무 소리도 들리지 않았다. 그가 무릎을 꿇어도 바닥에서는 끼익거리는 소리도 나지 않았다.

그의 얼굴은 이제 창유리 바로 앞에 있었다. 하프를 연주하는 여자의 얼굴은 쥐드가 있는 방향으로 향해 있었다. 입가에 옅은 미소를 띤 채로. 가슴이 깊이 파인 옷에다 속에는 페티코트를 입고, 피부와 머리카락까지 분칠을 한 그녀는 하프의 멜로디에 귀를 기울이고 있는 것처럼 보였다. 경직된 여자의 목 주위에 진주 장식이 보였다. 입가에 박힌 검은색 부드러운 애교점이 여자의 우아함과 격에 맞지 않는 부자연스러움을 강조하고 있었다. 그녀는 한쪽 팔꿈치를 콘솔 위에 기대고 있었다. 그러나 그녀의 등을 지탱하고 있는 건 드레스의 장밋빛 빳빳한 천에 박힌 철심이었다.

쥐드가 라라 로셰트의 눈을 채우고 있는 반짝거리는 유리안구에 시선을 빼앗긴 순간, 누군가 뒤에서 그의 머리를 세게 내리쳤다. 그는 그대로 의식을 잃었다.

퀘벡 근교, 14시 34분

쥐드는 달콤하고 미지근한 향을 들이마셨다. 그의 뺨 위에 누군가 향수를 적신 천 조각을 갖다 댔다. 얼굴을 떼려는 시도도, 얼굴 위로 손을 뻗으려는 시도도 제지당했다.

그가 눈을 떴다.

그는 위에 닫집이 달린 대형 침대에 상반신을 바짝 붙인 채 꿇어앉아 있었다. 닫집에서 흘러내린 모슬린 자락은 양쪽이 걷어올려져 커튼 줄로 고정되어 있었다. 그의 눈에는 나무기둥에 두껍고 단단한 노끈으로 결박된 자신의 오른손밖에 보이지 않았다. 무릎과 발목은 끈으로 단단히 묶여 있었다. 그리고 그의 앞에는 어린 소녀가 침대 위에 똑바로 누운 채 애원하는 눈빛으로 그를 바라보고 있었다.

아리안이었다. 그 아이가 살아 있었다. 쥐드와 마찬가지로 소녀의 몸은 단단히 결박되어 있었다. 입에는 재갈이 물려 있었다. 그리고 벌거벗은 채였다. 추위 때문에 온몸에 소름이 돋아 있고 공포에 질려 팔과 엉덩이의 솜털이 다 일어나 있는 게 보였다.

머리맡 탁자 위에는 입구가 좁은 꽃병이 놓여 있고 아직 피지 않은 완벽한 붉은 장미가 꽂혀 있었다.

"깨어났군."

확신에 찬 목소리는 평온했고 정중하기까지 했다.

"저 아이를 보게……. 그래, 잘 살펴보라고. 굉장하지 않나? 가장 아름다운 아이지. 자네 누이를 제외하면. 아, 내가 깜빡했네. 자네는 호수 쪽을 보고 있으니 그 애의 등밖에 안 보이겠군. 자네는 그 애를 알아보지 못할 거야. 내가 좀 섹시하게 만들어놓았거든. 그 애가 혼자 외롭다고 느낄까 봐 걱정되었다네. 이 장소는 온전히 고독과 침묵에 바쳐진 곳이니까. 하지만 지금은 전부 바뀌었네. 이 의식을 마치면 아리안도 같은 방에 넣을 거야. 오로르와 마주보는 곳에, 프랑스 여행에서 사온 제정시대의 2인용 안락의자 위에 앉혀두어야지. 그 애들은 서로 벗이 되어줄 거야."

분무기를 든 손이 장미꽃 위로 향했다. 분무기에서 뿜어진 물방울들이 진홍색 꽃잎들을 후광처럼 둘러쌌다.

"자네가 그 애를 에스코트해주게, 형사님. 마지막 문 앞까지."

* * *

퀘벡, 18시 12분

그들은 어두워지는 창유리 쪽으로 고개 한번 돌리지 않았다. 오늘밤 그들이 쫓던 적이 온다. 밤이 그들을 추월해 그 범죄를 은폐해버릴지도 모른다. 널찍한 사무실에는 중얼거림과 서류 구기는 소리, 바쁘게 키보드를 두드리는 소리, 신경질적으로 발 흔드는 소리, 격분한 한숨 소리가 울리고 있었다.

그리고 침묵이 내려앉았다. 드니 형사는 팔을 위로 들어올리고 한 곳에 시선을 고정한 채 자리에서 벌떡 일어났다. 소리를 내지는 않았지만 깜짝 놀란 표정이었다. 거구인 그의 그림자가 벽을 타고 천장까지 미쳤다.

"찾았습니다." 그가 말했다.

"뭘?" 나동 팀장이 외쳤다.

"마리자 카바나. 결혼을 했고, 남편 앞으로 두 개의 주소가 뜨네요. 하나는 몬트리올이고 다른 하나는 여기에서 30킬로미터 떨어진 곳입니다. 완전 깡촌이죠."

드니 형사는 얼굴 위로 두 손을 뻗어 얼굴을 쓸어올렸다. 그는 경악한 듯 인상을 찌푸렸다.

"그녀의 남편이 누군지 들으면 깜짝 놀라실 겁니다. 우리도 알고 있는 사람이에요. 진짜 협조적인 증인 중 한 사람. 무척 호의적으로 반응했거든요."

도미니크 나동이 무겁게 몸을 일으키더니 자기 팀원의 어깨 쪽으로 몸을 숙였다. 그의 눈이 모니터에 떠 있는 몇 줄의 문장을 한눈에 훑어보았다.

"제기랄! 즉시 전원 출동이다." 그가 소리쳤다.

* * *

퀘벡, 18시 19분

"그들이 나타났어."

클라라가 자동차 키를 힘껏 돌렸다. 그녀의 손은 덜덜 떨렸다. 경찰들의 그림자가 보도 위로 몰려들었다. 그들은 경찰청에 주차되어 있던 차들로 신속히 다가가 차문을 열고 차 안으로 들어갔다. 베스가 센 것만도 십여 명 정도 되었다. 그중 몇몇은 제복 차림에 방탄조끼를 착용해 상반신이 부풀어 있었다. 동시에 자동차에 시동 거는 소리가 났다. 베스가 안전벨트를 매고 자신없는 목소리로 말했다.

"그들을 따라가다가 놓칠 수도 있어. 그들이 어디로 가는지 모르니까……. 길은 빙판이고……."

"가능한 한 천천히 기어가듯이 그들을 따라가면 돼."

"그들이 눈치 챌지도……."

"그들은 뒤에 누가 쫓아오는지 확인할 시간도 없을 거야."

사이렌이 울리고 대열이 형성되었다. 클라라는 경찰차들이 달리는 차선으로 교묘하게 끼어들었다. 턱이 경직되어 표정이 사나워졌다. 베스는 입을 열려다가 단념하고 차문 손잡이에 매달려 있었다.

'이번 겨울에 타이어를 새 걸로 교체했어야 했어. 이번 겨울까지는 괜찮을 거라고 생각했지. 제발 이 빙판길에서 타이어가 펴지지 않아야 할 텐데……. 제발…….'

눈을 감는 편이 더 나았을지도 모른다. 하지만 그럴 수가 없었다. 베스는 조용히 기도를 시작했다. 신이 아닌 그녀가 평소 믿고 있는 존재. 여성적이고 관대하며 클라라처럼 때로는 격노하기도 하는 그 존재에게 기도를 드렸다.

* * *

퀘벡 근교, 18시 47분

"아리안, 이 소중한 아이는 내 품에 스스로 달려온 거나 다름없어. 어려울 게 전혀 없었지. 몇 년 전, 그 애 엄마가 학교에 딸을 데리러 가지 못했던 날이 딱 하루 있었네. 이유가 뭐였냐 하면 남편이 발목을 삐었거든. 그때 그녀가 남긴 편지를 내가 보관해두었지. 그러니까 그 쪽지에서 필요 없는 부분만 오려내는 걸로 충분했어. 그 편지가 언젠가 쓸모 있을 거라고 생각했지. 세상에 쓸모없는 거라곤 없으니 말일세."

진주 모양 물방울이 장미 꽃잎 위로 미끄러져 떨어졌다. 쥐드는 진주알 같은 물방울이 침대 위로 떨어져 시트 위에 눈물처럼 흘러내리는 걸 지켜보았다.

차분한 목소리로 그가 말을 이어갔다.

"그래, 모든 게 쓸모 있더군. 그게 바로 내 오랜 친구인 나동 팀장이 결코 이해하지 못하는 것이지. 그는 떠들썩하게 수사를 지휘하느라 조금만 주의를 기울였다면 의미를 발견할 수 있는 수많은 사소한 증거들을 뒤죽박죽 섞어버렸지. 내가 그를 도우려고 노력했다고까지는 못하겠지만…… 그래도…….”

“당신은 정신병자야.” 쥐드가 중얼거렸다.

그의 손이 거칠게 쥐드의 얼굴을 가격했다. 손가락에 낀 가문의 반지 때문에 쥐드의 입술에서 피가 났다. 쥐드는 흐르는 피를 간신히 삼켰다.

냉소가 섞인 단호한 목소리로 그가 말했다.

“적어도 침대커버 위에 피를 뱉는 것만은 안 되네. 잘했어. 안 그러면 시트를 갈아야 하니까. 난 마지막 순간에 이렇게 당황스러운 일들이 생기는 걸 진짜 싫어하거든.”

터진 입술 사이로 쥐드가 또박또박 말을 내뱉었다.

“그 호텔에서 그 애를 어떻게…… 데려올 수 있었던 거지?”

“모든 게 쓸모 있다는 말을 다시 반복해야겠군. 몇몇 약물을 포함해서 말이야. 내가 사설병원 약제실에서 무엇이든 가져올 수 있다는 생각은 못한 모양이군……. 아리안은 아주 편안하게 받아들였어. 알겠나? 그 애는 내가 시키는 대로 곧이곧대로 마시더군……. 하지만 시간이 흐르면……. 아, 대화는 여기서 마쳐야겠군. 호기심을 만족시켰으면 이제 입 다물고 계시지, 친구여. 영원히.”

＊＊＊

퀘벡 근교, 19시 03분

경찰차 표지를 제거한 차에서 처음으로 내린 사람은 유코였다. 그 차에는 도미니크 나동, 소피와 아나벨이 같이 타고 있었다. 헤드라이트를 전부 끈 다른 차들도 일제히 갓길에 주차를 했다. 마지막으로 커브를 돌기 직전에 짙은 푸른색의 소형 현대 자동차가 멈춘 걸 주목한 사람은 아무도 없었다. 나동 팀장이 신호를 보내자 경찰들이 나무 주변으로 흩어졌다.

"드니와 아나벨, 자네들은 나를 따라오게. 우리는 정문에서 초인종을 먼저 누르고 들어갈 거야. 나중에 필요하다면 병력이 총출동할 걸세."

"잠시만요!"

눈이 덮여 울퉁불퉁해진 좁은 길 위를 달려오던 유코가 발을 헛디뎠다. 발목을 접질린 듯 이를 악물고 욕설을 내뱉은 그녀는 드니의 팔에 가까스로 매달렸다.

"발자국이 있어요. 멀리까지. 최근 것도 있고요. 누군가 이 저택 주변을 한 바퀴 돈 것 같습니다."

도미니크 나동이 눈살을 찌푸렸다.

"어디 보지."

그들은 유코를 따라갔다. 그녀가 손전등의 불을 켰다. 그들 앞에 불빛이 춤추듯 어른거렸다.

"이쪽입니다."

팀장은 허리를 숙이고 무릎을 구부렸다. 어둠 속에서 멧돼지만 한 육체가 직감적으로 주변을 샅샅이 뒤지며 나무 아래의 흔적을 추적하고 있었다.

"발자국이 깊지 않군. 흔적이 깊지 않아. 여자라고 하기에는 크고. 남자야. 나보다 더 날씬한 젊은 남자. 발자국을 따라가보자고. 소피, 자네는 퀘벡 출신의 건장한 사내 둘을 데려오게. 난 도시에서 자라서 이렇게 울창한 숲은 내 전문이 아니네."

소피는 재빨리 자리를 떠났다. 잠시 후 눈덩이를 짓누르는 무거운 신발창 소리가 들려왔다. 여기저기 교차되는 손전등의 빛줄기 사이로 사람들의 입김이 구름처럼 떠다녔다.

"프랑쾨르, 자네가 앞장서게. 흔적을 지우지 않도록 조심하고. 그런 일들이 종종 있더군. 이 혼잡한 상황에서 우리에게 길을 터주게." 나동이 제복을 입은 경관 하나에게 지시를 내렸다.

젊은 경관은 손전등을 가시덤불 위로 쳐들며 미소를 지었다.

"그 젊은이가 이미 우리를 위해 작업을 해놓았네요. 그래서 수월할 것 같습니다."

"자네에겐 그렇겠지." 팀장이 중얼거렸다.

그들은 벽으로부터 일 미터도 떨어지지 않은 곳에서 휴대전화를 발견했다. 유코가 그걸 주워서 버튼을 눌러 화면을 확인했다.

"쥐드 형사의 전화네요. 바탕화면을 보니 알겠어요." 그녀가 가쁜 숨을 내쉬었다.

손에 전등을 들고 있던 드니가 철조망을 흔들어보았다.

“그가 울타리를 넘어갔군요. 저 위 꼭대기에 보이는 건 쥐드 형사의 재킷입니다. 어제 저걸 입고 있었습니다.”

“멍청이 같으니, 이런 어처구니없는 얼간이를 봤나!” 팀장이 으르렁거렸다.

“이제 어떻게 할까요?” 아나벨이 물었다.

“이제 형식이나 절차 따윈 필요없어. 돌진하라고.”

***

19시 05분

쥐드는 르 루에의 치밀한 준비를 지켜보았다. 명상에 잠긴 태도. 결코 서두르지 않는, 우아하기까지 한 몸짓. 일종의 의식, 마치 종교의식을 치르는 것 같았다. 살인범은 흰 장갑들을 펼쳐놓았다. 그는 흰 장갑을 끼지 않고는 아무것도 만지는 법이 없었다. 모든 물건은 세척되어 순백의 천이 덮인 쟁반 위에 놓여 있었다. 주사바늘 하나. 독이 분명해 보이는 치명적인 만치닐 농축액이 든 작은 병 하나. 손톱 자르는 가위, 줄, 가죽으로 된 손톱 다듬는 도구, 빗, 브러시, 화장품들.

그리고 흰색의 노끈.

‘내 목을 조르기 위한 거군. 그 의식……에 내가 참여할 때 쓰려는 거야.’ 쥐드가 속으로 생각했다.

쥐드가 불쑥 질문을 던졌다.

"마지막으로 질문 하나만 해도 되겠소? 이 여인, 어린 로만을 지키고 있는 이 여인의 역할이 뭐요? 그녀의 이름도 난 모르지만. 나한테 알려줘도 괜찮지 않소? 난 이제 죽을 테니."

쥐드는 최대한 신중하게 행동하려고 노력했다. 평범한 대화를 끌고 가야 한다. 조용한 레스토랑에서 서로 마주앉아 있는 상황이라고 상상할 필요가 있다. 초대된 손님들로 가득 찬 살롱에서 한 손에 잔을 들고 이야기를 나누는 거라고 생각하자. 이 방에는 두 명의 남자가 있었다. 하나는 무릎을 꿇고 있고, 다른 하나는 선 채로 은 뚜껑이 달린 독이 든 병을 성직자처럼 경건한 태도로 닦고 있었는데 그의 태도는 비현실적일 정도로 평온했다.

자크 메스트르 박사가 눈을 가늘게 떴다.

"아직도 포기하지 않다니 체력이 꽤나 좋군. 나동이 교육을 제대로 시켰어. 우수한 제자는 스승을 뛰어넘는 법이지."

"진짜 그랬다면 내가 여기 있지 않았겠지."

"젊음이 가진 맹렬한 기세라는 건가? 우리가 전부 거세해주지."

"누가? 당신이?"

"그래, 나 아니면 누구겠나. 그녀는 그저 쓸모가 있어서 이용했던 거지."

그가 서랍장 위, 매니큐어와 등이 상아색인 브러시가 든 상자 바로 옆에 병을 내려놓았다.

"자네에게 이곳의 주소를 준 남자…… 그를 만난 게 우연이라고 생각하나? 아니지. 자네를 만나게 하려고 내가 데려다놓은 거야. 자네가 수사에서 제외된 걸 알고 있었으니까."

"뭐라고?"

이번에는 쥐드도 감정을 억누르지 못했다. 만족한 듯 의사는 슬그머니 미소를 지었다.

"나는 퀘벡 경찰청에 친구들이 많아. 자네 상관은 반감을 많이 샀더군."

"그 남자를 죽인 게 당신인가? 공원의 그 남자를?"

"그를 발견한 게 공원이었나 보지? 그래서 그는 죽었나?"

"고통스럽게 죽음을 맞았어. 나보다 더 잘 알고 있을 텐데. 너무 큰 위험을 무릅쓴 거라고. 만일 몇 분만 일찍 그가 죽었어도 나는 그가 술에 취해 잠든 노숙자라고 여기고 지나쳤을 거야."

르 루에가 고개를 흔들었다.

"이봐! 그런 큰 실수를 하기엔 자네는 너무 똑똑하지 않나. 동료를 부르기 전에 그의 몸을 뒤졌을 테고, 그 쪽지를 발견했겠지. 하지만 유감스럽게도 내가 그 남자를 죽인 건 아니라고 말해야겠군. 그는 훌륭한 산파였지만 너무 호기심이 많았지. 물론, 나는 어쨌든 임무만 완수하면 그를 없앨 생각이긴 했어. 그런데 그 불쌍한 놈이 글쎄 자기가 정의의 심판자인 줄 알더라고! 어떤 놈이 나보다 먼저 손을 썼어. 아마 약에 취한 놈이 그랬겠지. 이 나라에서는 이제 정직한 시민들은 안전하게 살 수가 없어."

그는 뜬금없이 쉰 소리로 웃음을 터뜨렸다.

"이제 자네가 이름을 알고 싶어한 그 여자에 대해 이야기해주지. 이름은 마리자 카바나. 마리자 메스트르이기도 하지. 나와 결혼했으니. 그녀가 이번에도 나를 도와줬지. 눈물 흘리는 엄마 역할을 멋지게 해냈거든. 아마 그냥 연기가 아닌 것 같지만 말이야."

그는 도자기로 된 받침접시를 쳐다보았다. 그 위에 독이 주입된 뾰족한 주사기가 놓여 있었다. 주사기는 깨끗하고 반짝거렸다. 메스트르 박사의 주의를 다른 데로 끌기 위해 쥐드가 다시 질문을 던졌다.

"마리자라. 그녀가 당신과 공범인가? 처음부터 우리가 잘못 짚은 건가? 르 루에가 두 사람이었어?"

남자의 반응은 쥐드의 예상을 뛰어넘었다. 메스트르는 갑자기 몸을 웅크리고 가는 목을 쭉 빼더니 눈을 번득였다. 증오심에 입술은 일그러졌다.

'먹잇감을 물어뜯기 직전의 코브라.' 쥐드는 속으로 생각했다.

결박된 오른쪽 손목을 계속 풀려고 애쓴 끝에 쥐드는 부드러운 끈이 느슨해진 느낌을 받았다. 사람을 결박하기 위한 것이 아니라 장막 등을 고정하는 용도의 끈인 것 같았다. 결박된 끈을 푸는 것은 그의 장기였다. 박사의 신경을 다른 데로 돌릴 수만 있다면 끈을 풀어 손을 자유롭게 쓰는 건 어렵지 않을 것이다. 그는 어릴 때

오로르 누나와 함께 이 놀이를 자주 했다. '여기를 보세요, 신사숙녀 여러분! 불가능에 도전하는 모험에 1달러만 내고 참여하세요! 쥐드 보부아르, 인간 뱀인 쥐드 보부아르는 어떤 끈이든 다 풀어버릴 수 있는 천재 곡예사입니다! 여기로 와보세요!' 오로르는 이렇게 소리쳤다. 주상골의 돌출된 부위를 밀어넣은 후 손을 구부리는 방법을 그에게 알려준 것은 그녀였다. 발목을 서로 비빈 다음 꽉 조인 매듭 안으로 발톱을 밀어넣는 방법을 알려준 것도 그녀였다.

'날 구해줘, 누나. 우릴 구해줘.'

그는 아리안이 아직 움직일 힘이 있다는 걸 알고 있었다. 하지만 일부러 그녀를 쳐다보지 않았다. 살인자에게서 눈을 떼지 않았다. 그리고 계속 말을 시켰다.

시간을 벌어야 했다.

오른손만 자유로워지면 그는 닫집 기둥을 붙잡고 단번에 몸을 돌려 결박된 두 발을 살인자의 사타구니 쪽으로 날릴 것이다. 놈의 숨을 멎게 만들 것이다. 그러고 나서 다리를 결박한 끈을 푸는 데는 일이 분이면 충분했다.

자크 메스트르가 소리쳤다.

"르 루에는 오직 나 하나뿐이야! 그걸 아직 모른다면 아무것도 이해하지 못한 거야! 자네는 머리가 좀 잘 돌아가는 줄 알았는데, 쥐드 형사! 모든 것, 르 루에의 모든 행동은 바로 이를 위한 것이었네. 공포에 사로잡힌 아리안이 떨고 있는 이 침대, 죽음의 결혼식을 위해 준비한 이 방, 그리고 아름답게 치장한 희생자들이 죽은 뒤에도 저 호수와 야만스러운 숲을 바라보도록 고안된 이 집까지. 모든 것이 사랑으로 만든 작품이지! 그녀를 위해 내가 만든 거라고!"

그는 주머니에서 손수건을 꺼내어 이마와 윗입술을 닦았다.

그는 부드러운 말투로 반복했다.

"자네는 아무것도 이해하지 못한 거야! 내가 그녀를 만났을 때 그녀는 완전히 무너진 상태였지. 자네도 누이의 죽음을 경험했으니 길게 설명하지 않겠네. 하지만 쌍둥이였던 오빠가 사라진다는 건? 마리자는 자기 몸이 반으로 절단된 느낌이었어. 그녀를 다시 살리려면 그녀가 잃어버린 것을 되돌려줄 필요가 있었네."

르 루에는 한숨을 쉬더니 장갑 낀 손을 들어 호기심 어린 눈으로 그걸 훑어보았다.

"그녀는 파트리스를 되찾길 원했어. 그의 정자로 태어난 아이들을 통해서 말이야……. 처음에는…… 그의 정자들의 행방을 알 수가 없었지. 원칙적으로 다른 병원에서 태어나도록 되어 있기 때문이야. 그녀가 파트리스의 정자 샘플을 수집하려고 어떤 방법을 썼는지 알 수 없지만, 결국 그녀는 성공했어. 정자 기증자들의 자료를 돈을 주고 산 거야. 그런데 나는 이미 그녀가 하려는 짓을 알아차린 상태였지. 자네가 나한테 질문하러 와서 확인했던 사항들을 내가 전부 메모해두었거든. 자네가 탈바꿈의 현장에 발을 들여놓았다는 사실은 꿈에도 몰랐겠지……. 그래, 내가 그것들을 처리한 건 바로 그곳이야. 몬트리올에서. 경찰의 코앞에서!"

다시 한 번 그가 격렬하게 웃음을 터뜨렸다.

"어느 날 저녁, 나는 그녀를 현장에서 잡았지. 그녀는 당황해서 어쩔 줄 몰랐고. 이제 내 밥이 된 거나 다름없었지. 그녀는 나한테 대신 돈을 주겠다고 하더군. 너무 모욕적인 제안이라 나는 거절했지. 그녀를 내 걸로 만들어 벌을 주어야 했어, 알겠나? '사랑하는 자식일수록 매로 다스려라'라는 속담은 내가 오랫동안 믿어온 진실이야. 그걸 이해하기엔 자넨 좀 어릴지도 모르겠지만……."

그는 손을 작은 받침접시 위로 가져갔다. 거기에 치명적인 죽음을 불러올 주사기 바늘이 빛나고 있었다. 그는 눈을 감았다.

"처음에 나는 그녀가 간절히 원했던 남자아이들은 안 된다고 제외시켰어. 그 얼굴에서 지긋지긋한 외모의 유사성을 찾을 테니까. 그토록 되찾고 싶어하던 쌍둥이 오빠의 모습을. 미친년, 불쌍할 정도로 제정신이 아니었지! 나는 여자아이들만 태어나게 만들었지. 마리자는 그 아기들이 잠들어 있는 인큐베이터로 갔어. 그날 밤 그들의 어머니들은 다 잠들어 있었지. 그녀는 아이들을 품에 안고 흔들어주며 그들의 체취를 맡고 자장가를 불러주었어. 그들에게 약속의 말과 맹세를 속삭였지. 하지만 그것만으로는 충분치 않았어. 그녀는 그들 인생의 일부가 되길 원했어."

"그래서 베이비시터로 들어가려고 한 거군." 쥐드가 중얼거렸다.

"맞아. 그녀는 일을 그만두었어. 그 말은 나한테서 떠났다는 의미지! 그녀는 이 아이에게서 저 아이로, 이 도시에서 저 도시로 헤매고 다녔지. 자기가 떠나고 며칠 뒤면 잊어버릴 아이들에 대한 강렬한 집착 때문에 늘 불안해했고 열에 들떠 지냈고 아프기도 했지!"

그때 문이 끼익거리는 소리가 나는 바람에 르 루에는 흠칫 놀랐다. 그가 목소리를 높여 그녀를 불렀다.

"마리자! 들어와도 돼."

고개를 숙이고 방 안으로 들어오는 여자를 보자 차가운 땀방울이 쥐드의 등을 타고 흘러내렸다. 길게 땋은 갈색 머리는 뒤로 넘겼는지 보이지 않고 등은 굽어 있었다. 마리자는 천천히 앞으로 걸어 나왔다. 입가에는 불안한 경련이 일었다. 자크 메스트르는 그녀 쪽으로 걸어가더니 그녀의 어깨에 손을 올렸다. 자기 소유물을 다루는 듯한 거친 태도였다. 그녀는 바로 멈춰 섰는데 몸이 더 오그라든 것처럼 보였다.

"그 애한테 잘 가라고 인사나 해주라고. 그럼 조금만 있으면 그 앤 네 것이 될 거야. 영원히. 그러니 좀 더 참으라고, 내 말 알아듣나?" 박사가 명령하듯 말했다.

"네." 마리자는 속삭이듯 대답했다.

쥐드는 오른손의 결박이 풀린 걸 느꼈다. 보이지 않게 조금씩 푼 것이다. 그는 깊이 심호흡을 해야 했다. 여자가 나가길 기다리는 게 좋을까? 아니면 그녀도 이 처형식에 참가하는 걸까? 마리자는 병색이 완연하고 무기력해 보였다. 약에 취한 상태인 것 같았다. 그녀도 쥐드를 제압하려고 몸을 던질까?

르 루에가 말을 이었다.

"나는 그녀가 원하는 것을 준 거야. 다른 누구도 하지 못한 일이었지. 그녀의 딸들을. 그녀는 나의 충직한 동반자로서 아이들 뒤를 따라다녔어. 여자애들의 주의를 끌고 유혹하는 것도 그녀의 역할이지. 부모들이 쓴 글을 훔쳐낸 것도, 그 작은 선물들을 준비한 것도, 편지를 갖다놓고 초인종을 누른 것도 그녀였고. 샤토 프롱트낙에서 아리안을 기다린 것도 그녀야. 나머지는 전적으로 내게 맡겨도 된다는 걸 알고 있었지. 나는 그 아이들을 더 아름답게 만들어주는 거야. 그들의 활짝 핀 젊음이 절대 시드는 법이 없도록. 이 저택의 방마다 여자아이들이 하나씩 들어 있지. 마리자는 결코 혼자가 아니야."

"혼자가 아니야." 여자가 고개를 끄덕이면서 따라했다.

"자 이제 가봐……. 아이에게 작별인사나 하라고."

숨 막힐 듯한 비명이 아리안의 입에서 튀어나왔다. 마리자는 침대로 다가가서 손을 내밀었다. 그녀는 자장가 같은 노래를 흥얼거리며 다정하게 뭔가를 중얼거렸다.

"얘야, 우리 귀여둥이, 너는 곧…… 함께, 함께…… 예전에 네가 꼬마였을 때처럼…… 널 정말 사랑해줄 거란다, 아! 내가 널 얼마나 아끼는지……. 이제 곧, 내 소중한 귀염둥이…… 울지 마, 이제 넌 곧……."

그녀의 손가락들이 아리안의 이마와 눈물 젖은 뺨을 어루만지고 있었다. 아리안의 몸이 뒤틀리며 활처럼 휘었다.

"자, 이제 됐어. 나가봐. 마리자? 잊은 거 아니지? 나한테 복종해야 해. 안 그러면……."

"네, 네. 알아요. 갈게요."

마지못해 그녀는 몸을 돌려 문 쪽으로 가더니 문을 열었다. 문턱을 넘던 그녀가 그 자리에 멈춰섰다.

"밑에 누가 있어요……. 테라스에." 그녀가 흥분한 목소리로 말했다.

* * *

19시 14분

박사는 즉각적인 반응을 보였다. 마리자 카바나의 등을 충계참으로 거칠게 밀었다. 여자는 비틀거렸다.

"내려가! 로비 문을 전부 닫고…… 아무도 안으로 들여보내선 안 돼. 가서 말하라고. 아무것도 모르는 척 말하고 와. 내가 따라갈게…… 나중에."

쥐드의 내면에서 증오의 감정이 치밀어올랐다. 박사는 잠시 시간을 벌 셈이었다. 침입자에 대한 두려움보다 살인자로서의 본능이 더 강렬한 것이다. 박사는 침대 쪽으로 향했다. 알이 두꺼운 안경 너머로 그의 눈이 광기로 번득였다. 그는 여러 차례 열심히 뭔가를 중얼거렸다.

"우리 예쁜이, 겁먹을 것 없다. 아프지 않을 거야. 저기 있는 네 친구가 먼저 죽는 걸 지켜볼 거야. 네가 아니라."

조심스럽게 그는 장갑 낀 손가락 사이에 주사기를 쥐고 빛이 들어오는 방향으로 들어올렸다.

"아리안의 열여섯 살 생일날, 해가 지평선 뒤로 넘어가기 전 내가 다가갈 거야. 자네는 그 전에 암흑 속으로 밀어넣어 버리고. 영원히. 영-원-히!" 그가 단조로운 목소리로 말했다.

그 순간, 쥐드는 손목의 결박이 완전히 풀린 걸 확인했다. 그는 심호흡을 한 뒤 나무기둥 윗부분을 손으로 잡고 허리를 돌려 두 발로 르 루에를 가격했다. 하지만 빗나가고 말았다. 그의 신발창이 자크 메스트르의 엉덩이 윗부분을 찍었다. 한방 맞은 남자는 신음을 뱉으며 무릎을 꿇었다. 주사기가 그의 손에서 떨어져 두꺼운 양탄자 위에 내리꽂혔다.

"제기랄! 처음부터 다시 해야 하잖아……." 살인자는 욕설을 퍼부었다.

그가 쥐드를 향해 몸을 던졌다. 그리고 두 손으로 쥐드의 목을 조르기 시작했다. 근육이 불거진 외과의사의 두 손은 정확히 경동맥을 찾아 압박했다. 자크 메스트르는 살인 기술자였다. 그는 일을 빨리 끝내버릴 참이었다.

노란색 장막이 쥐드의 눈앞에 펼쳐졌다. 멀리서 문을 두드리는 소리가 고막을 가득 채웠다. 의식을 잃기 직전, 그의 눈앞에서 문이 열렸다.

그리고 총성이 울렸다.

르 루에의 입이 벌어졌고, 피가 용솟음쳤다. 쥐드의 목을 조르던 그의 손에서 서서히 힘이 빠지더니 살인자는 옆으로 나동그라졌다. 클라라 카발로스가 보였다. 그녀의 손에 들린 총에서 연기가 피어오르고 있었고 얼굴은 눈물로 범벅이 되어 있었다.

"나야, 아리안. 나야."

쉰 목소리로 같은 말이 반복되었다. 그러는 동안 그 방에서는 귀를 먹먹하게 하는 망치소리가 울리더니 일층과 이층의 문이 열렸다가 닫혔다.

"나야, 아리안. 나야."

클라라가 아리안의 몸을 모포로 덮어주고 나서 그녀를 꼭 껴안고 달래주었다. 계속 눈물을 흘리면서. 베스가 그녀의 어깨를 어루만졌다.

"이제 괜찮아. 아리안도 무슨 상황인 줄 알아. 입에서 재갈부터 빼줘야지?"

그녀는 아리안을 결박하고 있던 끈을 풀어 팔과 다리를 자유롭게 해주었다. 아리안은 클라라의 품속에서 웅크린 채 모포를 몸에 감았다.

"이제 끝났어. 카브리타 미아." 그녀가 속삭였다.

그녀들 주위로 경찰들이 분주히 모여들었다. 그들이 그 방으로 침입하자마자 바로 총성이 울렸고, 드니 디에메가 클라라의 총을 회수했다. 하지만 나동 팀장은 그를 만류해서 최소한의 질문만 하도록 했다.

"나중에 하게. 여자들을 진정시키는 게 먼저야. 우린 그것 말고도 할 일이 많다고." 나동은 이렇게 투덜댔다.

유코와 아나벨은 방에 있던 마리자를 발견했다. 거기 있는 작은 침대 위에 색색의 전나무가 그려진 파자마 차림의 로만 라플랑트가 눈을 감고 누워 있었다. 마치 잠자고 있는 것처럼. 아나벨은 고개를 돌렸고 유코는 전속력으로 밖으로 뛰쳐나갔다. 그녀는 아까 쥐드가 숨어 있던 덤불 뒤쪽에 고개를 숙이고 구토를 하기 시작했다. 잠시 후에 밖으로 나온 드니는 눈밭에 무릎을 꿇은 채 얼굴이 하얗게 질려 있는 유코를 발견했다.

"쳐다보지 마세요." 그녀가 중얼거렸다.

그는 두 팔로 그녀를 안아 일으켰다. 그리고 커다란 손으로 그녀의 목덜미 부분을 잡고 몸을 바싹 붙였다.

"그러면 더 보고 싶어지는 법. 내가 지금 무슨 생각하는지 알겠소?"

"아뇨." 그녀가 들릴 듯 말 듯 대답했다.

"결국, 당신도 한 사람의 여자라는 거. 기분 좋은 소식이군."

"쥐드 형사는요……?"

"그는 괜찮을 거요. 잠시 기절한 것 같아. 앰뷸런스가 와서 병원으로 데려갈 거야. 여자애랑 같이. 그 애도 쇼크 상태라. 상태는 정상이고. 나도 제정신은 아니지만. 사냥 전리품처럼 그 불쌍한 아이들을 박제로 만들다니……. 미친놈들을 많이 봤지만 이 작자는……. 어쨌든 우리는 클라라 카발로스에게 엄청난 빚을 진 셈이지. 그녀가 방으로 전속력으로 올라가서…… 우리가 지하에서 우왕좌왕하는 사이에 말이요. 우리 중 누구도 그 여자를 보지도 못했다고. 당신네 여자들은 진짜 대단한 본능을 지녔소. 자, 어서 갑시다, 아가씨. 우린 아직 할 일이 남았다고."

그녀가 그를 쳐다보고 나서 미소를 지었다.

"드니 형사님, 생각보다 괜찮은 사람이군요?"

"오늘 들은 두 번째 희소식이군. 또 다른 소식이 있길 바라겠소. 그럼 오늘 저녁에 같이 식사하는 거 어때요?" 그가 부드럽게 물었다.

그가 그녀의 머리카락을 어루만졌다.

"그래서…… 예스인가?"

"아마도……."

손에 수갑을 찬 마리자가 문 앞에 나타나자 아리안은 상처받은 짐승처럼 떨며 시선을 피했다.

"난…… 난 그녀를 보고 싶지 않아요. 클라라, 날 데려가줘요!"

"그래, 얘야. 곧 그렇게 될 거야. 진정하렴. 더 이상 아무도 널 해칠 수 없어. 더 이상은."

"난 그 사람을 좋아했어요. 그렇게나 다정한 사람이었는데……. 내가 어릴 때 늘 같은 자장가를 불러주며 나를 재워주었어요. 난 전부 기억해요. 내가 이 침대에 묶이는 그 순간까지도. 그녀는 몬트리올로, 도서관으로, 또 다른 곳으로 어디든 날 따라다녔어요……. 그 사람의 노랫소리가 들렸거든요. 호텔에서도…… 그녀가 기다리고 있었어요. 그녀는 나에게 말을 걸면서 날 구해주고 싶다고 했어요……. 그리고 내게 뭔가를 마시게 했어요……. 그런데…… 깨어보니 이곳이었어요! 왜? 왜 이런 일이 일어났죠, 클라라?"

베스와 클라라는 시선을 주고받았지만 아무 말도 하지 못했다. 소파에 무너지듯 앉은 마리자는 앞뒤로 몸을 흔들고 있었다. 다문 입술 사이로 혼란스러운 멜로디를 흥얼거리면서. 아리안은 손으로 귀를 막았다.

"싫어…… 싫어…… 하지 마!"

도미니크 나동이 아나벨에게 여자를 데리고 나가라는 신호를 보냈다. 마리자는 아리안을 쳐다보지도 못하고 질질 끌려나갔다.

경찰 동료들은 쥐드의 결박을 풀어주고 커다란 침대 위에 누였다. 소피가 그의 목덜미에 귀를 갖다 댔다. 엄지손가락만 한 푸른색 점이 그의 목 주변에 찍혀 있었다. 그는 힘겹게 숨을 쉬었다. 두 세 번 눈을 깜빡거렸지만 정신을 차리지는 못했다. 아리안이 그에게로 고개를 돌렸다. 공단 침대보 위에서 움직이지 않는 그의 손을 아리안이 꼭 잡아주었다.

"그가 날 구해주려 했어요."

"그래. 그 사람을 그렇게 애먹인 게 후회스럽구나. 괜찮은 젊은이인데." 클라라가 대답했다.

아리안의 눈에 눈물이 고였다. 서서히 몸에서 긴장이 풀리고 있었다.

"라라가 보고 싶을 거예요……."

"라라가 누군데?" 베스가 물었다.

"내 친구예요. 날 구해주려고 애쓰던. 그 애만의 방법으로."

나동 팀장이 손에 전화기를 들고 다가왔다.

"아리안…… 부모님이야. 우리가 연락을 했단다. 지금 통화할 수 있겠니?"

아리안은 고개를 끄덕이며 그러겠다고 했다. 그러고 나서 그녀는 부드럽게 쥐드의 입술에 입을 맞췄다. 그가 눈을 떴다.

아래층에 미동도 없는 하프 연주자의 방에서 흘러나오던 하프 연주는 어느새 멈췄다.

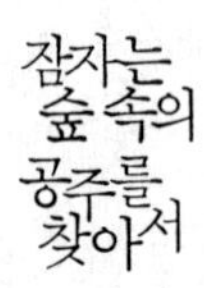

초판 1쇄 발행 2016년 1월 28일
초판 2쇄 발행 2016년 3월 27일

지은이 크리스틴 페레-플뢰리
옮긴이 김미정
펴낸이 이혜경
책임편집 케이엔북스
편집진행 김다영
제작·관리 김애진

펴낸곳 니케북스
출판등록 2014년 4월 7일 제300-2014-102호
주소 서울시 종로구 새문안로 92 광화문 오피시아 1717호
전화 (02) 735-9515
팩스 (02) 735-9518
전자우편 nikebooks@naver.com
블로그 nikebooks.co.kr
트위터 twitter.com/nikebooks

ISBN 978-89-94361-35-2 03860

이 도서의 국립중앙도서관 출판시도서목록(CIP)은
서지정보유통지원시스템 홈페이지(http://seoji.nl.go.kr)와
국가자료공동목록시스템(http://www.nl.go.kr/kolisnet)에서
이용하실 수 있습니다. (CIP제어번호: CIP2016000740)

책값은 뒤표지에 있습니다.
잘못된 책은 구입한 서점에서 바꿔 드립니다.